就義

——盛約翰短篇小說集

盛約翰　著

序言

有個叫盛（聖）約翰的人，他是一個佈道者，我是一個寫短篇小說的實踐者。寫小說在我人生的旅程中由來已久，它幾乎不會改變任何東西，也沒有什麼實在的意義，可是，像一個佈道者一樣，一直在持續地進行，也許有一小部分信徒，或許只有幾個，因為一種信念，就一直執著地堅持著。一件看起來沒有什麼意義的事，如果能夠長久的堅持下去，便也成了一種意義。我把被別人認可的小說、被拒絕出版的小說和沒有被別人認可的小說，和以往出版的小說集一樣，一同列入這本小說集中，然後像佈道者一樣，堅持向他的信徒傳播。世人也許並不瞭解佈道者傳播的內容，卻認可了他的執著。

目次

人工泛音的和弦

四周一片靜謐，面對遠山，我的心情鬆弛起來，又把珊的名字呼喚。我取出鑰匙，心中隱隱期待著。這只是一座還未完工的房子，還不屬於任何人，可在我的心裡，好像是我和珊將要住的房屋，我打開門後，急切地進入屋內，向著還未裝修完畢的客廳看了一眼，輕聲地問道：喜歡這裡嗎？我又走上了樓梯，上面也是空蕩蕩的，看了主人套間，忽然就轉身問道：喜歡嗎？珊總是喜歡住在市中心，可在我的心目中，我應該把她帶到這裡，遠離嘈雜的市中心，和我一起體驗鄉村般的生活。她一定會喜歡這裡的，不用天天趕時間上班，做個悠閒的家庭主婦，我們會有個孩子，還有小狗、小兔子，外面的空地很大。

平時我一人獨處，我的女人應聘在異國他鄉從事著她的音樂教學工作。珊曾是她的一名學生，剛到悉尼需要有人照顧，我見到她後，就熱情而又康慨地照顧她。這對於一個初來乍到的人來說，彷彿是找到了一根救命稻草。我那時把她當作女兒一樣看待，在心裡卻默默地叫她「小寶貝」。我請她在中國城吃飯，去賭場玩，還給她賭資。看起來她玩得很開心，我以為她對我有好感，那天在去了海洋館出來後，在走過一個水塘邊，我突然拉著她的手，幫她走下一個臺階。她忽然意識到了什麼，就又掙脫開了。走著、走著，一陣涼風吹來，我輕輕地樓住了她，問道：

「涼嗎？」

「不涼。」又走了幾步，她說道：「老師在想你呢，你不想她嗎？」

「老師是個好人，也是個傻瓜，竟把這樣迷人的女生引到了自己的丈夫身邊。」

這樣的談話，自然是向珊交了底。說實話我並不敢褻瀆珊的情感世界，總有一天，她會站在世界頂級的舞臺上演奏帕格尼尼的《D大調第一小題琴協奏曲》，而我又算什麼呢，我的魯莽終將會引起她的鄙視，因而也羞辱了自己的女人吉。儘管我對吉的感受有點不在乎，因為在心中對珊的好感把對其他的感受沖散了。我並沒有機會聽珊演奏，可她告訴過我她最喜愛的曲子是《降E大調第一小提琴協奏曲》。的確，這時而激昂時而憂傷的旋律聽起來令人浮想連篇：彷彿看見了王子復仇的情懷，接著是在水中漂浮著娥菲利婭那具美麗的屍體，還有許多未完成的心願和一個人在彌留之際向著神父懺悔場景……

一個女人能夠時常沉浸在自己的藝術世界裡其實是很美的，傳出隱隱優揚的琴聲，總會令人覺得迷醉。又似飄來的一縷咖啡的清香，使人倍感清馨。沒有去玷汙那塊美玉，陶醉在讓她覺得我很崇高的心理也很不錯。就在我漫漫淡化這個非份之想的時候，有一天，珊突然約我喝咖啡，我想，是不是學校有什麼演出請我去觀看，其他我也沒多想。她好像是憔悴了一點，沒想到她竟然告訴我她要賣掉她的小提琴。她告訴我她的那把提琴是德國製造的，音色非常純，尤其是那根G弦上的發聲尤為動聽。她說她的父親正住院做手術，需要一筆錢。嗨，人在無奈的時候首先就會想到賣掉自己最心愛的東西，那把提琴買來時價格不菲，可又能賣多少錢呢？她需要五萬美金，希望這把琴能買三萬美金左右，還得向我借剩下的部分。我想勸她不要賣掉琴，我明白失去了提琴對她意味著什麼。可如果不賣掉琴，就意味著我將拿出這筆費用，這對我來說並不困難，可也不是輕而易舉。如果她救父心切，又真捨不得賣掉那把琴，我想她應當做我的情人才是，除非她心有所屬。

「這樣吧，我出五萬美金買你這把琴，當然，你不能沒有琴，有一把合適的琴才能演奏出自己的水準。你先借我的琴用，等你以後有演出合同了，再把琴贖回去。」我告訴她。

「這樣最好，可我不能讓你白白地付出，老師不在你身邊，我可以陪你。」她平靜地說道。

一個女人為了救父，就違心地奉獻自己的身體，珊哪，珊哪，如果我這樣趁人之危，我還配愛你嗎？其實我是很想得到她的，就算不能得到她的肉體，也要深情地一吻。可她落難了，就等於斷了我的非份之想。因為我真的不想讓她在心裡鄙視我，就算是佔有了她，對她來說也是一種虛偽的應酬，這當然不是我要的，我要的是一種可以生長的情，可以隨時間的流逝而不會磨滅。

「珊哪，說實話一個男人對已經擁有的情感會變得麻木，對可望不可及的幻情癡迷不已。其實很多男人，尤其是一個成功的男人，一個讓女性會產生衝動的男人，在他的心裡，時常是三種情感的混合，或者說是黑色，有紅黃藍合成的黑色。藍色的是對過往情人的不安與愧疚，那個為她付出了青春而最終一無所獲的女人，她漸漸孤獨地老去，就連基本的生存也發生了困難。紅色的是他對家庭的那份責任，對婚姻制度的維護，以及對下一代的養育。最後是黃色，是一種充滿色情的情感，可以是肉體上的，也可以是精神上的。越是得不到，越是渴望的那種。」不知為什麼，我這樣向她和盤托出。

「這麼說，你和老師的感情是紅色，對前女友的是藍色，而你現在沉迷於黃色？」珊直截了當地問道。

「年輕時想做唐璜，卻不幸成了奧涅金。」我也許在故弄玄虛。

「你知道林徽茵為什麼沒有選擇徐志摩嗎？」珊問道。

「我想理智終將為情感付出代價。」我明白她的意思。

那晚分手的時候，珊用奇怪的眼神笑看了我一眼，我想了半天，想不出那笑容的含義。

又收到了一個未接電話，只要是隱號的一定是莫的。昨天還在暗自慶幸她終於想通了，有一個多月的時間沒有來打攪我了。她明明知道我不會接聽她的電話，可她還是時不時地打電話給我。那次不小心接聽了，一開口，她便說道：「榮，我需要你的幫助。」我頓時心煩透了，冷笑了一聲，回答道：「我也遇到了麻煩。」接著就匆匆掛了。為了防止她的再次打擾，我又關了機。這就是我和莫的現狀。我不願再幫助她，是因為我想讓她自立，雖然這很難，除了一張漂亮的臉，她並無什麼專長，她應該會找到一個男人，重新生活。可這並不是一件容易的事，況且，她已近半老徐娘，重新嫁人談何容易。其實，吉的容貌和身材都不如莫，用吉取代莫，我並不後悔。當她明白了我有冷落她的意圖時，她真的變成了一個怨婦。她開始整天沒完沒了地給我發資訊，有時一天竟有十來個。我想她是瘋了，為了防止意外，我一方面不再理睬她，另一方面我答應給她經濟補償。我並沒有把錢一下子給她，她太會花錢，我還是定期轉帳給她，數目是以往的一半。雖然她還是時常發短信給我，可並沒有像以前那樣多要一些。我的考量是如果把錢一下子給她，她一定會很快花完，然後就陷入了困境，在人財兩空的境地中，她可能會走上絕路。這當然是我最擔心的。讓她有錢慢慢花，她可以慢慢地找到合適她的工作，同時她也可能遇到自己心儀的人。話雖如此，有一次在夢中看見有男人在追求她，心裡就很不是滋味，醒來後想想自己其實對她還是有感情的，畢竟相愛了近十年。可腦子裡總會出現她蠻不講理的時候，也許是以前的經歷，凡事她總是懷疑別人騙她，那怕是一件小事也會如此，相處那麼些年，為她付出了不知多少，難道還會為了一點蠅頭小利而欺騙她。可她的第一反應每每如此，我當然在做澄清的同時也產生了反感。雖然每次都原諒了她，可我也在思考，我和她到底是否合適，平時聚少離多也許還能維持，長期生活在一起彼此一定不會快樂。是的，她很需要我，無論在情感上還是在金錢上。她可以過著無憂無慮的生活，這是我願意給她這種生活，像小豬一樣的活著。女人應該就是這樣活著，不用去工作，白天睡睡覺，晚上找節目。不知從什麼時候開始，也許是無端的爭吵在心裡留下的陰影，我不想再和她這樣下去了，我的心開始對別的女人敞開，可真的要放下她也並不容易，她的美貌擺在那兒，只是壞脾氣讓我感到受罪，我最受不了的就是女人對男人的呵斥，當然她還沒敢這樣對我，可是稍不稱心就露出那種令人厭惡的神情是我不可容忍的，我喜歡順著我的女人，除非她是我的女神，那怕心受磨折，也會滿心喜悅。

可是沒想到，在我明確了我不可逆轉的態度後，她真的變成了另一個人。她開始不斷地檢討自己，我的偶然的一個回復竟會令她感到喜出望外。不管我有多冷淡她還是堅持發短信和打電話，我不接電話也從不回信。說實話在我心裡還是牽掛著她，擔心她沒有錢花，可不知為什麼，只要一看見她發來的短信，我就會立刻發怒，短信的內容時常是救助的，我決心不再幫她是因為我知道我不能永遠幫她，否則只會給她一個錯覺：我還會資助她。我也難以想像她靠什麼維持生計，有時候我想我真的很過分，就這樣丟下她，她有再多的不是，我也不能這樣傷害她，她依然死心踏地的乞求我，沒有任何自尊可言。可是一想到她帶給我的心裡傷害，我就又無所謂了。說真的，吉從來沒有和我正面衝突過，從來沒有。也不是說她有什麼好脾氣，可是只要我一發火，或是一抱怨，她就突然地冷靜下來了。像吉這樣的女人，也許是可以和我相伴終生的。

雖然是一種自願的救助，可珊的無聲無息也會令我感到不滿。至少也因該偶爾給我一個問候，或是講述一下她父親手術情況的進展。為什麼女人都是這樣，所有的男人只是被用來利用的，只因為是她們天生來到這個世界上就要被男人無條件地幫助，她們是弱著的化身，而傻呼呼的男人總為自己扮演所謂的強者而甘自作賤，又常常在無法得到正面回報時用虛幻的尊嚴來麻痹知己。嗨，多麼高尚而又可憐的男人啊。事實上女人只要浪漫的情調，並不需要浪漫的情懷。只有男人，才會把喜歡的對象永遠在心中咀嚼，又有幾個女人能在婚後依然會眷戀著曾經的情懷。當然，在我的潛意識裡，好像只要彼此浪漫過，就會是人生寶貴記憶的一部分，永遠值得在心裡珍藏。可是到頭來打開她們記憶的合子，裡面卻是一片空白。也許這不是她們的自私，她們本能地把所有的一切獻給了她們的後代。

署期的時候，吉要回來了。那晚，我去機場接她，本來珊也要去的，可她那天正好有事。當我見到吉一手提著琴一手拉著行李箱風雅地走出來時，我趕忙迎了上去，並沒有久別重逢的那種喜悅，她也是如此，一切只是在一種無形的模式操控下。是的，我和她是夫妻，擁有絕對的交配權，而她是不可違背地接受，還有生育下一代的義務。

我們回到了自己的公寓，其實我平時並不常住在此地，她每天要練琴太吵，我喜歡住在郊外，看看林子和野鴨，尤其是幽靜處的涓涓細流，會使我感到愉悅。我們去樓下的餐廳吃了飯，便回房休息了。看吉的背影，她似乎胖了一點，當她躺在了我的身旁，我緊緊摟住她，又急著想和她完事好讓她早早入睡。「我愛你。」我輕聲地告訴她，這是一種關愛，也是一種麻醉。平時我很少或是幾近沒有這樣的表白，愛，對於男人來說是一種激情的呼喚，對於女人來說也許是一種守候的渴望。

本想在假期裡多陪陪吉，可因為去市中心的路太遠，加上惡劣的交通狀況，我工作又忙，無法天天回去。不過還好，吉的朋友多，她從不會感到孤獨。我很自閉，不喜歡應酬，尤其討厭晚宴，先是等人，然後是等上菜，席間為了不冷場還得找話題，吃點東西又不盡心，總之是受罪。

週末的時候吉要請她的倆個以前的學生，其中一個是珊，還有一個我不認識。有好一陣子沒有見到珊了，有時我會去想她，除了她也沒有別的女人可以去想的了，在我的內心深處，有一個奇怪的癖好，像酒鬼離不開酒一樣，總要有一個可以去迷戀的對象，她可以充當騎士心目中的女神，不然，就像是生命裡沒有了渴望，不但無趣，而且更易轉輾難眠。

加班一完我就趕回去了，是珊開的門，吉和她早就在做菜了。珊看上去又瘦了一點，這和吉正好相反。還有一個學生要參加演出不能來。很快我們三個就圍坐起來。吉打開了啤酒，平時她們都很少喝酒，她們都沒有酒力，可正好是珊的生日，所以就幹了起來。

「生日快樂！」我先舉起了酒杯。

「來，為我們中國的莎拉-張乾杯。」吉說到。

「一個藝術家，整天被合同牽（簽）著走，有意思嗎？」我有些疑問。

「表演當然需要簽約，不然成了街頭藝人了。」珊說到，她喝了幾口，感覺她有心事。

「中國的學生，對西方古典音樂的理解與表現力和西方的演奏家還是有距離的，所以需要像珊珊這樣走出國門，不斷地提高自己的境界這很重要。」

「老師就會說老師的話，高雅藝術註定你是寂寞的。」我隨口說道。

「喜歡就好，有時練琴久了，晚上一閉上眼睛腦子裡全是旋律，一會兒帕格尼尼的，一會兒柴可夫斯基的，弄得我精神恍惚。」

沒喝幾口吉就滿臉通紅，珊的酒力好一點，我平時很少喝酒，不過酒力還不錯。在吉去上廁所的時候，我問了珊她父親的手術後的康復情況，她說恢復得很好，多虧了我，她在想辦法湊錢還我。我說我不是這個意思，我並不等錢用，叫她不要放在心上。

很快，她們倆都喝得有點迷迷糊糊了，還沒等切生日蛋糕，珊去了洗手間，出來後說了聲對不起，就進入了一間睡房。吉用的是主人套房，裡面有自己的衛生間。又過了一會，看到吉好像也有點支撐不住了，我勸她回房間休息，隨後就撫她進入了睡房。她和我說了聲「對不起」，很快她就睡著了。見她們都醉倒了，此時我的心變得惶恐起來，又在吉的身邊坐了一會，我就準備離開了。我輕輕地關上了房門，珊的房門也緊緊的關著，我像著了魔似的，又輕輕把珊的房門擰開。看樣子她睡得很沉，我退了出來，輕輕地拉上門，便去了珊剛用過的洗手間，看見放著的牙刷和杯子，我想是她用過的就也用了起來。接著，我的心開始狂跳起來，我又進入了珊的房間。如果她此時醒了，我想也沒有關係，她不是曾經暗示我為了報答我可以獻出自己的肉體嗎。只是我的性格關係不喜歡那種赤裸裸的交易。我坐在了她的床邊，她很安詳地呼吸著，她的嘴唇少了一點血色，卻更有原汁味的感覺。我輕輕地迎了上去，用嘴貼住她的雙唇，開始一邊親吻她一邊和她交換氣息。呼息的氣味很醇，也許是酒精的作用，我很貪婪，好像要把她的氣息全部吸入，她的氣息注入了我的身體，很快就溶進了我的血液，像蛇牙注入毒汁那樣，我的身體開始軟化，接著高潮來臨了，隨後，我漫漫地鬆開了她的雙唇，帶著她的氣息，輕手輕腳地離開並關上了房門。

離開的時候，全身松了一口氣，我達到了所有的目的，一切做地這樣完美，我既保住了自己的形象，又滿足了自己的渴望，真是兩全其美啊。可是那個事件給我留下的後遺症使我常常沉溺於幻想之中，好像所有內心隱秘的渴望都能實現。每每入睡後，如果沒有珊的影子，似乎就難以進入夢鄉。每天一醒來，尤其是在自己的衛生間漱口，總會聯想起用珊用過的牙刷。出門後開車行駛在鄉間的路上，會輕輕地把她呼喚……

代孕

馮昆侖瞅著躺在一旁的吳瑕讚美她長得好看。這是他們的初次見面，一個四十出頭的男人在賓館約見一個才大學剛畢業的女生並非出於什麼不正當的男女關係，他打量著她，也並非完全出於性的目的，他想著，自己和這個女人生出來的孩子會長成什麼樣，她膚色白皙，身材顯然是矮小了一點，嗨，是從小營養不良的關係吧，要不然也不會為了幾十萬元的錢，就答應用自己的肚子替一個陌生的男人生孩子。懷孕後會有妊娠反應，十月懷胎，到了忍著巨痛生出了自己的心頭肉後，卻又要馬上母子分離，他覺得這個女人很可憐，可她又終將是自己孩子的親生母親，所以他也不想太難為她，給她一個適應的過程，讓一個良家少女硬生生的立馬和一個陌生的男人做這樣的事也太難為她了。他的意思是大家先瞭解瞭解，不要讓她覺得自己在一個年輕漂亮的女人面前，露出一副猥鎖的樣子，全然不顧體面與尊嚴，迫不及待的露出一副賤相。這對自己的形象也很不利，畢竟，她不久就會懷上自己的孩子，也難保他們母子將來不再見面，還不如像個正人君子那樣，循序漸近的慢慢發展。這樣雖然好，可難免也會引起她的誤解，覺得自己並非只是借她之腹生子，還很溫情，大有對自己的老婆不再留戀，自己只是和那些江湖上的男人一樣，一見到新歡就貪戀，從來也不留戀什麼舊愛，所圖只是生理上的快感和心理上的放縱。自己雖然也有男人的弱點，可偏偏還有仗義之心，從不以勢欺凌弱者，更何況她還處在情竇初開的年齡段卻要為一個素不相識的老男人獻身育兒。嗨，真是罪孽！可她此時因為生活潦倒不堪，在一種絕望中產生的勇氣，這和在戰場上衝鋒陷陣的戰士又有什麼區別，一個是衛國一個是保家。這樣一想，對眼前的這個女子又產生了敬畏之情，嗨，可憐的女人，我那個未出生孩子的母親。此時此刻，想到自己的女人因為不能生育，就要眼巴巴地看著自己的男人理由正當的和另一個女人廝混，在她的心中又有著多大的委屈啊。為什麼不能像別人一樣去領養一個呢，可那畢竟是窮人的買賣，也助長了那些喪盡天良的人販子。富貴人家當然要親生的，那是血脈相傳啊。我們馮家祖先也是大將軍出身，哪能在自己這個不孝之輩手上斷了祖輩的香火啊。

她不知道這個男人到底想要幹什麼，她擔心他會後悔出這個價。自己可還沒結過婚啊，就連懷孕是什麼滋味也從未體驗過。要不是小時候被繼父這個畜生糟蹋過，自己如今還是一個處子之身呢。來吧，來吧，反正男人都是畜生。一想到自己的身體會被注入眼前這個男人的精液，心裡有種說不出的苦惱。身體本來留給自己愛的人，身體裡的寶寶也應該是愛的結晶，可如今她卻要被一個不速之客占為先機，任他對自己的身體肆意妄為，自己將成為一個代孕媽媽。從此，自己不再是一個少女，而是一個有夫之婦，待小孩分娩後，自己就變成了一個事實上的母親。可在現實生活中卻還要繼續以一個少女的身分出現，還要假裝羞澀地和一個翩翩少年去約會，去戀愛，去共同建立一個家庭，去懷孕生子，可這一切似乎都要在欺騙的遊戲中完成，這對於一個渴望愛的女人將是一種怎樣的致命的打擊，這對於他又是如何的不公平。終有一天，他會發現事實真相，他會痛苦甚至絕望。他會發現他的真摯感情被人愚弄，曾經一往情深的愛人原來只是一個做過別的男人的老婆的女人，是一個為別人生過孩子的女人，這種欺騙是如此地令人感到作嘔，十惡不赦。從此，他將終日鬱鬱寡歡，而自己也會落得一個被人遺棄的下場。一想到自己的命運將會如此，內心是多麼地不寒而慄。可是，事到如今，自己還有別的選擇嗎？自從母親和自己離開了玷污過自己的那個畜生，母女間的生活突然就沒了依靠，生活的含辛如苦難以言表。可是沒想到大學還沒念完，長年累月過度辛勞的母親終於病倒了，此時此刻，自己除了赴湯蹈火別無選擇。

一到晚上見丈夫遲遲不歸，趙雅萍就心神不寧，她總是想著，此時此刻，自己的老公在哪裡，是不是和那個女人在一起，他和那個女人做愛的感受又如何，他只是就事論事還是像曾經和自己那樣既溫存又甜蜜。一想到自己的男人被這個女人佔有，她心如刀割。可是她必須忍著，他的行為是經過自己默許的，誰叫自己的肚子那麼不爭氣，就連一隻母雞都不如。一想到這個女人既漂亮又年輕，她擔心自己老公感情的天枰會不會漫漫地向她傾斜，況且，她還懷著他的骨肉。現在的女人也真不要臉，為了錢不僅可以賣身，居然連子宮都可以出租，那些女人，雖然有的也受過高等教育，居然千方百計地爭著做別人的二奶，為了貪圖享受做人的人格都不要了，真是世風日下，讓人無以言對。不過話要說回來，自己當初嫁給昆侖還是幸運的，他自始至終都沒有想過要背叛自己，比起他身邊的那些男人，家中有兒有女，仗著有幾個臭錢，就隔三差五地在外面包養女人，動不動就想著和老婆離婚討新歡。無論如何，自己的丈夫還是一個有情重義的好男人。等他的孩子出生後，只要是他的血脈，自己也會視若己出，好好把孩子養大，培養成人，將來像昆侖那樣有出息。當然自孩子出生起，孩子就有自己和奶媽照看，那個女人拿了該拿的錢，就應該乖乖地遠走他鄉，永遠地消失在自己的視野之中。

她終於平靜地脫去上衣，裸露出一對粉嫩的乳房，他打量了一會兒，便伸過手去撫摸了一下。說來奇怪，她感到眼前的男人對她有一種憐愛之情，她忽然從腦中閃出了另一個男人趁她不備之機忽然從她的身後撲向她並拚命扯開她的上衣然後對著她的胸脯一陣亂摸的場景。那年她才十二歲，就遭繼父偷襲。從此，只要身後有人閃過，她就會本能地捲縮起身體，雙臂緊抱前胸，並渾身打顫。她輕輕地倒在他的身旁，也撫摸起他的身體，一會兒，他雙手抱起她的頭就親吻起來，他沒想到她會這樣做順從，合同裡女方並沒有親吻的義務。他覺得她的體味很好，他不停地親吻她。

「如果可以娶倆個老婆，我就娶你了。」他說道。

「等生過孩子後，又有誰會娶我呢？」她歎息道。

「我會守護你一輩子的。」他回想起曾經對他的妻子這樣說過，也不算發誓，他心裡就是這樣感覺的。現在，命運中又有一個年輕的女孩成了他的性伴侶，她年輕、嬌嫩、甜美，其實他還是蠻喜歡她的，前提是不會傷害到自己的妻子，她不能生孩子，彷彿上天有意考驗他對她的情感有多深，他想讓妻子明白，他對她的愛是命中註定般的不會改變。況且，妻子容忍他「出軌」，就足以證明這個女人對自己的丈夫的愛有多深，內心又是多麼地仁慈。他和她斷斷續續地交往了幾次，幾個星期後她就懷孕了。興奮之餘，他實在是不敢相信，為了生一個孩子，折騰了他們夫婦十幾年的心病居然就這樣輕而易舉地被這個女人解決了，而且從此他們的人生再也沒有什麼遺憾了。想想上天也是公平的，一個富有、恩愛的家庭偏偏生不出一個自己的寶寶，而一個沒有正常生活條件的女人，她的生育能力卻異乎尋常地強盛。

他為她租了房子，還請了一個傭人照顧她。在她的懷孕期間，馮昆侖天天想著吳瑕，想著他那個將要出生的寶寶會是什麼樣子，她總是一個人孤零零的生活著，沒有親人陪伴，更沒有讓她受孕的男人在她身邊呵護她，她的心情會有多麼複雜，會不會因為情緒憂鬱使她生出一個不健康的寶寶。在吳瑕懷孕的喜訊過後，馮昆侖便開始在內心變得焦慮起來，他一方面時時念著那個還未出生的孩子，另一方面還要顧及妻子趙雅萍的感受，以及懷有身孕的吳瑕的情緒波動。看出了丈夫的心事，趙雅萍便主動提出有她自己親自去照看和陪伴吳瑕，馮昆侖覺得這個主意不錯，畢竟她們遲早也是會見面的。只是他真的難以想像，面對吳瑕，趙雅萍會是什麼感受，況且她還懷著他的孩子。

當他們夫婦同時出現在她的面前的時候，吳瑕似乎才真正意識到自己在別人的心目中是一個什麼樣的角色，她對著眼前的這個女人先是有種內心的抵觸，可她馬上就醒悟到自己只是人家生活中的一個過客，就如同請來照顧她的施保姆那樣，當別人不再需要她時，她就必須卷起鋪蓋走人。自己的地位在他們的心目中連一個傭人也不如，自己是一個代孕者的身分，在床上侍寢過別人的丈夫。

「我丈夫不放心你肚子裡的孩子，我會時常來看看你，需要什麼儘管說，身體有什麼不舒服就要去醫院做檢查，以免生出來的孩子會有什麼缺陷。」趙雅萍看似關切地說道。

「我很好，太太，這裡有施阿姨照顧就夠了，謝謝您。」

「現在是幾個月了，孩子有動靜嗎？」趙雅萍又問道。

「現在還沒有，也許再過一陣子就有了。」她回答道。

「沒事不要到處亂走，要靜心養胎。有什麼事讓保姆去處理就可以了。」趙雅萍關照到。

「雅萍會時常來看你的，需要什麼儘管說，除了該給你的費用，其他的生活費用也會補償你。」一旁的馮昆侖也跟著說道。

此時吳瑕感到很是不自在，所以她故以冷場好讓他們早早離開，心想，自己是受雇生個孩子，又不是來聽你們訓話的。再說，那馮昆侖現在一本正經地裝得到像，當時跟自己躺在一起的時候還不是那樣的情意綿綿，現在倒裝得好像從來就沒有碰過自己一樣，那滿足的勁兒哪裡去了，是不是怕老婆啊，一個連孩子都生不了的女人又有什麼可以怕的？等他們走了，吳瑕越想越覺得自己做人無趣，便叫保姆去給她買些酒來。

「懷孕的身子是不能喝酒的，對肚子裡的孩子不好的。要是太太知道了就麻煩大了。」保姆說道。

「有本事她自己去生一個，我肚子裡的孩子用得著她來管嗎？」

「嗨，我說小姐啊，人家這一對夫妻年歲也不小了，這輩子又什麼也不缺，就指望著你肚子裡的這個孩子了，而且B超做出來又是個男孩，那是人家的香火，你就行行好吧，再說了你也不是替人家白養的。」保姆說道。

「好吧，不喝就不喝吧，誰叫我命賤呢。」

時間在一天天過去，每當她有妊娠反應時，她就覺得自己離做母親的時候越來越近了。她想著，等孩子出生了，以後能天天看著他長大那該有多好啊，如果有一天能開口叫一聲自己「媽媽」那又該是多麼幸福啊。是啊，以前自己並沒有這種體驗，雖然是拿了人家的錢，可到了孩子在自己的肚子裡一天天發育成長，自己對孩子的那份依戀之情是如此地強烈，這種與生具來的母愛超出了任何其他的情感，就連那被人渴望的愛情也變得微不足道了。她甚至覺得只要自己擁有這個孩子，自己就心滿意足了，對什麼事都無所謂了。「媽媽是多麼離不開你啊。」她摸了摸自己的肚子，對著腹中的孩子說道。

離預產期還有一段時期，趙雅萍就忙著準備好了所有嬰兒的必用品。看著一套套精緻漂亮的嬰兒服裝，她心裡還是充滿著喜悅之情。本來自己總覺得對不起丈夫，雖然他嘴裡不說，可隨著年齡的增長，她看得出來他也越來越想要一個孩子，況且他父母抱孫兒的願望也已長久以往了，她甚至擔心會因此失去丈夫。現在好了，一切心結都被解開了，幸虧有這樣需要錢的女人。她達到了金錢的期望，而自己卻解決了生活上的缺憾。她希望這個孩子出生後長得像他父親，這樣，她的感受會好一點，如果像那個賤人，自己看見他就很容易想到她，就會感到不舒服，興許會產生討厭的感覺，而自己的丈夫也因此會每每惦記著那個女人，於是她求老天幫人幫到底，孩子一定要長得像自己的男人才是。

到了快要臨盆的前夕，所有的人都變得焦慮起來，不知道孩子幾時回出生，就連趙雅萍也是天天去吳瑕那裡觀看情況，有時一天要去兩次，而吳瑕的心裡並不想老是見到這個女人，如果是馮昆侖來了，她會感覺好一點，內心也自在一些，可以和他談些生理上的感受甚至還可以說幾句撒嬌的話，而他，只要自己的老婆不在場，他看上去也顯得更加溫柔體貼一點，只要那個女人同時在場，他就很少說話。吳瑕此時最想見到的是她的母親，她甚至害怕生孩子時自己會因為難產而死去，這樣她就無法在臨死前見她母親的最後一面，可是現在的情況都是瞞著她母親做的，她很傷心，不過一想到如果真的自己有所不測，自己畢竟有了後代，她的血脈在下一代的身體裡流淌，而懷中的寶寶也可以交付給一家好人家撫養成人，就當那個女人是自己孩子的養母，也許老天選中自己給別人做代孕，真正的目的就在於此，這樣一想，她感到安心了許多。

那天吳瑕突然落紅了，她急忙被送進醫院。由於出血不止，她感到很恐懼，醫院做了安胎措施，就開始打催生針。躺在病床上的她不時地忍者一陣陣突如其來的巨痛，在病床上每過一分鐘似乎都是漫長的煎熬。隨著疼痛的加劇，她只感到全身難受，躺也難受，站又不行，疼痛的頻率在加快，痛感在加劇，她感到自己實在承受不了了，懷得又是別人家的孩子，她覺得自己疼得要發瘋了，她大聲呼叫著「媽媽」，沒有人理會她，只有醫生叫她安靜下來。看到生孩子如此慘狀，馮昆侖一方面覺得吳瑕的可憐，他也沒想到女人生個孩子這樣費勁，這還不包括懷孕的妊娠反應，生理和心理的變化，但同時他也感到一絲慶幸，趙雅萍因為不能懷孕而免於遭受如此的痛苦折磨。一家老少聚在產房外足足十幾個小時，不要說生產的孕婦，就是等侯的過程也已經是夠折磨人的體能與精神了，更何況產婦在那種要死要活的劇烈疼痛中度過的分分秒秒了。吳瑕一邊尖叫著，一邊心想就是死也要生下這個孩子。又經歷了殺豬般的嚎叫，幾經掙扎，孩子終於生了出來。由於孩子體形過大，生產後她就開始大出血，而且下體開裂到肛口。她終於見了一眼孩子，隨後就昏迷了過去。等她醒來後，她發現自己已被插上了尿管，而且無法坐立，肚前滿是血瘀。

當孩子被助產士再次抱到她身邊的時候，她頓時感到自己已經無法和這個眼前的孩子分開了，他是自己身體的一部分，更是自己生命中不可缺失的部分，當初答因別人做代孕的時候，真的沒有想過這麼多，只想著出賣自己的身體和子宮，用換來的錢救治母親，當時真的就是一心一意這個念頭。可如今不一樣了，自己根本就離不開這個媽媽的心頭肉，孩子是她用鮮血和生命換來的，就是把全世界的黃金都給她也不換，雖然這樣做違背了協議，可他們只樣做一開始就不對。孩子很快就抱出來讓馮昆侖家人看了一眼，一看見孩子，趙雅萍就制不住地叫起來：「太像了」。「簡直和他小時候一模一樣」馮昆侖的父母含著淚水驚喜地歎道。

馮昆侖夫婦正準備去醫院接孩子回家，到了醫院卻找不到吳瑕，再去嬰兒房看寶寶，也沒有找到，一絲不祥的預感籠罩在他們心裡，再回到病房，只見床頭邊留下了一張紙條，他們急忙拿起一看，上面潦草地寫到：

「我走了，帶著我的孩子，錢以後還你們，對不起！」

看完紙條，他們幾近癱倒在地……

金姬和銀姬

（上）

當太陽西下的時辰，成千上百在廣場上彩排大型集體操的女生共同駐足仰望西邊，此時，日落的陽光紅光四射，把天空的雲朵染成鮮紅，透過雲層的陽光，向著地面直射到整個廣場。這景色與表演的一幕舞臺上的場景極為相似，金姬和所有排練球操的女生和她們的教練一起，懷著無比激動的心情，唱起了《金日成將軍之歌》。

離光復紀年日還剩下最後兩個星期了，到那天金正日元帥會親臨觀看她們的大型歌舞團體操表演《阿裡郎》，這是歌頌慈父領袖帶領人民英勇抗擊侵略者的光輝歷史。她絕心一定要盡自己最大努力表演好，讓元帥滿意。她感到自己很幸運能夠誕生在這樣的祖國，成長在像平壤這樣的城市，在領袖的親切關懷下幸福地成長。在有限的電視節目裡她瞭解到，在南邊的另一半國土裡，在饑寒交迫的風雪夜裡，又有多少無家可歸的人流入街頭。

金姬的家人也為她感到自豪，她從小學起就被選入平壤市少年宮學習歌舞，她的歌聲甜美、悠婉，和少年宮裡的同學一起，經常為來到這裡參觀訪問的國內外人士做歌舞表演。她外表清純，身材也比其他的女生高挑，演出服是少年宮配置的，雪白的襯衫下是湛藍的裙子，戴上鮮豔的紅領巾，腳上是黑色的女生皮鞋，每每站在舞臺上，唱起歌頌領袖的歌，這是她感到最幸福的時光。

「我不知道領袖到時出現在臺上，我會是多麼地激動。」金姬自豪而又有些擔憂地和家人說道。

「那是多麼幸福啊，如果一輩子能夠見到將軍一面。」她母親也羨慕地歎道。

「可是領袖太忙了，不一定來觀看我們的表演。」她滿懷期待。

「為了祖國與人民，將軍日理萬機，所以你們一定要演出好，為將軍爭光。」她母親鼓勵地說道。

終於到了總排演的時刻了，平壤體育館內聚集著十萬餘人的表演大軍，身著各式表演服裝，緊張而又喜氣地進行著後期彩排。這場面令每一個人震撼，包括表演著自己。他們盡情地歌舞，隨著場上的方陣變換，看臺上也拼出了氣勢恢巨集的各種圖案。整個彩排持續了近兩個小時，每一個表演者都極盡全力，為了能在領袖觀摩的那一天，使敬愛的領袖感到滿意。

光復紀念日當天晚上，體育場內燈火通明，全場列隊的表演女生穿著色彩鮮豔的民族服裝和成千上萬的搭拼背景圖案的人群此刻變得鴉雀無聲，全場突然暴發起雷鳴般的經久不息的掌聲和歡呼聲，場地上的女生一邊跳躍著一邊歡呼，金正日元帥和黨和國家鄰導人一一出現在主席臺上，她們手舉鮮花跳躍著，歡呼著。元帥頻頻向著歡呼的人群招手致意。隨後，他不斷地示意同來的崔將軍等人同台坐下。台下的掌聲歡呼聲持續著，他們正釋放著對領袖的崇敬與熱愛之情，歡呼的人群深情地含著熱淚，他們從內心深處愛戴他，願意為他生，也願意為他死。

金姬是整個表演當中唯一在一束強光照射下展示舞姿的女生，她相信領袖一定觀賞到了她，這是她終生的榮耀。歌舞展示著對領袖的無比的崇敬，對祖國欣欣向榮的讚美，對千里馬精神的頌揚和對人民意志的體現。那年她和同學一起懷著敬仰之情去白頭山參觀歸來，從此，她就更加堅定了自己的信念，敬愛的金將軍是上天賜給祖國人民的領袖，只要有了這樣的領袖，任何企圖侵略朝鮮的帝國主義都終將會失敗。正是這束幸運之光，她成了日後人們追蹤的目標。是誰會這麼幸運呢，在成千上萬的舞者之中，當場內的燈光突然變暗了，只有一束強光不偏不倚地對準了她，此時她成了場內所有人的關注的目標，包括領袖在內。這是她參加的第六次大型藝術團體操表演，每次演出都期望著領袖的來到，可是為了建設偉大的祖國，領袖太忙了，一直沒有機會親臨現場。如今，美好的願望終於實現了，為了親愛的元帥，她要更加努力地做好每一件事，絕不辜負領袖的期望。

中學畢業那年，金姬又榮幸的被在領袖親切關懷下成立和發展的萬壽台藝術團招入，從此，她成了一名真正的演員。她要永遠為領袖和祖國歌唱歡舞。可是她並不知道，一個年輕、亮麗的歌舞演員，會和各種政治勢力交織在一起，並且命運也會隨之沉浮。

崔大將軍有個年輕氣盛的公子叫崔景浩，他已經在政治上漫漫變得成熟起來。在武官、文官和新生政治力量的交織複雜的政治鬥爭中使他認清了嚴峻的形勢。雖然崔大將軍在軍內外有著很高的威望，可是各種勢力的鬥爭經常是你死我活的，只要一不小心或被人背後讒言或違背領袖的意志，也許就會落得個悲慘的下場。歷年以來，因為各種原因被關進牢獄甚至被槍斃的也不在少數。這位年輕的軍官在心裡並不認同最高統帥的所做所為，他對自己的父親也並不盲從，他有自己的主見，他甚至有改朝換代的野心。如今，他已到了男大當婚的年齡。他母親委託部下四處為她的兒子物色合格的對象，可是看來看去，不是缺少麗質就是上不了檯面，她明白自己的兒子非同小可，將來不是元帥就是大將軍，是國家的棟梁之才，所以要配得上他的女性，不僅要美若天仙，更要舉止得體，上得了各種場面。為了讓手下便於物色，她母親甚至冒險給他們參照南韓明星的玉照，任何有關南韓的影視節目在這裡都是被嚴禁的，觸犯者會被判刑下獄。手下的人找來找去，竟花了大半年的時間終於在萬壽台藝術團中物色到了金姬。她和一張照片中的韓國影星長相很相像，只是一個現得純情可愛，另一個時尚動人。誰也想像不到，她們的母親們竟然是一對孿生姐妹，在韓戰暴發那年失散了。冥冥之中這兩個母親的女兒金姬和銀姬，都分別成了北韓和南韓的明星，又陰差陽錯地在一種無形的力量驅使下被聯繫了起來，這豈不是奇遇中的奇遇，可惜當事人卻全然不知。

在一次大型文藝演出之後，夫人接見了幾個表演藝術家，又單獨會見了金姬，問了她一些家中情況，隨後就請她去家中作客，說是大將軍想見見她。她不知道會發生什麼事，為什麼大將軍要請夫人招見她，是不是元帥的意思。她向領導請示，哪知平時一項嚴厲的上司此時卻對她媚言媚語，這使她心中更生蹊蹺。那天，司機開著首長的高級轎車來接她去見一位首長，當她見到崔大將時，她心裡一陣驚訝，這不是經常在公開場合伴隨在領袖左右的大將軍嗎？後來她才知道，是大將軍的兒子崔景浩看上了她，雖然她此時已有了自己心儀的人，也是劇團裡的一個當紅明星，不過，一切已經由不得她，命令高於一切，誰都明白這個道理。不過，在她被選作候選人之一後，崔少帥幾乎對她一見傾心。

金姬在和崔景浩的交往中發現他並不像一般的高幹子弟那樣專橫跋扈，他很有自己的見解，而且對她很尊重，他希望和她彼此加深瞭解，他絕不會強求她。他告訴她，身處他這樣地位的人，表面看起來很風光，其實他並沒有多少自由，一切行為均有別人替他安排，包括他的婚姻戀愛，一聲令下，上上下下不知要牽涉多少人，就像一個重大的政治任務。她漫漫似乎對他同情起來，而他也對她開始無話不說。他告訴她，如果他們之間確定了關係，她就必須轉行。

他們彼此交往得不錯，金姬非常喜歡在他家的私人影院觀看美國電影，這些片子是她以前被禁止看的。那晚，她照常看完片子，便回房休息了。可是第二天崔景浩並沒有和她聯繫，以前他總會主動和她聯繫，她打電話也無人接聽，於是她打他的母親辦公室電話，也是無人接聽狀態，她不知道發生了什麼事，她有一種不詳的預感。出於紀律，她也不敢繼續打聽。連續幾天和他失去聯繫，警衛又不許任何人出去，就在她萬般無奈和焦灼之際，金姬被一輛軍車帶去了一個地方，在那裡有人向她宣讀了有關崔大將軍因犯叛國罪已被處死，以及有關人員被捕入獄的消息。金姬聽後，當場就昏厥了過去。

金姬被牽連入獄，她脫了軍裝換上了囚服，在監獄裡進行改造。她怎麼也想不通，一向忠於領袖的崔大將軍怎麼會犯叛國罪呢？他一定是遭人陷害。崔景浩也是下落不明，是死是活她也不知道。她總是想著，自己要是仍在藝術團做一名歌舞演員該有多好，為什麼偏偏選中她，最終使她捲入這場政治鬥爭的漩渦之中，無辜地被送進大牢。這裡的管教人員多為男性，由於金姬生得實在漂亮，加之她的背景身分，就連她在上廁所時，也有人在偷看她。有天夜裡，她正躺在床上夜不能眠，突然她的房門被打開，進來了一個看管人員，見到她就惡狠狠地撲向了她，也不問什麼就對這她狂吻起來，她只能拼死反抗，最後，這個看管人員冷冷地對她說道：

「這裡的一切我說了算，只要你順從我，你就有白米飯吃，還有葷菜和水果，要不然，只能天天吃發霉的食物，時間久了，身體就會潰爛。」

「大將軍是遭人陷害的，我是無辜的，領袖知道了一定會救我的。」她哭訴道。

「沒有人會來救你的，別做夢了，乖乖地聽我的話。」看管的說著，又向她動起手來。

「我是不會聽從你的，到死也不會。」她堅定地說道。

……

由於實在受不了身體上和精神上的雙重折磨，很快她就得了大病，並幾度尋死不成，又被加上畏罪自殺的罪名。不久，她的精神就開始有點失常了。可奇怪的是，只要看到電視節目中的大型藝術團體操，她彷彿就變成了另外一個人了，她會不停地狂叫，她想要領袖救她出去，她的大聲尖叫會引起其她女犯人的毒打。最終，她被關進了一家精神病院。她已經誰也認不得了，只有她可憐的母親來探望她時，在她的臉上時而會露出兒時一般的笑容……

（下）

當太陽冉冉升起的時候，漢江上的水面上泛著粼粼的波光，時而金燦燦的，時而紅彤彤的變幻著。天空上盤旋著一隻孤零零的海鳥，不時地發出悅耳卻現得有點悲涼的叫聲，這聲音在江岸回蕩，劃破四周的寧靜。

銀姬披著睡衣，從窗臺上俯視著江面，此時，她的心情極為複雜。她看了看身後睡得像死豬一樣的男人，還有椅子上的皮帶、鞭子和震動器。「變態，一個個都是變態，什麼經紀公司，整天只會喝酒、賭博、吸毒、騙女人。」她甚至想把這個此時還在熟睡的男人殺了，可是，家裡還債務纏身，一家人的生活還有賴於她。她實在不甘心被這些人玩弄於鼓掌之中，她想要獨立，可這出道的第一步又離不開他們。一次又一次地被騙的經歷，使她早就心恢意懶了，既然走到了這一步，只能再堅持下去試試自己的運氣了。

和經紀公司的人談好了以後，就不得不獻身。可接著她還要被迫接待那些滿身刺青的男人，他們有黑社會背景，不過付錢要比那些經紀人爽快，她很需要這些錢，買不起時尚的衣服和化妝品，不僅對不起自己，也會被人笑話。更何況，還可以幫家裡還掉一些債務。銀姬不知道，從她未成年被家人送進藝校時，一張無形的大網已向她張開。因為天生白淨、漂亮，少兒時代就有機會在電視上亮相表演歌舞。事實上成功的明星很多也是這樣起步的，所以她從小就被家裡人當作未來的明星培養。銀姬還未成年，她已不得不棄學掙錢補貼家裡了，由於她父親生意上被人欺騙，欠下了一大筆債務，生意上又屢遭挫折，把她本來還算富裕的外公家也拖累了。沒有辦法，借給她父親高利貸的人就打起了他女兒銀姬的主意。

銀姬在追夢的路上感到身心俱憊，她不知道哪一天是她的出頭之日，她似乎生活在一個自欺欺人的怪圈之中，期待、被騙，再期待、再被騙。在行行色色的人群之中，似乎整個社會都在誘騙她，當她犧牲自己的肉體最後換來的是連鎖的欺騙。她父親看起來已走投無路，只希望銀姬有一天能出人頭地，不僅為他還清他欠的所有的債務，還可以讓他們一家過上美好的甚至是令人羡慕的那種生活，不像現在那樣，別人見他就躲，甚至和所有的親戚都斷絕了來往。在長期簽約無果的情況下，銀姬最終和一家公司簽下了她人生中第一部片約。其實這種片子誰都可以簽，只是分成問題，就是所謂的成人片。她思想鬥爭了很久，終於簽了，公司馬上就付一筆錢給她，以後再分成。拿了人家的錢以後，她就開始拍色情片了。因為銀姬長相出眾，加之她身段火辣，片子一上映就很火，可那種令人消魂的火爆場面又使她的家人備受壓力，就連她的弟弟也因此無臉再去學校上課。這樣，一家人的生活在經濟上剛剛緩解了一些，可在心理上卻又承受著巨大的壓力。別人普遍認為，銀姬的父母為了貪圖享樂，竟讓女兒去從事拍色情片，真是無恥到了極點。

其實在這個社會上，許多的藝人都有這種不光彩的隱事，只是銀姬本想通過拍一部色情片先讓自己爆紅，有了片約的資本以後，她就可以轉型拍愛情片或是電視劇，等自己有一天有了很高的人氣以後，再像許多前輩那樣，嫁個有錢又有地位的男人，過上自己真正嚮往的那種風光的生活。事實上除了受到外界的輿論壓力下，她受到更多的邀請是那種色情片約，還有各種名人和商人的私人邀約，同時，她的緋聞也不斷地出現在各種報章和娛樂雜誌上。因為在她的生活圈內，吸毒也是一種時尚，是有錢人的嗜好，漫漫地，銀姬也染上了毒癮。由於開銷在不斷地擴大，銀姬最後不得不被人包養。從此，她過著看似悠閒，內心卻充滿著不安與焦慮的生活。毫無疑問，她住上了豪宅，平時無聊的時候多半在睡夢中度過，看碟片打發醒來的時光，伴隨她的是一隻寵物狗。當他偶爾有時間回來時，她會盡力做些好吃的給她吃，他總會說好吃，這是她的一番心意。當然，為了取悅於他，她要儘量滿足他的需求，哪怕月經期或是身體感到不適的時候。他會定期給她一筆可觀的生活費。有時他會帶她一起見朋友聚餐，那些有頭有臉的男人們，大多數談的是生意上的事，因為是豔星，她明白自己的身分，所以她從不插嘴，免得丟醜。當她一個人獨處的時候，她會喝酒或是吸粉麻醉自己，在她的內心深處，她要的不是這樣的生活，她有自己的向往與追求，她不想用青春與肉體來祭奠別人的性欲。她明白，即便是這樣的日子，也是不會持續多久的。

她過了一段看似平靜的生活，可她不久就發現，即使她把青春獻給這上了年紀又滿臉橫肉的人，充其量也只不過是別人手上眾多玩物中的一個，她真的很渴望有一段屬於自己的愛情，這可是要冒風險的，雖然包養她的人和許多女人同時有染，可卻不容許她們自由戀愛，於是她偷偷地和年輕的情人幽會，很快，銀姬就墜入了自己的愛情之中。

「為了你，我可是放棄了一切，你可要好好地待我。」她向她的戀人說道。

「寶貝，你放心，我決不會做對不起你的事。」他向她發誓。

「如果有一天，你背叛了我，我真的只有死路一條了。」她告訴他。

「銀姬，我真的很愛你。」他說著，心裡有些迷惑。

因為她染上了各種惡習，住得又是富商贈與她的豪宅，愛她的小男人哪裡養得起她，雖然她想要擺脫富商，再也不要成為別人的發洩獸欲的工具，可她根本就離不開別人的資助。銀姬也沒有辦法，為了錢，為了愛，她只能和這兩個男人同時周旋著。不久，銀姬就發現自己懷孕了，在恐慌與不安中，她一點也沒有將要成為母親的喜悅。為了愛情，也為了肚子裡的孩子，銀姬決心和富商分道揚鑣。她似乎又過起了一段平靜的日子，她每天和自己喜歡的男人生活在一起，可她明白，她不能靠他生活，相反，日常的開銷大多有她付出，時間一久就會坐吃山空。他又沒有什麼賺錢的本事，打工的收入也非常微薄，更本維持不了基本的生活。到了孩子快要出生的時候，富商又把房子收了回去，他們一家只能租住在一間很小的房間。可銀姬萬萬沒有想到，那個自己所愛的男人，不僅貪圖她的美色，更貪圖她的錢財，就在她快要臨產的階段，那男的竟和她玩起了失蹤。也許他更本無法面對現實，他的這點收入在首爾也只能獨自免強度日。銀姬絕望了，在痛苦中，她產下了一名男嬰。

生活上的窘迫很快使她感到走投無路，她不得不提出回到那個富商的身邊，別人是個花花公子，卻也是個有勢力的人物，他拒絕了她的要求，還罵她是個婊子。銀姬欲哭無淚，她想到了死，可又捨不得自己的孩子。於是，她只得從操舊業，皮條客拉她到處陪吃陪睡，她的心情總是在一種抑鬱的狀況下，又幾度入院治療，這樣反反覆複，又醜聞不斷，最後就連家裡的人迫於臉面也和她斷絕了來往。銀姬徹底絕望了，她不明白這個世界為什麼不能容納像她這樣一個女人，她從小受人追捧，長大後卻落入了一個又一個被人欺騙的圈套，她掙扎著卻無從改變自己的命運，成為各式各樣的男人追逐與玩弄的對象。老天把她降生到人世間，她的天生麗質，她的嫵媚迷人，終究只是為了滿足男人的泄欲和變態的性虐。為了最終的解脫，她抱定了死的信念。此時的她，對愛不再渴望，對死也不恐懼。

在一個傍晚的時候，就在離她二十七歲生日的前一天，銀姬在她的寓所裡做好了所有她想告別人生的準備。她先後和幾個朋友通了話，再和父母家人，最後，她想和那個富商道別，此時她一點也不怪罪他，她想打電話告訴他，當時她離開他是個錯誤，希望他原諒她，可惜，電話那頭始終沒人接聽。她回房看了一下熟睡的孩子，心裡想著：「讓我下輩子再來照顧你吧，媽媽好累。」她知道保姆馬上就要回來了，又匆匆寫了幾筆遺書，隨後，她就從二十四層的高樓上一躍而下，結束了自己年輕的生命……

輿論又是一片譁然，這是近幾年來韓國女影星連續多次的自殺事件。她們一個個像似的流星，劃破長空，又轉瞬消失在遙遠的天際。

私塾教人讀《四書五經》，宣揚的是「孔孟之道」，提倡的是「忠孝仁義」，十九世紀四十年代的「鴉片戰爭」後，隨著國門被西方列強用槍炮打開，知識份子才開始意識到中國文化的弊端，他們不再使用「陰門陣」的方法來對付洋人的炮火，開始大搞「洋務運動」，試圖「以夷之技制夷」。就連歷來師從中國的日本更是提出了「脫亞入歐」的口號。到了「八國聯軍」入侵中國以後，英美的傳教士也開始在中國辦學堂，推行西方文明，在知識界也開始宣揚提倡「科學與民主」的同時，隨著俄國的「十月革命」取得成功後，蘇俄向中國、日本、印度等國輸出革命，雖然日本的國門也是被西方的列強用槍炮打開，但是，他們抵禦住了「共產主義」思潮，中國的一些知識份子卻宣傳起馬列主義，並認為「將來的環球，必是赤旗的世界。」他們企圖以俄國為榜樣，建立一個以「勞苦大眾」為利益的新國體，並在俄國共產黨的幫助下，建立了中國共產黨。在經歷了幾十年的國共內戰，上千萬顆人頭落地後，共產黨終於取得天下。現在宣揚的一律是「馬列主義和毛澤東思想」，歌頌的是「中國共產黨的光榮歷史」。老百姓還能在牆上看到馬克思、列寧和毛澤東的畫像，儘管那些舊畫像看上去有點走樣。從此，知識份子再也沒有了言論和學說的自由，一切要以馬克思的理論為指導思想。事實上毛澤東本人對馬列主義並沒有什麼研究，只是利用其中的「階級鬥爭」哲學搞政治運動而已。當年在紅軍創立「中央蘇維埃地區」時期，他遭到留蘇回來的「蘇俄派」的排擠，指責他是「山溝溝裡的馬列主義」，對於他慣用的遊擊戰術也被同僚看成是運用了《三國演義》和《孫子兵法》裡的辦法打仗。不過最後也是因為「蘇區」的最高指揮者一下子和共產國際聯繫的電臺遭到破壞，毛才得以澈底擺脫蘇俄的指揮，因而鞏固了自己的權威。毛更專注於像《資治通鑒》這樣的書，也喜好《紅樓夢》，一生寫有不少詩詞。按照馬克思主義的理論，人類社會的發展必然從奴隸社會、封建社會、資本主義社會、社會主義社會直至共產主義社會。

也就是推翻封建社會的一定是資產階級，推翻資本主義社會的一定是無產階級即工人階級。執政的共產黨又不好否認孫中山推翻帝制的歷史功績，同時又要反對蔣介石和國民黨，就索性把孫領導的革命定義為：資產階級領導的「舊民主主義革命」，而把共產黨自己的革命定義為：無產階級及其政黨領導的「新民主主義革命」。當然，孫先生當年主要依靠的並非資產階級，而是華僑和幫會，毛澤東依靠的也不是無產階級，主要依靠的是農民。現在一切按照蘇聯模式建設國家，稱其為「老大哥」，國家最主要的公派留學生也是去蘇聯留學。

不過在掃盲學校教書的人以前是國民黨軍隊的一個舊軍官，小時候也讀過私塾，後來投身于國民軍，國民黨敗退臺灣後，他就隱姓埋名，先是在鎮裡的一家中藥店裡當炊事員，後來就做起了掃盲老師。他和老婆還有兩個孩子生活在一起，比起以前的軍官生涯，現在的生活條件差多了，就連現在的老婆，也是他當年用一個駁殼槍套哄來的，他告訴她說，這東西很值錢。

八月的一天，村裡的農民忙了一天農活的村民收工以後，便集中在夜校的廟堂裡看公演歌劇《王蘭英》，女主人被認為是中國的卓婭（被宣傳成蘇聯女英雄，據說其實她是個精神病患者，因犯「縱火罪」被處決）。故事的內容大致是這樣的，一九四六年秋天，國民軍佔領了山西省的文水縣。當地中共黨員幹部被迫向呂梁山後方根據地轉移，王蘭英因為年齡小易於隱蔽，被留下來做地下工作。一九四六年的冬天，中共的一個區長帶領民兵將雲周西村村長殺害，王英蘭也有參與。雲周西村當地的農會秘書曾因包庇地主段二寡婦，受到過王蘭英的批評，後被撤銷職務，開除黨籍，所以懷恨在心，在共產黨的部隊撤離後，自衛隊隊長來調查謀殺案時，就把本村的地下黨員的名字說了出來。

到了第二年，國民軍的人把全村的人集中于村南的觀音廟前，這裡曾經是中國工農紅軍的一個指揮所，在紅軍曾在這裡宣傳標語寫道「你想有飯吃嗎？你想種地不交租嗎？你想睡地主的小老婆嗎？趕快參加紅軍。」後來，牆上的標語改成了「打倒蔣介石，解放全中國」，到了共產黨取得政權後，牆上的標語也改成了「毛主席萬歲！中國共產黨萬歲！」從村民中，國民軍很快抓出了王蘭英。一個軍官看她年紀小便對他說：

「只有你以後不再為共產黨辦事了，今天就可以活下來。」

「那可辦不到。」王蘭英回答道。

接著，國民軍當著王蘭英和村民的面，用鍘刀連鍘了六名共產黨人，有人勸王蘭英說：

「共產黨人殺了國民黨人，他們要抵命，當年你的姑姑秋菊為建立民國打到滿清政府而犧牲，她才是英雄，女中豪傑，而你現在在幫助共產黨殺害國民政府的人，那是犯罪，怎麼對得起你姑姑秋菊的英靈啊？」

「我姑姑秋菊是女中豪傑沒有錯，可我們共產黨人的理想是解放全人類，建立共產主義，是最先進的社會制度，為了共產主義事業而犧牲，那才是最光榮的。」

最後，被五花大綁的王蘭英坦然走上滿是血跡的鍘刀架上，躺在了鍘刀刀座上，劊子手用力一鍘，王蘭英的頭顱離開了她的身體，頓時，血柱噴湧，她的頭顱從鍘刀座上落下，在地上又滾了幾下，和前幾個被砍下的其中的一個頭顱滾到了一起，她的眼睛還睜開著，她彷彿看見了自己的身首異處，也看到了同黨的頭顱，圍觀的人吃驚地看著她的血淋淋的頭顱覆蓋著亂髮，隨後頭顱上的眼睛慢慢地閉上了。最後，所有被鍘下的頭顱一起被懸掛在城門上示眾，而她家的視窗是可以看見那個城牆的，她的母親得知消息後，幾乎都昏死過去。

如今，當年的國民軍的舊軍官早已隱姓埋名起來，這天朱某帶著老婆和兩個孩子也在人群中一起觀看臺上演出的歌劇《王蘭英》，他當年是國民軍裡的一個營長，參與過審判王蘭英。突然，天上刮起了一陣陰風，就在此時，臺上正演到士兵鍘王蘭英的情景時，這個舊軍官不由的低聲道：

「哼，演得一點都不像。」

當戲演完了，大家就散場回家了。此刻，天上也打了幾個悶雷，下起了雨。朱某還悄悄地告訴他的妻子，當年王蘭英被殺的經過，他老婆聽了嚇了一大跳，戲裡演的可是革命黨人屠殺共產黨人，他是為了掩護革命群眾而光榮犧牲的，毛主席還為她的犧牲題詞：「生的偉大，死得光榮。」怎麼就變成了殺人抵命了呢？他的老婆叫他不許瞎說，現在到處都在揭發和鎮壓反革命，被抓的人是要被槍斃的。現在，到處有王蘭英就義的宣傳海報，她和她的事蹟早已是中國的老百姓家喻戶曉，在她的家鄉，還有她的塑像，除了毛主席的，就剩王蘭英了。當然，在中國的另一個城市浙江紹興，就有她姑姑秋菊的塑像，她被國父孫中山譽為「鑒湖女俠」。

說到秋菊，中國的絕大多數老百姓還不知道有這麼一個人物，那時文盲的人太多，只有知識份子才知道她。她二十歲那年嫁給了一個當地的一個開當鋪、錢莊和茶號王姓的兒子王財禮，時年她的丈夫才十六歲。秋菊並不瞭解王，她並不願嫁給這個比自己小四歲從未謀面的小男孩。她從小在一個私塾讀的是《三字經》、《百家姓》、《神童詩》這類女孩子的書，但她偏偏愛讀的卻是詩詞、明清小說和筆記傳奇。在很小的時候就寫下了這樣的詩句：「今古爭傳女狀頭，紅顏誰說不封侯？」、「莫重男兒薄女兒，始信英雄亦有雌。」她從小不僅仰慕英雄豪傑，而且還立志要做「巾幗英雄」那樣的人。雖然她不想嫁給王氏，不過當時男女婚配全憑「父母之命，媒妁之言」，秋菊只得從命。那天婚宴過後，到了晚上她被一個侍女領到了新婚房裡等著，心中充滿了不安和疑惑，等到那個喝得有點醉醺醺的小男人來到她的床前，她被她的男人揭開了紅頭蓋，她這才看見了一個稚氣未脫的男人在燭光中晃來晃去，而這個男人就是自己的丈夫。

這王財禮雖然讀過書，但畢竟是公子哥兒的本性，也沒什麼志向。自從「戊戌變法」失敗後，隨著外國列強加劇對中國的侵略和掠奪，為了改變現狀，朝廷廢除了沿襲了千年的「科舉制度」也辦起了「新學」，企圖「師夷長技以制夷」。可讀書人幾乎一下子沒有了出路，不少人便花大量的銀子捐官，也有去日本留學的，回來也可以做官。二十一歲的王財禮花了上萬輛銀子，也捐了一個京官，這樣，秋菊和丈夫還有他們的兩個孩子，全家搬到了帝都北京城。中日「甲午戰爭「的慘敗和一九〇五年發生在中國東北的」日俄戰爭「，使她深感民族的屈辱，加之對婚姻的強烈不滿，在她二十九歲那年，她不顧家人的反對，毅然決定自費東渡日本留學，她變賣首飾籌集資金終於東渡日本。當時的日本東京，是中國革命黨黨人活動的重鎮，在革命黨人的影響下，秋菊加入了由孫中山在日本創立的同盟會（中國國民黨前身）。回國後，積極和革命黨人籌備起義活動，由於同黨徐氏刺殺安徽巡撫，事後，幾名士兵將徐氏反綁著押起來。他見了一個巡撫的隨從問道：

「大帥安否？」

隨從將腳一跺，說道：

「畜生，大帥待你何等恩厚，現在被你搶殺，還敢問安否？」

徐笑道：

「問大帥安否正是私誼也。」接著說：「槍殺巡撫，此乃正義也。」

第二天，徐氏被押解行刑，先是被活活破腹挖心取肝，用於炒菜，隨後又將其頭顱砍下，並碎屍萬段。隨著起義遂告失敗，有被捕者供詞牽連秋菊，但她拒絕離開自己的家鄉，認為「革命要流血才會成功」。當年在「戊戌變法」失敗後，維新派面對保皇派的追捕，同樣慷慨陳詞道：「各國變法無不從流血而成，今日中國未聞有因變法而流血者，此國之所以不昌也。」秋菊被捕後在供詞中這樣寫道：「秋風秋雨愁煞人」一詩句。其夫聞訊後從京城趕到紹興，哭泣懇請衙門讓其妻免于死罪，雖然秋菊早已棄家外出好幾年了。官府答應只要她交代出同黨，並不再革命，幸許可保一命，要她丈夫去獄中勸說。秋菊的丈夫王氏知道自己無法規勸其妻，便遣他的新婚妻子俞氏前去勸說，這俞氏本是秋菊嫁給她丈夫時帶過來的侍從丫頭，本來在家裡幫助打雜，後來秋菊離家去日本後，王氏就把俞氏扶為正室。

當秋菊在牢房裡一眼看到俞氏時，她的眼神裡充滿了詫異和厭恨，看她滿身綢緞的衣著，她立刻就明白了怎麼回事。秋菊冷冷地看著她，心想，自己為了革命蹲監獄，不久就會被處死，她到好，背著主子和自己的男人好上了，還敢出現在自己的面前。

「太太，看到你成了這個樣子，我真的好難受？」俞氏哭道。

「難受？他不是待你很好嗎？」

「太太，你就招了吧，兩個孩子天天吵著要媽媽。」

這個連死都不怕的女人，此刻卻淚如泉湧，想到自己可能馬上就會被處決，想到兩個孩子哭鬧的情景，秋菊忽然間跪在了俞氏的面前，俞氏哪裡經得住這樣的場面，抱著以前的主子痛哭起來。

「招了吧，主子，讓我再伺候你。」

「我們今生有緣主僕一場，兩個孩子今後就全拜託你了。他，我也拜託你了。」

時間到了，獄警催俞氏離開，俞氏只得最後看了秋菊一眼，就傷心欲絕地離開了牢房。在七月的一個凌晨，秋菊被押送至在古軒亭口，由兩個劊子手一左一右隨她前行，最後，官府一聲令下，秋菊被他們從身後踢跪在地，一個劊子手高高舉起手中的屠刀，向著跪地的被五花大綁著的秋菊的頭上砍去，頓時血流滿地，秋女士就這樣就義了，享年三十一歲，而她的死亡間接促成帝制被完全推翻，並建立了亞洲第一個民主共和國，即一九一二年成立的中華民國。

朱某當年是民國的一個營級軍官，和許多的舊軍官一樣，早已隱姓埋名地轉移到了地方，並娶妻生子，過上了普通人的生活。雖然他心裡明白，如果他的身分暴露，就會被處決，所以就連他的老婆也不知道他過去的經歷。不過在看那場歌劇《王蘭英》時，使他勾起了那件往事，在她的印象中還真有一個這樣的女共產黨員被處決，不過記憶中她是一個謀殺案的從犯，本來可以不殺的，可她倔得很，後來就被斬了首。可是沒想到她竟是秋菊的外甥女。不過，就在朱某看戲時不小心的一句話，引起了別人的懷疑，全國正處在「鎮壓反革命」的風潮中，上級指示要「按人口千分之一的比例，先殺此數的一半，看情形再作決定。」

終於有人在調查朱某了，先是他的妻子在外面聽到了一些風聲，她頓時魂飛膽喪，她根本沒有想到過自己的男人曾是國民黨的一個軍官，按現在的說法就是潛伏下來的反革命，被檢舉出來是要被槍斃的。她準備好了農藥，如果真是那樣的話，就全家一起自殺算了。當她的男人從夜校教掃盲班回來時，他老婆就驚恐地問道：

「有人說你是國民黨潛伏下來的反革命，到底是怎麼回事？」

「你聽誰瞎說的？」他的心裡一顫，妻子怎麼會突然冒出這樣的話。

「現在有人在調查你，我是聽村支書的老婆說的，她不是掃盲學校的負責人嗎？」

「真的來了，老子也不想活了，這是什麼世道？」他也來了脾氣，他畢竟是個舊軍官。

「孩子他爹，這麼說這一切都是真的？」她的語氣幾乎絕望，「萬一你出了事，孩子怎麼辦，我該怎麼辦，不如大家一塊死了算了，我……」

「不要胡說，就算我出事了，你們也不會有事的。」他安慰她道。

他們天天提心吊膽地過著，生怕會出事，村裡已經被處決了不少人了，有的是當年和秋菊一樣的追隨孫中山的革命黨人，有的則是跟著蔣介石「北伐」的國民黨軍人，朱某當年也參加過「北伐」和「抗日」，當然後來也和共產黨的部隊打過「內戰」，他以為一切都過去了，從前的一切也隨之時間的過去而過去了，沒想到現在新政府開始算舊帳了。他自己也不明白自己到底做錯了什麼，難道自己革命錯了，現在自己又要被革命，自己是參與過處死王蘭英，可那是為了維護民國政府，難道她姑姑秋菊如果還活著，也要被革命，被無產階級革命？為了不連累家人，他決定去自首，他和老婆商議起來。

「不能去自首，你手上有共產黨人的血，被抓後就會被立即處決，而我們也成了『反革命家屬』，我和孩子一輩子都抬不起頭來做人。」

「有什麼抬不起頭的，我從前也是投身革命，追隨的是國父孫中山，難道他們也要革國父的命？」

「話是這麼說，可現在是毛主席當家，不是蔣介石當家，有本事你把我們帶到臺灣去，當初你什麼都瞞著我，我的命好苦啊。」

果然，幾天後，有兩個穿著舊軍裝的公安人員把朱某從掃盲學校帶走了，學校裡的人也紛紛議論開了，原來他是國民黨潛伏下來的臺灣特務。不久，朱某被押送到雲周西村當年王蘭英的就義地點，在那裡舉行了文水縣各界兩萬多人參加了公審、鎮壓大會，由於王蘭英的英雄形象早已深入人心，與會的群眾無不群情激昂，隨後朱某就被就地槍決了。朱某的妻子曾一度想過自殺，可又捨不得兩個年紀尚幼的孩子，於是她帶著兩個孩子，去異鄉投奔一個親戚去了……

死亡之旅

近二十年的監獄服刑後終於被提前釋放了，焦志敏也已四十出頭。在回家的路上，他的心裡就十分糾結，按理像他這樣年紀的人都應該有自己的家了，可他還要回到小時候就離開的家。在他二十歲剛剛出頭的那年，因為在一次群毆事件中致人死亡，後來被判了無期徒刑。在服刑期，每天他心裡的最大的也是唯一的願望就是減刑後刑滿釋放重獲自由，雖然他也擔心自己到了如今這把年紀在外面很難混出一點名堂，有幾個獄友已進進出出好幾次了，只因在外面生活沒有著落，便又走上了盜竊的老路。焦志敏在心裡暗暗發誓，到了外面以後，絕不再做犯法的事了，他很怕再坐牢，再坐下去就成老人了，就是重獲自由也會過著很悲慘的人生，甚至病死餓死連為他收屍的人也沒有。他也很後悔從前年輕時沒有好好的珍惜時光，遇事只是一味逞強，好像自己膽子大，夠野，就可以呼風喚雨似的，當別人都讓著自己的時候，自己居然有一種莫名的成就感。那都是過去的事了，如果自己要是沒有被判無期徒刑，自己在外面也許早就混出個人樣了，哪會還像現在這樣，連個歸宿也沒有。

當他最終回到家的時候，他看到自己的父親已是完全變成了一個老人，他有點心酸，他父親話不多，只是在桌上放上了一些吃的東西，除了一碗粥外，還有幾隻饅頭和一些醬菜。當然，他並沒有奢望家裡會為他準備一席豐盛的佳餚，可一個人坐在桌上冷冷清清吃著他心裡還是感到很不是滋味。父親話很少，而且看上去也不是很健康。他想和父親聊聊天，可是聊什麼呢，外面的事他一點也不知道，他也不想和父親聊他在監獄的生活，只是問他身體怎樣，他只是說了一聲「還可以」就什麼話也沒有了，他又問了他兄長的情況，他父親只是告訴他「閒著沒事做」。接著，他父親又抽起了捲煙。他想著小時候在家吃飯的情景，那時候雖然家裡很窮，可母親還在，有時候也會和他兄長爭吵起來，而他母親總會在背後說他兄長的不是。他剛放下碗筷，他的兄長就從外面回來了，他同樣驚呀地發現他兄長此時已經變成了一個小老頭了，連頭髮也禿了，而且和他父親一樣，他們的臉色都很不好，他也不想多說，畢竟自己才剛剛被放出來，什麼忙也幫不上。

其實此時他很想睡一會，等自己打起了精神再到外面去看看，可他又不好意思問家人自己有沒有睡覺的地方，於是他只得告訴他們自己出去找找朋友，看看哪個朋友能幫上忙，找點事情做。他兄長聽了，用教訓他的口氣說道：「不要再找那些不三不四的朋友，再進去可不是鬧著玩的。」他看了他兄長一眼，心想：就是再進去，也比你一把年紀還在家裡吃閒飯強。可他嘴裡什麼也沒說，心裡又想到：要是母親還活著就好了。他直覺感到這個家是不會歡迎他回來的，除非自己能拿出錢來。

他去找了從前的幾個朋友，別人對他還算熱情，其中有一個叫金昌運的是搞運輸生意的還請他在一家小飯館吃了一頓。他們小時候經常一起玩耍，看到人家事業有成，心裡也不免羨慕起來。「不瞞你說，這可是我二十年來第一次這樣有吃有喝」他感歎道，「等我有錢了，我再請你，現在能不能在你這裡幹點什麼，先把自己的生活問題解決了。」「這算什麼事，不過你剛出來，也做不了司機，只能跟人跑車做搬運，每月工資一千五百元。」金昌運爽快地說道。焦志敏聽了一陣欣喜，管他什麼工作，先找到工作，把吃飯的問題解決了，以後總可以再賺更多的錢。

焦志敏每天跟人出車，時常要到深更半夜才能回家。當他拖著疲憊的身體躡手躡腳地回到家時，他不得不敲打房門，讓他的兄長起來開門。他想有一把家裡的鑰匙，他的兄長卻不願意，可每次開門，他兄長又總是怨氣十足，責怪他那麼遲回家，弄得別人不能正常休息。

他感到了家人對他的冷漠，誰叫自己是個刑滿釋放的人呢，好像還是外人對他好一點，也許家裡人擔心自己要分他們的財產，如果自己待在牢裡，父親去後，房產就歸兄長一人所有。想到這裡，他流下了眼淚。他感到他本來就不該回來，回來幹什麼呢，難道他們會給自己經濟上的一點幫助，不回來自己心裡還有一個家，一個曾經的家，雖然說不上有多少溫情，卻也是一種心理上的歸宿。現在好了，他想著要儘快離開這裡，永遠不再回來，那怕是死在外面。他自己也不會去管他們的死活，就是有一天他們死了，也不會去為他們送終。

從此他就不再回家了，有時在別人家過夜，有時索性就睡在車裡。生活的不規律和體力的透支使他的身體狀況越來越差，他總是不停的吸煙，工資的大部分都花在了買煙上，剩下連吃飯的錢也不夠了。他同時看到金某總是吃香喝辣的，雖然有家室，身邊還時常有年輕美麗的女人相伴。他想要不是自己當年那麼好勝呈強，自己也會混得很好，也不會只麼寄人籬下。

由於身上的病痛，他去看了一次醫生，經檢查後發現，他患了嚴重的腎炎。醫生勸他休息調養。他那裡敢休息，反正本來自己就是爛命一條，死就死吧，免得活著遭人嫌。他頭腦好，手又巧，很快他就能開卡車了。不過金某不願他無證駕駛，他只好跟人出車。不久他就幹不動了，腰痛得厲害，又沒錢治病。終於，他有了一個無奈的念頭，去死。他感到這樣活著太累，也毫無自尊，看人臉色吃飯，而且身上也越來越痛。

他再一次回到了家裡，他明白這是一次絕別。他覺得他們這樣活著很可憐。事實上他也聽說了，他們都有腎病，而且靠做血液透析維持生命，他自己的病是家族遺傳的。他給他們買了一點吃的，三個人坐下來吃了一點東西，隨後，他就向他們告別了。他身上有向別人借的三千元錢，臨走時他在父親的床頭下放了一千元，自己帶著二千多元，開始了他的死亡之旅。

他忽然感到如釋重負，不要再為生計發愁了，也不用為疾病擔憂，只要有勇氣放棄自己的生命，就什麼後顧之憂也沒有了。如果死後真有靈魂，那麼也可以自由飛翔了。自己的這個身體似乎永運在牢籠中，即便是離開了監獄，自己的身心也沒有自由過。現在好了，終於可以無牽無掛了，雖然在心裡還有一絲的不甘心，還沒有滿足過做人的基本欲望。

他不知不覺地來到了一片荒蕪之地，一個人靜靜地坐在一棵大樹下，他想理一理自己的人生。在這個向人生告別的時刻，他想著人生到底是什麼，人生好像是在不斷地滿足自己的欲望，永無止盡。假如人生沒有那麼長，到了像自己這樣的年齡就會死去，那麼人們還會不會去拚命掙錢，或者去借一大筆錢買房子呢？也許不會，大家一定會過的更自由更輕鬆。問題在於人的生命太長了，而且希望更長，所以才會無止境地貪欲。自己在監獄裡度過這麼多年，心裡唯一的渴望就是重獲自由，好像只要自由了，就什麼都可以得到。可事實上這種自由又能給自己帶來什麼呢，除了身心更加的疲憊什麼也沒有得到。好了，不想了，想也沒有用，現在需要去吃點什麼，去再髮廊裡玩一次女人，就可以結束自己的生命了。

口袋裡的錢夠他好好地過幾天，他去鬧市找了一家餐館，點了他最喜歡吃的大蝦和烤鴨，又要了一些酒，美美地吃了一頓。這是他平生第一次不看價就點菜，他有點歡喜也有點悲傷，畢竟這和監獄裡的死刑犯一樣，是頓「斷頭飯」。他離開了餐館，就去街邊找髮廊，有一條街上有好幾處髮廊，裡面總有三兩個女人，有的年紀還不輕。他忽然發現有一家，裡面都是些年輕漂亮的姑娘，他一上去就看上了一個，於是他就挑選了她。他跟著那個女孩上了樓，進了房間，那女孩二話不說就脫了衣服，隨後就躺在一張床上等他上來。他隨即也脫了衣服，上前去把她緊緊抱住。他打量著他，心想，真的是好漂亮的一個女孩。他恨不得把她帶走，讓她和自己一起去死。

他找了一家旅館住了進去，鄰床還空著，他獨自一個人佔據著整個房間，他把門反鎖上，然後坐到了床上，拿出了隨身帶著的刀子。他先看著尖刀發呆，又感到身上在發痛，於是，他就躺下了，右手緊握刀柄，對著左手腕狠狠地劃了一下，鮮血頓時冒了出來，他鬆開知已的手，閉上了雙眼。

當別人發現他時，他已經休克了。很快被送進了醫院經行搶救。幸好搶救及時，他才沒有自殺成功。醫院救了他的命，他卻欠下了上萬元的醫療費，他不知道是要感激那些救助他的人還是要詛咒他們，活著沒有自有，連死的自由也沒有，可他們真的能阻擋自已去死嗎？不過既然又活了下來，他尋思著自己還能去做些什麼。

很快他就聯繫上了以前的幾個獄友，大家聚在一起先是哀聲歎氣，感慨自己沒有出路，最多只能是幫人家做些廉價的苦力活，什麼生活保障也沒有，所以只要有機會，還是想去冒險做一票。他們商議來商議去，最後還是聽了焦志敏的主意，他們要進行一次綁架，目標是金昌運。

焦志敏很容易地騙出了金昌運，於是他們三個人就對他採取了綁架。他們知道，綁架的罪很重，況且都有前科，所以他們用金昌運的銀行卡取了錢後就立刻殺死了他。又對屍體經行了分解，拋屍。

當有人發現屍塊時，公安人員很快從失蹤人員中找到了屍源，隨後便是大量的取證與摸排的工作，最後就鎖定了犯罪嫌疑人。不久，他們三個再次鋃鐺入獄。焦志敏明白，他很快就會被槍斃，像他這樣的人，無論是自由還是不自由，終歸會是這種下場……

炮竹聲聲

農村人喜歡放爆竹，劈劈啪啪的響聲可以壯大聲勢，似乎只有驚動了四周的人，方能宣泄心中的喜悅之情。張家的人買了一大串炮竹，準備在那個殺了自己妻子的小子槍斃那天，用來慶賀。

張家的媳婦出了車禍，不幸的是在事故發生後她先是受了傷，而且傷勢並不嚴重。這本來是不幸之中的大幸，按理說，傷者應該很快被送去醫院救治，可是，肇事者是個剛剛取得駕照不久的學生，而且還是音樂學院鋼琴系的學生。當他發現自己出了交通意外後，他先是本能地停下了車，又走上前去，發現她的傷勢並不太重，而且人也很清醒，這個時候，他有些後悔自己沒有趕快跑掉，這個女人衣衫襤褸，以後一定會沒完沒了地死纏。而那倒在地上的女人，也不顧自己的傷痛，她心裡唯一的念頭就是不要讓他跑了，否則就賠不到錢了。於是，他想掉頭就跑，也不用承擔任何事故責任。而受傷的她也不顧身上的陣痛，回頭緊盯著肇事車牌，又生怕自己會記錯，於是趕緊從包裡取出紙筆，記下車號。見勢不妙，在他的心理升起了一股無名火，他跑去車內，迅速取了一把防身小刀，又回過頭去沖向那個女的。見他提刀而來，她自覺大事不妙，想到這小子可能因為怕被追查，會殺人滅口，於是，她後悔自己剛才沒有裝死，還未等她開口求饒，那刀子就披頭蓋腦地向她刺去。她倒在了血泊之中，而他慌忙逃離現場。

雖然逃離了事故現場，可他還是清醒地認識到自己已經犯了殺人罪，現場並沒有其他的目擊證人，只是倒在血泊中的那個女子的慘像卻深深地印在了他的腦海之中，他想，如果有種使腦子裡的畫面成像的儀器，那麼他一定會被逮捕，幸好現在還沒有這樣的儀器，不過在她的眼球的晶體中一定留下了自己的影像，只是中國目前的科技還不能使它成像。他雖然害怕無比，可是他想員警未必能夠找到他，或許警方會認定這是一起純粹的兇殺案。因案情撲朔迷離，警方怎麼也不會去排查到一名在校的大學生。雖然他也有些悔意，不明白自己當時怎麼真的就這麼狠心，畢竟那是一條鮮活的生命。當時如果把她帶到醫院不就完事了嗎，也犯不著動手殺人，自己的那雙手是天生用來彈鋼琴的。這下自己完了，當時之所以這樣做，還不是因為她那令人毛骨悚然的眼神，好像是在說，這下你可死定了，我不讓你陪個十萬八萬的我是不會甘休的，反正你們城裡人有的是鈔票，年紀輕輕就開著好車兜風，撞到了窮人，理應要多加賠償，我們窮人家看病、上學都很難，現在自己受了傷，賠償的錢正好為家裡減輕一些負擔。他想，如果是這樣，自己的父母將會被長期拖累，又拿他們一點辦法也沒有，所以當時就動了殺機。嗨，殺人是要償命的，萬一要是被抓住了，有一天，自己就會被押上刑場被槍斃。他不僅打了個寒顫，可是一切都已太晚了。為了逃避現實，他只能去睡覺，心想也許真的什麼事也沒有。

事發現場既是交通意外，又是殺人凶案的地點，是仇殺、情殺還是搶劫殺人，凶案性質無法定性。雖然作了種種假設，可案情進展緩慢。女人的丈夫不相信自己的妻子遭遇的是什麼仇殺情殺，這分明是一起交通肇事逃逸事件，可又是誰，在他妻子的身上，狠狠地猛刺了數刀。想到妻子臨死前的慘狀，他想，一旦兇手被抓到，槍斃還是便宜了他，就是五馬分屍下油鍋也不解心中之恨。

時間一天天地在過去，到了第三天的時候，他覺得事情應該可以瞞過去了。這是這幾日整天精神恍惚，加之心裡又是極度害怕，就連父母也看出了情況的異常，他們只是擔心自己的孩子不要因為情場失意而耽誤了學業進而影響了他的前途，他們哪裡會想到兒子已經是一個殺人兇犯。做父母的總會覺得自己的孩子天真善良，和社會上的一切壞人壞事沾不上邊，就算是有人來告狀，也會從內心深處偏袒自己的孩子，就像人們對於自己的任何氣味從不再乎一般，可是，事情究竟還是發生了，而且不可救藥。他自己也明白，出了這樣的事，就是自己的父母知道了真相，也是害了他們，他們的第一反應一定是要保住自己孩子的性命，哪怕是犯了所謂的包庇罪也在所不惜。可他也很清楚，警方也許正在步步向他逼近，到時候他的住宿將被員警重重包圍，自己將會在父母的眼皮地下被武裝員警帶走，這一走自己將永遠不會再踏入自己的家門，此前想把心愛的女人帶回家的願望也會終成泡影，從此，父母將在悲傷欲絕的境地中度日。

每當聽到有人敲門，他的雙腳就會發軟，他害怕上門的就是員警。可他萬萬沒有想到，接到他母親打來的電話，他的父親被警方審查。事已至此，他知道大事不好，為了不連累父親，他向母親坦白了一切。他母親簡直不敢相信自己的耳朵，自己的孩子竟然會做出這樣不可思議的事情，但她很快意識到，只有馬上帶兒子去自首，兒子的性命也許可以保住。同時她也明白，一方面要有自首情節，另一方面，必須籌款向受害家屬賠償，並取得對方的諒解，兒子才可免去一死。她母親心急如焚的把他帶去了公安局，很快，他就被拘押了起來。

他現在最擔心的就是自己會被判死刑，並且很後悔當初的舉動。不過他想，自己當初就是想家裡少損失一些，才衝動地殺了那個女的，可如今損失會更大，弄不好自己的命也會搭進去，自己是個城裡人，又是個音樂學院的高才生，拿自己的命去換她的命，這個生意的本可是虧大了。他現在最大的心願就是可以回家，像以前那樣，隨意地回到家裡，然後坐到鋼琴前，彈一首蕭邦的《F小調第二鋼琴協奏曲》。對於自己的音樂表現力的提升，在整個音樂學院可謂無人企及，這是一種情感，也是一種天賦。自己向來有點狂妄，卻也很隨和，敏感而又多情，當然做事容易衝動，嗨，要不然，自己也不會去殺了那個賤婦。自己怎麼就這麼倒楣呢，初次和心上人約會，滿懷喜悅地在趕去約會的路上，就偏偏遇上了這個掃帚星。要不是出了這件事，現在可能正在和自己的情人約會，她可是人人想得到的校花。可如今自己將身陷囹圄，而且性命難保，這也許是自己的命中一劫。現在能夠救自己性命的也只有父母親了，讓他們交出一筆錢款，就當她是被自己開車碾死，一條人命最多二三十萬元，那男的死了老婆，用這錢在鄉下肯定可以再取到一個年輕漂亮的，只是自己即使不被判死刑，也要在這牢籠裡至少呆上二十年，到時自己也已四十出頭了，早已過了藝術表演的最佳期。嗨、嗨，真是倒楣透頂。人家的人生風風光光，自己去要在監獄裡虛度年華，父母也會很快老去，這輩子算是白活了。

當聽到嫌犯被抓的消息，張家的男人終於松下了一口氣，聽說行兇者還是一個在校的城裡大學生，張氏就更來氣了，真是太欺負人了，根本就沒有把農村的人當人看，在農村，就是開車在路上不小心壓死一隻牲畜，司機也會停下車來，看看傷勢如何，是否能夠把它救活。城裡人倒好，撞了人，為了逃避責任，就把一個活生生的人像殺一隻雞那樣給宰了，然後就一走了之。好像人家不是爹媽生的，人家也是有丈夫有孩子的呀。現在自己老婆沒了，孩子的母親沒了，這往後的日子怎麼過，還真的不敢去想。張氏想著，無論如何，也要判他死刑，才可稍解自己的心頭之恨，才可告慰死去的妻子。聽律師講這小子可能會判死緩，他想他是一千個不答應，那家人已經拿出了整整三十萬元，又夫妻雙雙跪在他的面前，痛哭流涕，他也有了一點惻隱之心，只要取得他的諒解，法庭就可以在量刑上酌情減輕，可是，他想著，只有讓他去死，才對得起自己的妻子，也只有讓他去死，將來才可向自己的女兒有個交代。這樣想著，張氏還特意去集市買了一萬響的聯放的炮竹，他要在那小子的行刑之日點燃炮竹，讓死去的妻子也明白，那個害死他的小子也被槍斃了，而且他家還是個獨生子，死後他家就斷子絕孫了。想到這裡。他心裡感到一絲欣慰。不過那錢以後再想辦法，也許可以通過民事賠償獲得那筆錢，這樣女兒上學的錢就有了著落。

幾個月的時間過去了，這件事早已弄得滿城風雨，受害者的家屬拒不接收賠償，非要置肇事者死地不可。社會輿論也懇請法官網開一面，辯護者也隨著輿論的態勢聲稱事件實屬「激情殺人」，無殺人預謀，也無犯罪前科。譴責著聲稱殺人償命，罪犯的行為所屬十惡不赦。最後，因為受害家屬的堅持，罪犯還是在一審中被判處死刑。在上訴期間，他渴望求生的願望從極其強烈慢慢轉為到面對現實，他知道自己的死期就將來到，任何的努力和渴求都會是徒勞的。嗨，自己所牽涉到的畢竟是殺人罪，就是換了自己，也不會去諒解一個殺了自己親人的人，他開始從心裡接受了現實，並為自己的行為感到懺悔。在夢裡，他看到了貝多芬的身影，在他短暫的人生中，他選擇了音樂，他不知道自己的前世是什麼，又為什麼要在現在的父母家裡出現和消亡，然後再回到自己應該去的地方去。只是連累了養育自己的這戶人家。

他的心已經離開了這個世界，他可以坦然地面對所發生的一切，他現在只是覺得生他養他的父母很可憐，還有自己的造孽，那個被自己殺害的人家也很可憐，人家好不容易投了胎，自己去陰差陽錯地又把人家送去了另外一個世界，害得人家陰陽相隔。他也似乎明白了，當一個人真的面對死亡的時候，人的內心還是很強大的，唯一放心不下的只有自己的親人。

行刑的那天，他最後見了父母一面。沒想到自己的人生竟會是這個下場，誰沒有規劃過自己的人生呢，這是所有被送上斷頭臺的人都不會曾經想到有一天自己會是這種結局。現在什麼也顧不上了，一個人連自己的性命都顧不上了，還會去在乎其他的任何事呢？如果在黃泉路上和那個被殺的女人相遇，自己一定會向她作深深地道歉。別了父母，就當沒生過自己，保重！

在張家的後院，炮竹聲響個不停，張氏覺得，雖然自己的老婆死的冤，可那小子死得更慘，死前還飽受折磨，說起來自己也沒用吃太大的虧。自己要好好把女兒養大成人，不辜負和她夫妻一場。

群英會

新上任的李副市長是科學院院士出身，他平生最恨的就是假廣告，他一直抱著懲治假貨的決心。他覺得，假貨就像是人體中的異常細胞，如果不對它們進行遏止，人體就會因此受損惡化直至死亡。為了改變社會上假貨成災的狀況，李副市長在一次大型的招商活動中，請來了許多社會達人和知名人士，共同獻計獻策。賓客來自各行各業，除了企業界人士，還有科學院的院士、軍界代表、宗教人士和知名作家。李副市長萬萬沒想到，他決心徹懲那些假食品、假飲料、假藥乃至假鋼材、假水泥等社會亂象時，那些應邀來出謀劃策的各路豪傑中，就有不少假冒各種身分的人。這看來多少有些荒唐，猶如從前的皇帝，派了貪官去查貪官，結果可想而知。

在招待會上，副市長代表市長和全市人民，作了熱情洋溢的發言，對於會的代表寄予了深切的期望。在熱烈的掌聲中，代表軍方的羅將軍接著上臺準備發言。羅將軍可謂儀錶堂堂，身材魁梧，筆直的腰杆一派將軍的氣質。在商界，他早就是個響噹噹的人物了，什麼招商、剪綵、乃至建軍節等大型活動到處可見他的身影。企業的生存與發展，靠的是人脈，有羅將軍這樣的人物到場，企業的知明度和公信力也會有很大的提升。當然羅將軍也不是省油的燈，什麼出場費、差旅費、娛樂交際費總有人幫他支付。羅將軍每每出現在公共場所尤其是別人的宴請，當他一出現在場上，個個起立為他鼓掌。在一身將軍制服的襯托下，羅將軍微笑地環顧四周，用他固有的拍手方式，他左手平方在胸前，再用右手輕輕地往下拍，面帶笑意地步入為他事先安排好的餐桌前就坐。此時，羅將軍神情淡定地開始了他的發言。

同志們、朋友們、戰友們：

我榮幸地代表軍界前來參加今天的這次盛會，這個，城市要發展，就要有良好的規劃，李副市長今天把我們請來，就是要加深加快改革的步伐。這個，作為軍人，雖然我們不能直接參與城市的建設，但是，這個，我們可以為改革的決策者保駕護航嘛。這個，我們有理由相信，只要我們同心同德，我們就能克服面臨的一切困難……

最後，我要慎重地提醒大家，這個，我們不僅要搞城市建設，更要營造良好的社會風尚，創造良好的生態環境，這個，在場的各位啊，我們任重道遠啊。我們要緊密團結在市長、副市長的周圍，把我們的城市建設得更美好。謝謝大家！

大家放下手中的碗筷，為羅將軍的發言鼓掌。隨後，主持人又讓一位宗教代表人士發言。這位僧人法名尚一，大家都叫他尚一法師。他一身黃色僧袍，顯得有點搶眼。

市民們：

有人說，出家人嘛，無非是到處化化緣，在寺院裡念念經，好像和城市的發展沒有多大的關係。以前城市不發達，僧人就是這樣過的，現在城市發展了，僧人好像還是應該躲在深山僻壤之中度日，和城市的發展沒有多大關係。其實，無論是社會的發展還是人生的旅途，我們都會遇到困難和感到迷茫。如果我們心中有佛，我們就會堅定自己的信念，就會看到署光，走向光明。市民們，經濟越是發展，人心越是容易墮落，道德水準也會下滑，社會風氣變壞。如果是這樣的話，城市發展得再好，我們的生活會幸福嘛？所以我相信，市領導也充分意識到了，文化建設的重要性。在坐的代表，包括我們出家修行的人都有一份責任。我也會盡我所能，宣揚宏法，使人心向善，就如我們每天需要清潔城市拉圾那樣，不斷地蕩滌我們心中的灰塵，使人心得以淨化，這樣，我們才會過上真正的好日子。謝謝市領導的邀請，謝謝大家！

將軍是假將軍，僧人是假僧人，可他們早就練得一身本領，在大眾面前表現起來，比真的還像。接下來還有靠剽竊別人的論文而成為科學院院士的陸院士，由老子待筆而成為暢銷書作家的青年代表鐘忠也分別作了發言。同台的將軍、和尚、院士和作家等邊吃邊聊，交談甚歡。尤其是將軍和僧人之間，好似一見如故。到了午宴結束後，羅將軍興致正濃，又把尚一和尚請到了自己的客房，繼續交談。

羅將軍泡了兩杯茶，坐下後向尚一和尚談了許多自己的人生經歷，希望尚一法師為他指點迷津。尚一和尚見將軍心誠，他覺得機會來了，便從他隨生攜帶的布袋中取出一件「護身符」，又動情地說道：

「將軍，不瞞您說，在我包裡這『護身符』只有兩件，放了有一年的時間了，從五臺山出來後，我就一直沒有拿出來過，那些心術不正的人，浮躁的人我是輕易不會拿出來的，只有像你這樣的有緣人，才配擁有一個。一個人要發達，光靠努力是不夠的。看得出來，你的心智不凡，這叫『通天』，這是一種能力，更是一種『機緣』，有了這個『護身符』，你將事事逢凶化吉，心想事成。」

羅將軍雖然也見過些世面，卻對尚一和尚的話深信不疑，覺得他是一個「高人」，便產生了敬意。於是他很快從兜裡取出了一張百元大鈔塞給了尚一法師。和尚看了看，便放入了口袋。又對將軍說道：

「這『護身護』可是個被高僧開過光的靈物，我從不拿它做什麼買賣，只贈有緣人，看將軍也不是什麼凡夫俗子，望將軍給個吉利數。」

「吉利數是多少？」

「可以是八八八，也可以是六六六，看將軍的氣度。」

羅將軍此時心中有了戒備，心想，這年頭什麼樣的人都有，自己混到如今這個身分，只有別人向自己「進貢」的，哪有像這樣向自己伸手的。於是，他有些不快地說道：

「別看我是個將軍，我的錢都由我的內人保管，所以我手上並沒有多餘的閒錢。」

和尚聽了，便道：

「隨緣，隨緣。」

隨後，和尚又拿出了幾本經書，繼續和將軍談論。將軍聽了一會，覺得無趣，起身去了洗手間。和尚便趁機在將軍的茶水裡下了藥。待將軍回來，和尚又佯稱下午還要去見一些政要，便和將軍以茶代酒一口把茶水幹了。隨後，也去了洗手間，將軍坐了一會，看他遲遲沒有出來，以為他拉肚子了，畢竟，和尚的腸胃不如常人。將軍很快感頭有些暈乎乎，就在床上坐躺了下來。不一會兒，和尚見將軍已不醒人事，便大膽地摸起了他的口袋，他本想撈一票走人，可直覺告訴他這人雖然儀表不凡，怎麼看也像一個假的，又翻看了他身上的證件，覺得也不像是個真的。於是，他決定賭一把，他把將軍身上的幾千元現金和他的手機一起拿了出來，又索性一不做二不休，連同他身上的制服和證件還有車鑰匙一同拿走。為了他方便離開，和尚脫下自己的僧袍放在了他的身邊，隨後就揚長而去。

和尚明白，如果羅將軍不是假的，那麼他醒來後一定會立刻報警。如果他是個冒牌貨，他決對不敢報案。一直到了晚上，看將軍沒有什麼動靜，於是，他就從自己的房間打電話到羅將軍的房間，可半餉沒人接聽，他心中大喜，在他手上不僅有現金和手機，更有一把名貴車的車鑰匙，如果假將軍心虛跑了，那車就等於留給了他。

再說到了黃昏時分，羅將軍迷迷糊糊地醒來了，當他發現他身上的所有財物已被那禿驢竊走，他深感大事不好，不僅丟了錢財，就連他的將軍制服也被拿走，還有他的名貴車一定也被他盜走了。雖然假將軍又氣又急，卻也不敢報警求助，他覺得一定是這個假和尚發現了他是個冒牌將軍才敢對他如此下手。思前顧後，他想好漢不吃眼前虧，以他的人脈關係，以後一定要找到那個假和尚算帳。可眼下，他身無分文，只得披上那件僧袍，趁著夜色狼狽地離開了……

和尚換上了一套便服，拿著車鑰匙在賓館下的一個停車場轉來轉去，當他在一輛豪華的奧迪車前看到車燈閃亮後，他簡直不敢相信自己的眼睛。他在外遊蕩多年，從來還沒有像今天這樣令他感到自己真的發了大財。於是他迫不及待地打開車門，用手中的鑰匙把車發動了一下，到底是好車，發動機的聲響也很溫和，他難抑自己激動的心情，又感到可能假將軍正在找他，此地不能久留，便又急急地回房取了行李，退了房，直奔停車場開了車就逃跑了。

這和尚來自佛教聖地五臺山，早年因家道貧寒，雖然他學習成績優良，家裡無力供他上大學，高中畢業後只能在家務農。又染上了貪玩好賭的習氣，在一次搶劫後被捕，入獄八年。出獄後不思悔改，又到處遊蕩，想重操舊業又怕再坐牢，所借的高利貸無力償還，急切之中便狠心削髮為僧，得法名「尚一」。在寺院裡天天打坐念經，因耐不住這份寂寞，不久就離開了寺院。為了謀生，從此身披僧袍，以化緣為由，出入各種場合，又以替人消災為名，專門聳人聽聞，什麼家有「血光之災」、「犯太歲」等，然後取出「護身符」，再強行斂財，時常做些順手牽羊的事，不想這次出來巧遇將軍，賊人賊心，直覺這將軍是個冒牌的，便搭訕行騙起來，沒想到假將軍看起來也見過些世面，卻也栽倒在自己的手中。

當尚一和尚正準備回家鄉，把車買掉再做些高利貸的買賣時，沒想到他手中的假將軍的手機響了。他開始不敢接聽，以為是假將軍打來的。直到他查看了一條短信：

「羅將軍，您在哪兒？孩子上軍校的事還請您多多關，二十萬現金已經準備好了，隨時可以交付。」

和尚看了，心裡一震，想到又是一個發財的好機會，便平復了一下自己的心情，隨即撥通了電話，用假將軍的口吻說道：

「喂，我是羅將軍……，你好，你好，這個，我給你一個帳號，等你把錢打進去後，我立刻就把一切事宜辦妥。」

「這麼大的一筆錢，我還是當面交付，也可以收個憑據什麼的，望將軍見諒。」

「什麼，憑據？哪有首長幫人辦事寫收據的，如果你覺得不放心，那你就另找出路吧，這個，委託我辦事的人不少，我能到處去寫收條嗎？」

「那麼請問將軍，學生是軍校委託培養的，畢業後，您能幫忙進部隊工作嗎？」

「這個，沒問題，一畢業就轉入軍隊中工作。」

「好吧，好吧，就這樣，請您把銀行帳號傳給我。」

「沒問題，不過為了謹慎起見，這個，帳號上不會出現我的名字，你只要照我提供的資訊轉帳就可以了。」

和尚明白事不宜遲，急忙去了一家銀行，用身上的假證件開了個銀行帳戶，又催促對方趕緊把錢匯了。心想：還是假將軍利害，一本萬利啊，看來在這個世界上，沒有做不成的，只有想不到的。

再說這假將軍，人家也是幹了十幾年了才有今天這個場面。起初只是為了買火車票方便，去了一家專門賣這類假軍服的店，為自己配了一套軍服，選了一個中尉的軍銜，又弄了個假軍官證，便開始了他的撞騙生涯。漫漫地，他的圈子越混越大，求他辦事的人也越來越多，什麼招生、提幹、調動工作，弄了些錢，而且還騙到了女人為他生了孩子。在這期間，他的軍銜也越變越大，從中尉到中校，再從大校到少將。他的日子過得不錯，有人明知上當吃了虧，卻也不敢聲張，有的怕丟醜，有的怕惹事。可他萬萬沒想到山外有山，竟然被一個和尚耍了，而且損失巨大。一路上，他一邊想著怎樣報復那只禿驢，一邊也用假和尚的騙術以「替人消災」的名義騙些錢財，他根本看不上這些錢，可他除了一身僧袍生無分文，不得不靠化緣、行騙度日。直到他回到自己的家鄉，又開始重操舊業……

崔衛紅

每隔一段時間，我就會帶人去一家養老院的某個房間進行裝修，也就是說，在這裡又有一個老人離世了。在那裡，總會看到很多行動不便的老人，他們常常聚坐在一起，有人專門為他們發飯送藥。他們有的表情癡呆，有點行動極其不便。有時看到那些老人腫脹變形的腿腳，甚至彎曲著整個身子，極其吃了地依靠手推車，一步一挪艱難的行動著，想到他們曾經也年輕過，自己有一天也會變成那樣，心裡不免唏噓人生。

那天上午我做完了工作，就在我準備離開之際，當我正推門走出之時，門口坐著一個老人，他先是打量了我一眼，隨後用不太標準的中文對我招呼道：

「你好，是中國人嗎？」

「你好，是義大利人嗎？」從他的臉型我這樣判斷。

「和你一樣，是中國人。」他用英文回答道。

「你有一個中國太太？」我想他有中國情結。

他終於會心地露出了笑臉。他看上去年近七十，一個人孤獨地坐在那裡，身邊還放著一根手杖，神情看起來有點可憐。由於是午飯時間，和我同去的人外出買飯去了，這樣，我就有時間在他的旁邊坐下來，繼續和他聊天。

「你太太在家裡嗎？」我關切地問道。

他搖搖頭，又問道：

「你知道崔衛紅嗎？」

「Wendy Cui，就是那個澳洲首富年輕的中國太太？」我反問道。

他微笑著，平靜地點點頭。這和他有什麼關係，還是太無聊了，隨便找個話題聊聊，我心裡想著。

「崔衛紅，她是我的前妻。」他一字一句地說道。

「你就是傑克？我的天哪，那個女人可是把你害苦了，作為一個中國人，我深深地向你致歉。」我開始有點激動起來。

「他沒有害我，也許是我害了她，你看到了嗎，如今她表面風光無限，可是你注意到沒有，你看她的表情，沒有一點幸福的微笑，在我們這個國度裡，女人通常擁有一份來自內心的歡笑。在你們中國，女人傍上高官都是為了錢財，而她卻是為了耐不住的寂寞。要知道，巧克力只能是點心，麵包才是生活。作為一個女人，其實她什麼也沒有得到，孤獨使她冒險出軌，可憐而又愚蠢的總理才會上她的床。」他侃侃而道。

雖然我也在八卦新聞裡聽說了一些有關她和前總理的傳聞，可傑克的話還是讓我我感到猝不及防，一個灰姑娘般的童話故事在她的前任丈夫眼裡只是一場生活的惡作劇，看起來他對中國也很瞭解，而且他對生活的思考充滿了高度的理性，也許只有受過傷害的人才會有這樣清醒的認識，在現實生活中，誰不會被眼前的利益所驅使呢。

這時，去買飯的那個夥伴帶著兩份速食回來了，為了聽傑克的故事，我就在他身邊吃了起來。當我告訴我的夥伴我身旁的老人是崔衛紅的前任丈夫時，他自然也是吃驚不小。

「快給我們講講以前你和崔衛紅是怎麼認識的？」同伴的情緒有些激動。

他開始沒有理會，而是好奇地看著我的飯盒，問我吃些什麼東西。我向他展示了一份一半烤鴨一半烤肉的盒飯，並說比吃洋速食舒服一些。

「以前在中國的時候也常吃這些東西，後來就幾乎不再吃了。」他說道。

「是因為崔衛紅的原因嗎？」同伴又有些不禮貌的問道。

「你結婚了嗎，有幾個孩子？」他反問我的同伴。

「結了，結了，有三個孩子。」他回答道。

「很好，我祝你和你的太太相伴到老。在中國，教授和女學生發生不正當的關係好像很普遍，問題出在她們身上，為了順利通過考試，她們就主動出賣肉體作為交換條件。記得當年有好幾個女生，為了達到出國的目的，就主動和我親近，後來我選擇了崔衛紅，因為她是最主動大膽的一個，她堅信身體可以解決一切問題。不過她真的很聰明，英文進步得很快。當我回到澳洲的時候，我的太太還留在中國教書，我就和崔衛紅同居了。她雖然年紀輕輕，可她有很強的操縱欲，而且把錢也看得很重，我消費的每一筆錢，她都要過問。那時我和她在外面租了一間房子，可她想住豪宅，有時她看到我朋友中的有錢人，不管人家有無家室，她就會向別人媚情，弄得我很是惱怒。不過我心裡明白，她野心勃勃，就算我和她年齡相仿，她遲早也會離開我。事實上我的感覺是對的，在她取得了綠卡之後，她就和我分開了，她有了一個年輕的男人，雖然那個男人條件不錯，不過我明白，那只是一個過渡，只要一有機會，她的情感就會重新洗牌。」傑克沉浸在他的回憶之中。

「既然你早有感覺，為什麼不先下手為強呢？」同伴不解地問道。

「外界都認為她離開了我，是我再沒有被利用的價值了，當年因為她，我拋棄了妻子，後來她取得了綠卡，不久就和別人走了，從此，我就被認為是個受害者，你們也是這樣認為嗎？」傑克問道。

「難道不是這回事嗎？」同夥應聲道。

「你懂什麼？真是膚淺。」我責備同伴。

「在我們這樣的社會，這裡是個移民國家，多少移民過來的人，是通過婚姻這種渠道，崔衛紅也不例外。當年她還是一個學生，而我是一個教授，我們相差整整三十歲，當我們彼此產生好感的時候，我不是沒有考慮過我們的差異，可是那時我精力旺盛，我想得到她，我當然知道她的心思，可我認為那是一樁公平的買賣，我們各得所需。是的，因為這件事，我和我的太太離了婚，可離婚是件很平常的事。我和崔衛紅還算過過一段快樂的時光，至少我是這樣認為的。後來，我發現她在外面有了新的男朋友，我們就友好地分手了。不過沒過多久，我又有了一個女朋友，她是菲律賓人，很快我們就同居了。」

「看到自己的前妻最終成了首富的妻子，你的感受又是如何呢？」好奇心使我不顧禮貌的問道。

「我感到自豪卻又替她擔憂，你想想，她現在交往的都是一些什麼人，都是一些頂級的上層人物和明星，可是以她的這種孜孜好勝的性格，她的舉止會越發瘋狂，這是一個人毀滅的過程，古今名人，無一例外。」

「看來你的『道』很深，你的人生觀很符合中國的道教思想。」同伴讚歎道。

「一個人經歷的事多了，就會總結出很深的生活哲理，可是往往一切都太晚了。」傑克說道。

由於時間關係，我和同伴不得不和傑克暫時道別，我向他道了謝，並表示了我的敬意。他看上去很坦然，向我們揮揮手告別。

「東西文化就是不一樣，在我們看來是一件很悲催的事，可在他眼裡，那是一種生活，再平常不過的生活，沒有太多的抱怨，只是哲理地看待人生，這麼一把年紀了，又在養老院度晚年，還是這種豁達的心態，真是不容易。」同伴感歎道。

「世界上的事情，本來就是禍福相依，只有擁有內心的平靜，才會活的不那麼累，可惜，中國的社會還很浮躁，像崔衛紅這樣的人生讓許多人頂禮膜拜，這才是真正的不幸。」

幾年以後，正像傑克預料的那樣，崔衛紅因偷情敗露，被首富拋棄了。我又特意去了那家養老院，想和傑克教授談談人生。可是很不幸，傑克因為腦中風，在幾個月前就已經去世了。

逃離

自從桂芸的母親離家出走後，她就想著自己快點長大也好早一點離家出走，那年她才八歲。她父親是個酒鬼，掙不到什麼錢，卻還喜歡賭錢。每當他喝的醉醺醺地回來，她們就驚恐不已，不知道他又會把她們打成怎樣。她母親早已被打得渾身是傷，桂芸也不例外。在忍無可忍的情況下，有一天，她母親在她父親的飯菜裡下了鼠藥，幸好有鄰里及時發現，她的父親被醫院搶救活了。當然，她母親也不敢再家裡待下去了，最終，她母親丟下孩子，選擇了逃離。桂芸在家沒有東西吃的時候，她要帶著妹妹到山上挖野菜吃，就這樣，靠著一點點政府的救濟糧，桂芸和她的妹妹勉強度日。村裡很窮，女人們都一個個地離鄉出走了，那些光棍也沒錢娶媳婦。到了桂芸十四歲那年，有個年近四十的老光棍邱某給了她爹二千五百塊錢，她爹就把桂芸賣給了他做老婆。

活了半輩子終於娶到個黃花小姑娘，邱某自然歡喜不已，次年，桂芸便生了個女兒。邱某在家守著幾畝地，平時靠跟著別人打些零工掙點錢，沒活幹的時候閒在家裡，和她的父親一樣，喝多了回到家裡總愛發酒瘋，桂芸本來就不想跟他過日子，總想著離開這個一無是處的男人，可是身邊有了孩子，而且，很快肚子裡又有了一個。就這樣，桂芸在痛苦中掙扎了好幾年，到了日子實在過不下去的時候，她四處打聽母親的下落，最終，她見到了自己日夜想念的母親。此時她的母親，也是別人家的媽媽，她們母女倆斷斷續續地聊了一陣。

「你走，你能去哪兒呢？」

「我不管，反正我是過不下去了。」

「你現在又有了兩個孩子，你走了他們怎麼辦？」

「那你走的時候有沒有想過我們怎麼辦？」

「你這個人真不懂事，當初我不走，他也一樣會殺了我，我是沒有辦法才走的呀。」

「可我現在也是實在過不下去了，孩子整天沒吃的，他還要喝酒，勸他就打人，事後總是道歉，到了下次就再這樣，我實在過不下去了。」

桂芸訴說了自己的遭遇，她母親也沒有什麼辦法，只是答應她為她另找一戶人家，反正，村裡村外，想娶老婆的男人多得是。不久，她母親就把她帶到了一戶人家，這男人姓范，二十七八歲，是她母親新家的遠房親戚，不過看起來要比邱某年輕能幹，桂芸很快就住到了範某的家，這年桂芸二十一歲。

桂芸和範某同居了沒多久，就又懷孕了。她打算好等生了孩子以後，就外出打工掙錢，養孩子是需要花費的，沒有孩子都過得這樣苦，有了孩子以後日子就更不好過了。範某也是沒有什麼正當收入，偶爾跟人跑運輸掙點外快，不過抽煙、喝酒、賭牌樣樣沾染，唯一的好處就是不打老婆。生下女兒後，好不容易等孩子長大了一點，就在她準備和人一起外出打工時，桂芸又懷上了一個孩子，她想把孩子拿掉，可範某怎麼也不答應，他希望她能再生一個男孩。不過，因為日子過得實在太苦，桂芸還是偷偷吃了打胎藥，可事與願違，肚裡的孩子怎麼也打不掉，沒辦法，到了第二年的春天，桂芸生下了一個男嬰，這讓範某一家喜出望外，終於有了可以傳宗接代的男孩出生了。這樣，桂芸不得不待在家裡繼續帶孩子。這一晃又是過了四五年的光陰，這年桂芸已是二十六歲了，村裡的老人也死了一個又一個，一群披麻戴孝的人在一個角落裡把老人的棺材埋了，這人的一生就這麼算完了。「嗨，這人的一生不就是為了吃口飯嗎。」村裡的人這樣歎道。桂芸覺得一生累死累活就是為了吃上一口飯，這人生就如同牛馬，在她的骨子裡她是很不甘心就這樣的，她堅持想著要到外面去打工，掙了錢可以養孩子，讓他們過得好一點，至少不能像自己過得那麼沒意思。

桂芸終於進城打工了，看見城裡人出門開小車、吃飯上餐館，她感到人家過的日子和自己的多麼不同。可是在小城裡轉來跑去，也找不到什麼工作可以做，聽說去大城市可以做保姆，包吃住還有工錢拿，於是，她花了身上幾乎所有的錢，買了火車票，獨自去了南方。到了大城市，令她感到眼花繚亂同時也讓她無所適從，她既沒有住處，也沒有錢吃飯，一個人在車站逗留，向人打聽哪裡有人需要保姆。有人建議她去找家政介紹所，她根本聽不明白別人的意思，也找不到想去的地方。於是，她見到路人就打聽，在問路的過程中，桂芸遇上了一個小夥子李某，和她年齡相仿，他也是外來打工的，而且老家離她的家鄉不遠。李某把她帶到了目的地，他們又向人謊稱是親戚，一起在接待處登了記。幾天後，桂雲就找到了一份做保姆的工作。她很感激李某，倆個年輕人很快就交往並成了男女朋友，隨後，他們租了一個小房，便一起過起了日子。

雖然倆個人的收入都很微薄，可對於桂芸來說，這是她有生以來初次體驗自由戀愛的感覺，她感到生活很自在，沒有人拖累她，也沒有人壓迫她，可自己畢竟先後和倆個男人生活過，又生過四個孩子，她感到李某不應該這樣和自己永遠地生活在一起，自己還是應該多打工掙錢。李某雖然知道桂芸以往的經歷，可他又能怎麼樣呢，他一個從貧困地區出來的青年，掙著一份微薄的工資，他想，有誰會看得起自己呢，又有誰會願意跟自己過日子呢。雖然桂芸的年紀比自己大一點，又為別人生過孩子，可她心底好，長相也不差，又不嫌棄自己，他也就認了桂芸。不久，桂芸又懷孕了。此時，桂芸因把李某帶進了房東家玩，被房東發現後辭退了，這樣，她一下子沒了收入。為了多掙一些錢，李某丟下桂芸去別的地方打工了。

桂芸一個人留在家中，沒過幾天她就又出來找事做了。她一個女人家整天在路上轉悠，一臉的迷茫。那天有個朱某正在街上買東西準備回老家，他無意中發現了桂芸，見她一個人正垂著腦袋無精打采地在一處空地坐著，便上前和她閒聊了起來。

「小姑娘，你是在等人嗎？」

她只是斜看了一眼，又搖了搖頭。

「那你是迷路了還是怎麼樣，我可以幫到你什麼？」

「可以啊，我肚子有點餓，我能向你借點錢嗎？」

「走吧，小姑娘，我帶你去吃東西吧。」

朱某看見這樣一個水靈靈的女人獨自在外，便靈機一動，說是可以幫她找到工作，便臨時又多買了一張車票，把桂芸帶回了自己的家，又對村裡的人謊稱她是自己的未婚妻。就這樣桂芸便在朱家住了下來，對這個「路邊撿來」的女人，朱某也不敢怠慢，幫她買了幾件新衣服，又給她吃好用好。見桂芸安心地住了下來，很快，他就準備和桂芸操辦婚事。她生過好幾個孩子，還從來沒有體驗過婚禮的滋味，當她試穿起新娘的大紅綢緞衣時，她感到幸福極了。到了婚禮那天，村裡敲鑼打鼓地來了許多人，新人拜了天地、父母，最後夫妻對拜，隨後熱熱鬧鬧地喝了喜酒。一場婚禮算是辦完了，就這樣，從此他們就和和睦睦地生活在一起了。桂芸的肚子慢慢地大了起來，可她明白，這肚子裡懷的孩子不是朱某的而是李某的，只是自己懷孕不久，就跟朱某同居了。不久，她又生下了一個兒子，中年得子，朱某滿心歡喜，又翻造了房子，一家三口，過起了日子。孩子一年年地在長大，每天看著孩子，桂芸又思念起孩子的生父李某。她明白，孩子一天天長大了，父子長相差異也越來越大，怕是以後瞞不下去了，於是她想方設法和李某取得了聯繫，並希望母子一起回到他的身邊。眼看自己的女人和孩子住在別人家裡，別人還把他們母子當成妻兒養著，這幾年，李某還是一人漂泊在外，也想有個家。於是，他和她商量好了，等有機會，他某就去她那裡，帶著他們母子一起逃離。

村裡本來就是男人多女人少，光棍多姑娘更少。村落裡倒是有間破屋，裡頭到有幾個女人，不是寡婦就是無家可歸者，她們住在此地，靠男人的光顧收點錢財。這天，邱某從外鄉回來，他沒有直接回家去，而是急匆匆地先去了那間破屋。他敲了門，隨後走出一個衣服襤褸的中年婦女，伸手示意讓他先交錢。那女人把邱某帶進房間，裡面有一張不怎麼結實的木板床，亂糟糟的被子，散放著絳色乳罩，地上有木盆、開水壺，有用過的衛生團，還有撕開的煙盒，角落裡堆滿吃剩的速食面袋。邱某忙著脫下褲子，因為長年在外做苦力活，他的身體有些損傷，連脫褲子也不是很利索。女人邊脫衣服邊見這情形，便問道：

「你行嗎？」

「少廢話，老子就是來幹的。」

隨後，他用力地爬到了她身上，幾經努力，他終於將身上的東西送人了她的身體。雖然沒有太大的快感，不過總算還是做了一次，他已經記不得多久沒有做這事了。邱某穿好衣服後，臨行前還放了一句話：

「小心點，過幾年我回來看孩子。」

那女人聽了，嘻嘻一笑，路出一口殘牙。

「去你的，老不死的，就一隻鴨子的錢，還指望別人幫你生孩子。」

邱某走了，他身上沒有多少錢，不過他還是想早點回去見到他的兩個女兒。桂芸離家出走那麼多年了，她和邱某的倆個女兒邱菊、邱花也已初長成人了。自從桂芸離家出走後，邱某不得不時常外出打工，和兩個女兒也是聚少離多。她們從小跟著老人過，除了上學，就要幫著忙農活。到了她們上初中的時候，調皮的男生知道她們的父母都不在身邊，只有老人和她們一起過，便對她們起了歹念。幾個男生乘老人外出忙農活時，就強行闖入她們家，先後把她們姐妹姦污了，她們也不敢聲張。從此，男生就時常闖入她們家，任意對她們實施性侵。後來，有兩個霸道的男生，就把她們姐妹倆長期霸佔著。這天，當邱某匆匆趕到家，不想一推開門就見自己的女兒和一個男生睡在床上，見有人進來，那男生撒腿就跑，邱某追了幾十米，正氣急敗壞地往回趕，此時又發現另一個男生正慌忙從自己的小女兒的房裡跑出來，邱某見狀，便憤怒地從地上撿起一塊石頭又向那個男生追去，追了一會，也沒有追上。邱某又氣又急，心裡更加怨恨當年桂芸離家出走。倆個女兒都讓人白白糟蹋了，他心裡又火又不甘，他決定一定要找到那兩個臭小子，把他們抓起來判刑。不過最後他想好了，要麼讓他們的家長賠款，要麼就去報警。

桂芸和範某所生的一女一兒范玉和范強如今也到了上小學的年齡了，範某也要時常外出打工，兩個孩子有他老母照料，村裡的留守兒童很多，好在他們姐弟上同一所小學，雖然學校離家有好幾裡路，孩子們總是結伴而行。那天在去學校的路上，一路上有個男生尾隨著他們，於是，他們姐弟倆走走停停，留意起那個總是跟在後面的那個男生。這男生也是和他們同村的，雖不認識卻也有些面熟。此時他不是去學校，他輟學好一陣子了，長期父母不在他的身邊，從小他就變得孤僻、自卑。看到在他前面去學校上課的姐弟不時地回頭看自己一眼，又好像在悄悄得在說著自己的壞話，於是，他開始感到很生氣，又走了一段路，看到範玉用警惕的眼光好像提防著他，他由生氣變成憤怒，他順手撿了一條樹枝，他想走上前狠狠地抽他們幾下。範玉見他手執樹枝向他們逼近，出於保護弟弟的本能，她便厲聲向他質問道：

「你跟著我們幹什麼？你敢打人我就去你家告狀。」

「告狀，你去告呀，打死你也沒有人來管我。」

說著，他就一把把她拽拖到了林子裡，她邊反抗邊叫，他又一下子把她按倒在地，使勁地掐住了她的脖子，不一會兒，她就一動不動了。事後，他把范強帶到了一個偏僻處，正想下手聽時忽然聽見有動靜便丟下他跑了。當公安人員把他逮捕後，他們怎麼也弄不明白他殺人的動機是什麼。

那天李某以表弟的身分暫住到朱家。朱某見是老婆家的親戚，便硬是好酒好菜的款待，生怕自己的老婆在娘家人面前丟了面子。到了夜裡，桂芸讓朱某獨自去睡，並藉口要和久未相見的表弟聊聊家常。朱某倒也毫不介意，獨自去後房睡了。哪知李某和桂芸久未雲雨，到了深夜，見朱某沒有什麼動靜，兩人就幹了起來。住了兩天，李某便告辭了。他們商量好了，等朱某外出之際，李某就帶著他們母女悄悄的逃離朱家。

暴雨

外面的大雨下個不停，一想到收購站的老瘸，張一豐再也壓制不住內心的火焰，他感到只有殺了他才解恨。他不能讓他就這樣活著，讓自己這麼無緣無故地受損，而他卻活得好好的。他想給老瘸兩個嘴巴子，並給自己認錯，這樣他就可以放過他。不過，如今他只想放一把火把他的收購站燒了，就算把老瘸也燒死了，也是活該。連續不停的雨水，讓他多活幾天。要不是肚子餓到了要飯的地步，自己也不會去行竊一隻陰井蓋，弄不好被城管逮住，又是被一頓暴打。就連以前在路邊擺個小攤，也要像老鼠躲貓貓那樣跑來跑去。唉，人活到了這種地步實在是沒有什麼意思。想起離開家鄉前的最後一頓飯，父親把省下來看病的錢給自己買了一張進城的車票，自己的心裡又痛又沉，暗暗發誓一定要去外面混出點名堂來。可是天不從人意，自己落到了要殺人的地步，不是去殺什麼貪官污吏，而是廢品回收站的老瘸，他竟然落井下石，把他好不容易弄來的陰溝鐵蓋以廢鐵的半價收購，他跟他理論，他居然說偷來的東西一律半價。該死，該死，該死！張一豐只等著雨一停就去老瘸那兒放一把火。

看起來大雨不會停止，天色一點轉晴的跡象也沒有，路面上又到處是積水，連走路都很困難。這樣的氣候令居住在這城市地下室的林奕姑娘擔心不已，自己已經有一個多月沒有找到工作了，像這樣的狂風暴雨的天氣有誰會招聘人員，這樣一天天下去可怎麼辦？雨再這樣繼續不停，說不定就連這個地下室也會被淹沒，如果是發生在夜間，連人也會被淹死。可她轉眼一想，如果某個公司真缺人，此時恰恰是個好時機，沒有那麼多的人擠在一起，被人挑肥撿饅的，像挑牲口似的。於是，林奕姑娘打起傘，冒著風雨，在淌水中堅難地走著。

路很難走，有的地方積水很深，她一不小心踩到了一個凹陷處，水立刻就進入了她的雨鞋，連褲腳也弄濕了。不過她還是想著找工作的事，她擔心這樣狼狽地去見人，別人會不會很討厭，因為雖然自己很著急，別人可不著急，走投無路的人看多了，誰都會麻木。忽然走到一個路口，路前被一堆雜物擋住了，她不得不繞開走，可她剛又走了沒幾步，只覺得腳下一滑，頃刻間她的整個身體便掉進了一個洞裡，只聽她「哇」的一聲便消失了。流水的衝力很大，她的整個身體隨著湍急的水流在下水道急速地滑著，她感到自己就要沒命了，水大口大口地嗆入她的身體裡，她很難受更感到痛苦，她想到了自己的親人，又意識到自己死後的追悼會……

林奕姑娘滑入的下水道口，那陰井蓋正是被張一豐偷走的那個。他並不知道自己已經成了一個間接殺人犯，他還是一心想著怎樣去報復癟老頭。這幾天他又身無分文了，他想著先到回收站去弄點現金，隨後再放一把火，就算他命大，也要教他嘗嘗痛苦的滋味。

天轉晴了，路上的潮水也漫漫退去了。張一豐躲在自己的住處，他感到肚子很餓，又哪裡也去不了，所以他只能整天賴在床上。當天色暗下來的時候，他才從床上爬了起來，並按他事先計畫好的一切開始行動了。他帶好了作案工具，鬼鬼祟祟地來到了回收站附近。他心裡發起慌來，也有點猶豫，可他的肚子也在咕咕地叫。於是，他在路邊找了一隻破鐵皮桶，然後放到牆下，又一腳踩上後，便順勢翻入了牆內。

院子裡只是一片狼藉，看起來什麼值錢的東西也沒有，他又直入屋內，開始了翻箱倒櫃。在一隻抽屜裡，他找到了一些零錢，看看再也沒有什麼值錢的東西了，於是，他在床上澆了一小瓶汽油，拿出了打火機點然了床鋪，隨後就飛快地離開了。

他直接去了一個飲食小攤，要了幾樣吃的，便大口大口地吃了起來。他邊吃邊想著，誰叫你砍我的價，這下叫你損失殘重，這個老不死的，今天沒有燒死你，算你命大。等他吃飽了，他又在夜色下，四處溜達起來。當他路過一個路口時，那裡已被警戒線封了起來，他還隱約記得就在前幾天自己在這個地方拿掉了一個陰井蓋，出於好奇，他便向人打聽起發生了什麼事。那人原本和他是同行，夏天的時候專門去檢些飲料罐到回收站去換錢，到了冬天，他們便沒了收入來源，於是，不是閒著，便是做些偷雞摸狗的勾當。當他得知有個女孩幾天前因暴雨時路過此地而消失時，他不禁深深地打了個寒顫，他心裡明白這事是由於自己所致，也許公安人員正在調查此事，一想到沒准老癟知道此事後會懷疑到自己，他感到害怕起來。

他回到了睡覺的地放，心裡越想越害怕，他彷彿看到了一個女孩的可怕的屍體。在他很小的時候，他就在河邊看到過一具女屍，這具屍體不是別人的，而是他自己母親的，她是跳河自殺的。他也從來不敢問他的父親他母親自殺的原因，只有他外婆無意間透露過一點資訊給他，說是他父親那次打了他母親，她一時想不開就跳河自殺了。他心裡怎麼也弄不明白，還在他這麼小的時候，她就棄他不顧而自殺了，她對他父親到底有什麼如此的深仇大恨而一定要選擇自殺，這對於他來說始終是一個謎，一個內心深處永久的痛。他也因此很小就棄學並開始到處流浪了。

林奕姑娘的屍體過了很久才被人找到。別人都說她倒楣。似乎只要一下大雨，這樣的事總會發生，不是那裡突然地陷了，甚至連整量車都墜入了無底深淵，就是這裡有人掉進陰溝裡被水沖走了。當林奕姑娘的屍體找到後，警方便通知了她的家人。她母親開始並不相信自己的女兒會出事，可當她目睹女兒的屍體時，她當即就昏死了過去。

她短暫的一生經歷了好幾次劫難，可謂命運多舛。當她還是一個小學生時，就差一點被鄰村的人奸殺。那罪犯不是別人，也正是張一豐的一個叔父，他是一個孤寡老人，一直借住在他的兄長也就是一豐的爺爺那裡。那天夜裡，他正從鄰村的一個人家喝酒路過，一眼就看見林奕姑娘獨自坐在自家門口外的不遠處的一個矮牆上，此時天色已晚，因為她出門時忘了帶鑰匙，外出回家後進不了門，爺爺奶奶又去了親戚家，於是她只能傻坐在家附近，正當她在獨自發愣時，只見張老頭嘻皮笑臉地向她走來，而且趁著夜色還想抱住她，可她躲得快，拔腿就跑，張老頭也不顧臉面，對她緊追不捨。林奕慌忙地跑著，心想，這老頭髮瘋了，難道他這麼大年紀了還想強暴自己不成，她越想越慌，卻不慎在跑進一片農田時被一塊石頭絆倒，於是她倒在了地上，又拚命的在地上爬了幾下，此時張老頭也追了上來，一下就撲到了她的身上，便死命地拉拽她，任她尖叫，張老頭還是得逞了。一想到她會去告他，於是他起了殺心，她只是苦苦哀求，並哭著說道，要是事情傳了出去，自己也沒臉做人。他想想也是，又警告他自己已是一把歲數，也不怕什麼槍斃坐牢，說出去會被人當笑話看，叫她保持沉默，她也含淚答應。

就這樣被人白白糟蹋也不敢聲張。雖然她恨死了他，甚至恨他們全家，每次見到他們家裡的人，她就跑得遠遠的。好在他們家在鄰村，平時很少有機會遇見。

就在林奕姑娘上初中的時候，不幸又一次降臨到她身上。那天在她去上學的路上，她被一輛疾馳的摩托車撞飛出好幾米遠，很快她就被送去一家醫院搶救，雖然命保住了，卻做了脾臟切割手術。可她並不知道這個手術給她帶來的災難，直到她在報考大學前的一次正規體檢時才被告知她少了一隻左腎，醫院的工作人員問她是否做過腎切除手術，她回答說沒有，身上的疤痕是以前出車禍後做的脾臟切除手術，怎麼會連腎臟也不見了呢，會不會是檢查出了問題。之後，她又去了一家大醫院檢查，得出的是同樣的結果。於是有人就告訴她，她的腎被人偷了，一定是在她在做那次脾臟切除手術時，有不良醫生偷偷地摘取了她的腎，然後就高價賣給了別人。林奕姑娘有點絕望了，她不知道怎麼辦，她父母帶她去告那家曾經為她做手術的醫院，可因為時間過了太久了，醫生流動性很強，又拿不出直接的證據，最後也是不了了之。誰知好不容易上完了大學，卻在一場暴雨中死於非命，而且還是鄰村的一個混混因盜竊公物所致。

那天瘸老頭正拉著一車的回收物往回趕，當他發現自己的回收站已被燒成了一片焦土他簡直不敢相信自己的眼睛。他實在想不出起火的原因，也弄不清是不是有人縱火，他還是報了警。經警方現場的初步勘查，系有人故意縱火，火情從屋室的床頭開始，並使用了助燃劑，因此警方懷疑系報復性質。當警方查看到那只還未被處理掉的陰井蓋時，他們很快聯想到那起人員墜井事故，這下提醒了瘸老頭，他把事情的經過一一告述了警方，不過這事件未必是偷盜者縱火，警方只是把他列入嫌疑人名單，不過誰也不清楚嫌疑人的真實性名。同時警方也在查找那丟失的陰井蓋的事故職任人，連警方也不清楚到底歸誰管，是市政府、環衛局還是社區，沒有一個部門稱歸自己負責，又試著聯繫建設局、交通局，最終也沒有一個明確的歸屬。為了息事寧人，最後還是市政府先找人修復路段，再查找事故責任人。

再說張一豐因害怕警方追查便從城裡跑回了家鄉，他父親只是獨自守著一兩畝地和幫人打些零工過

陰婚

張茂急著要去搞到一具女屍，收了別人的一筆定金，他要在幾天之內交貨。本來他在一家醫院看好了「貨」，那女子還在重症病房搶救，雖然她的繼母王氏貪財答應他一旦女兒斷氣就把她的屍體賣給他，可他等來等去就是等不到，好像那病人有感知似的，雖然神智不清，她繼母也天天去醫院等她的死訊，醫院先後發了三次病危通知，可她就是拖著不死。又過了幾天，該女子終因心臟衰竭而不治身亡。張茂得知了消息，正興奮得開著他改裝的機動三輪車趕去醫院拉屍，誰之王氏突然改主意不賣了，這下可急壞了張茂，他和王氏好說歹說，說是女屍將婚配給姓辜的一家死去的兒子，人家還是獨生兒，因一起車禍不幸喪身。如果她女兒嫁了過去，葬禮婚禮一起辦，風風光光也對得起她死去的女兒。可王氏聽了卻不為所動，區區五千元就想買她的女兒，自己辛辛苦苦養這麼大，還沒收到什麼彩禮，光醫藥費就花去了好幾萬，幸虧遇上了殯葬公司的人，人家答應支付給她兩萬元，於是王氏就立刻答應了人家，除非張茂出更高的價錢。可他只收「鬼媒婆」一萬元，再多付幾千自己就無利可圖了。那王氏本以為女兒一死，還得花費一筆喪葬費，沒想到女兒死後還可以用她的屍體賺上一筆。這不，先是張氏出價五千，這回有人出價兩萬，都是為陰婚配新娘。那殯葬公司除了找對象給人配陰婚，平時也不會做吃虧的買賣，他們在各家醫院打聽到了消息，趁病人還未死之前，就和病人家屬談好了病人的生後事由他們做一切代理，什麼壽衣、運屍、保存、骨灰盒、花圈、追悼會乃至火化等一系例服務一應盡有。雖然價格不菲，可因死者家屬大都沉浸在極度的悲傷之中，也無心和人討價還價，這樣，殯葬公司生意做的紅火，殯儀館火化的屍源和喪葬中的銷售服務就有殯葬公司忙頭忙尾結解決了。

張茂天天急著取屍體，沒想到這筆到手的生意意外丟了，而鬼媒婆這邊催得又急，那辜家兒子的屍體，再不下葬就要腐爛了。張茂急得沒法子，一時半會有找不到合適的屍源，又不想放棄這到手的生意，於是，他只能趁著黑夜，到郊外墓地盜屍去了。他準備好了作案工具，在一個風高月黑之夜，開著他的機動車就來到了一片墓地。雖然他幹過幾起販屍的買賣，膽子也不小，可盜墓挖屍畢竟還是頭一回。為了避免機動車的聲響而引起別人的注意，他只能把車停得離墓地遠遠的，一個人提著麻袋裡的工具，鬼鬼祟祟地向墳場走去。心裡嘀咕著：「那具被我挖到的女屍，今天要交好運了，你可千萬不要弄點什麼鬼花招把我嚇死，我也是替你配親，總比你一個人孤零零地躺在地下要好吧，就連我這個活人也還沒有娶親的福分呢……」他邊打著手電筒邊走著，突然就在墓地中看到一個墓碑，上面有張女人的照片，他一陣興奮，沒想到這麼容易就找到了，再看年份，是上個才月下葬的。於是他就動手挖了起來。差不多挖了一米多深，就看見了一個棺材，當他跳下去準備打開棺蓋時，突然四處發出了響聲，他一看不妙正想拔腿就跑，可沒跑幾步就被一群村民團團圍住。就在他一個人偷偷摸摸挖地時，正值路過的一個村民被眼前的影子嚇壞了，只見眼前有微光閃亮，又有人影晃動，想必一定是孤魂野鬼夜出活動了，於是就急忙跑回村裡叫人一起去看個究竟。當圍堵的村民發現居然是盜墓的，就一起轟上去用手中的鐵鍬、木棍等把他圍住毒打了一頓。別人不知道他想盜屍，只以為是生活落魄的小偷想撬棺偷些值錢的東西。張茂被打得半死不活，並向村民保證不敢再犯，別人才繞他一命。

買屍不成偷屍也不成，先是被人騙，後來又被人打得頭破血流，張茂正有點氣急敗壞了。他剛回到家裡，媒婆王氏又來催貨了，並告知他：

「只給最後三天，再弄不到女屍人家就屍體就下葬了，日子也選好了在清明那天。當然這定金一分不少地全部給退還。」

「放心、放心，不出三日，一定交貨，等著吧，有具既年輕又新鮮的，而且還沒什麼病。」他保證道。

「也是死於車禍的？這下終算配上對了，這回可說准了，不要像上次那樣又黃了。」媒婆說道。

「這事黃不了，要不是近來背運，到手的錢財像是煮熟的鴨子飛跑了。幸虧又有了新的來源。」他說道。

「又有哪家醫院被你打通門路了，也不早點透點風聲，害得我老婆子天天為這事揪著心呢，常言到，收人錢財替人消災，是不是？」媒婆念道。

「醫院的貨不好弄，有人搶著呢，我是另托人辦的，是一年輕女孩，貨很新鮮。」他說道。

「現在的醫院也不比從前了，除了看病難、藥價貴，送了紅包陪笑臉不算，更有出售胎盤的，還有手術時被偷摘內臟的，之於販屍的，倒賣嬰兒的也時有發生。」媒婆侃侃說著。

張茂今晚就準備動手，明天一早就交貨。可他明白，殺人的事非同小可，查出來是要被送去槍斃的，再說了，就為了這區區幾千元，也不值去這樣做。白刀子進紅刀子出的，場面也是夠血腥的。不過如果去殺一個婊子，也就算不了什麼，反正她們整天也是有家不歸，盡做一些騙取男人錢財的勾當，殺了一個，也算是為民除害。不過想來想去，總覺不妥，可到手的買賣也不能就這樣吹了，還不如出去看看再說，說不定路上就能檢到一具屍體也說不定，最好是遇上一起交通肇事逃逸的，被撞的又是一個女的，管她有沒有斷氣，弄死了就讓媒婆來取貨。他胡思亂想了一通，就去了一家夜總會，上了樓剛一坐下，就有一個小姐走上來向他搭訕。

「大哥一個人過來，小妹鳳霞陪你喝一杯吧。」說著就坐到了他的旁邊。

「好吧。」他看了她一眼，覺得她有幾分姿色。心想：「來了個送死的。」

「要點些什麼呢，大哥？」她問道。

「你看這辦吧。」他道。

「真爽，那我就幫你點了。」她拿起價目單說道。

張茂和她聊了一會，看起來他們說得還蠻投機的，最後他說道：

「今晚我想帶你出去，咱們找個地方好好玩玩怎麼樣？」

「真的？整天在這裡坐台悶死了。」

鳳霞向老闆請了假，就騎在了他的摩托車後邊跟他出去了。她並不知道他要把她帶到哪個地方去，開了沒多久，他們就來到了一個偏僻的地方，此時她感到有點不對勁，就問他要去哪裡。於是，他停下了車，又轉向她，惡狠狠地對她說道：

「把身上所有的錢都交出來。」

「好的，好的，全給你，但你不要傷害我。」她驚慌地說著，意識到自己遇到了歹徒，便交出了身上的錢包。

他拿過錢包，匆匆看了一眼，又對她說道：

「躺下。」

她愣愣地看了他一眼。

「快躺下聽見沒有。」他兇狠地命令道。

鳳霞一下沒了主意，儘管她平時天天跟不同的男人打交道，卻從來沒有遇到過這樣的脅迫。她只得聽從他的要求，心想：「這種爛男人，沒本事掙錢，只會專門欺負弱女子。」

「現在你可以放我走了吧。」完事以後，她這樣問道。

「跟我回去，今晚和我過，明天你才可以回去。」他又用命令的口吻說道。

「你錢也拿了，愛也做了，你還想要怎麼樣？」她憤怒起來，正準備強行離開。

張茂也急了，又一把把她按倒在地，接著就緊緊地掐住她的脖子不放。她掙扎了片刻，很快就斷了氣。他把她放在摩托車前，自己坐在後坐直徑就開了回去。回到住處，他把她身上的衣服全部脫去，用事先準備好的一丈花布把屍體裹好，再搬上他的機動三輪車就直接去找王媒婆交貨了。那王氏也知事不宜遲，連夜就跟著張茂去辜家交貨了。

辜家對著屍體看了一眼，覺得女屍白淨亮麗，就滿意地接收了。

「這女屍的來源不會是犯法的吧。」辜家的人有點擔心地問道。

話音剛落，媒婆就從懷裡取出兩份證明書，一份是死著的醫學死亡證明，另一份是死著家屬的委託書交給了辜家。這下，辜家的人放心了，雖然兒子不幸身亡，但死後還能辦上陰婚，也算是個安慰。交了屍體，媒婆收了錢，和張茂就興匆匆地離開了。辜家又把女屍移入到那口裝有他家兒子的雙人棺材中，看著那具白淨亮麗的女屍，再看看自家兒子的屍體，好像一對熟睡的新人，不免觸景生悲，要是自家的兒子那天沒有出車禍，娶來的新娘也一定會是那麼漂亮。辜家夫婦不免又大哭一場，才依依不捨的封上棺蓋，又忙著張羅起婚事和喪事。到了清明那天上午，請來哭喪的一對男女身穿新人服裝，替死者拜了天地與父母，辜家夫婦泣不成聲。婚禮之後，辜家請來的花車隊先行出場，緊跟其後的便是嗩吶隊、腰鼓隊、高蹺隊，沿途還有高高搭起的拱門，上面寫有「沉痛悼念」和「百年相好」等字樣，所經之處，鑼鼓喧天，鞭炮齊鳴。最後到了墓地，那幾個替人哭喪的人早已等在那裡，個個身穿喪服，一到棺材下葬時，幾個男女便撲倒在地，頓時哭天喊地起來，氣氛也一下子到了高潮，在場出殯之人也無不為之感染悲戚。

兩個月後，公安人員經過幾經努力，終於破獲了這件人命案。跟據張茂交代，公安人員帶著張茂，聯繫了辜家，去他兒子的墓地開棺取證。最後確認，棺內的女屍，正是被張茂殺害的年僅二十五歲的金鳳霞。

死亡名單

馬家輝一口氣連殺了四個同寢室的人，然後就逃離了現場。等到天大亮的時候，由於五個人同時缺席在課堂上，輔導員怒氣衝衝地去寢室找他們，心想，這幾個人一定是昨晚通宵打麻將，所以上午連課都不想去上了，真是無法無天，這次，一定要處分他們幾個。他便想便走，到了寢室門外，他就推門進入，只見裡面還是一片昏暗，還有一股強烈刺鼻的怪味。他連忙打開了燈，頓時，就被眼前的景象嚇呆了。

「怎麼會這樣呢，怎麼會這樣呢。」輔導員不斷地自言自語道。員警很快封鎖了現場，顯然，這是一起故意兇殺案，可是，案情卻撲朔迷離，是誰會將四個學生殘忍地殺害，作案的動機和目的又是什麼？雖然犯罪嫌疑人很快就被鎖定，可還是沒有人會相信同學之間即便是有些摩擦，也不至於把室友殺光光。當一具具屍體被抬出寢室時，有人不禁哭泣道：「這和當年的日本鬼子殺人又有什麼區別，可那是自己的同胞所幹的。」這件事很快就引起了社會上的極大反響，那些被害學生的父母傷心之余，更是要求學校有個交代，平時是怎麼管理這些學生的，學生在學校接受高等教育，怎麼會培養出這樣的殺人惡魔。

馬家輝殺完了他們，便開始了他的逃亡之旅，可是無論他藏身何處，他覺得那四個鬼魂總是尾隨著他，而且個個面目猙獰。他也不敢合眼，無奈之下，他只能面對他們，進行一個個地怒斥一番。他首先對著張同學，他的家境優越、長相出眾。

「是的，是男生都會在心裡多少嫉恨你，你自己也知道這些，就因為你有一張漂亮的臉，就可以為所欲為了嗎？幾乎所有的女生都為你著迷，難道漂亮的臉對女生就如此重要嗎？不管我的品行如何上乘，也不管我的學業多麼優秀，女生都不為我所動，只要你一出現，她們就立刻變得風騷起來，也不管是什麼場合，不顧別人的感受，只是一股腦兒地癡迷於你，無論是同年級的還是低年級的甚至是高年級的女生。可我也是男生，我也渴望愛與被愛，可在你的眼裡，像我這樣的男人好像根本無權去愛，就連班裡最不起眼的女生，動不動就會受你一番奚落的那個，我想贏得她的一點好感，去被你當作可笑之事來加以當眾嘲諷和挖苦，我勢單力薄，我只能苦笑，雖然我的自尊受到了極大地傷害，可在你眼裡，像我這樣的人壓根就沒有自尊的感覺，只因為平日裡為你打飯和洗衣，為了得到一些錢財，我得像個奴才似的對你言聽計從，有時稍不留神，就會換來一頓拳打腳踢，這還不算，你還要當著你喜歡的女生的面，故意刁難我，讓我去做那些冒險而又無聊的事，來顯示自己的權威，並以此來博得美人的一笑。反正美人和我無緣，我也就不計較自己體面的損失，以贏取你的無上的尊容，我的暫時的屈辱，讓你輕易的把她征服，然後就隨意地拋棄，到了那時，我想我的機會就來了。雖然我的長相毫無可取之處，但化腐朽為玉帛，是我人生的唯一機會。可是，我再也等不及了，她們一個個被騙受傷害，喪失了貞操和名譽，結果對我的態度還是冷若冰霜，這個時候，我的心裡防線徹底崩潰了，我只有拼死一搏了，就像一個窮人，在商店裡買不起任何東西，連撿破爛的機會也不給他，那麼，他只能拼死做強盜了。就在這個節骨眼上，你還是像以前那樣，用那種居高臨下的姿態和聲音對我發號施令，我本來就不欠你什麼，為什麼要事事對你伏首貼耳，我不加理會地裝作沒聽見，沒想到你過來就給了我一把掌，此時，真巧她也在場，雖然我對她從來不敢懷有非分之想，可我意識到，只有一刀殺了你，才能挽回我的臉面，從這一天起，你就上了我要殺掉的人的名單上了。」他對著姓張同學的影像說道。接著，他轉向了姓江同學，他的父親是公安局長。

「其實我平時很懶得和你說話，只是屈服你的淫威，你總是喜歡在我面前喋喋不休，好像我是你廢話的垃圾桶，還動不動就對我一通呵斥，好像除了你自己，別人都沒有自尊心。每每你下了一步好棋，我就好像有義務般的要對你喝彩一番，即使走了一步臭棋，也要講些好聽的理由，似乎犯錯也是理所當然。一切只是為了維護你的自尊，而別人卻毫無自尊可言。每當在街邊看到一個美女，你對她狂吹一陣口哨後，我也得一起應和，不然的話就冷落了你的感受。我又只得和你一起，發出一陣喝彩，好像也得到了一種調戲的滿足，可我清楚，在你的內心，你在鄙視我，因為我根本就不配有那種像你一樣對女人的反應。就因為你是幹部子弟，所有的樂子隨你所欲，可我不行，因為在你心目中，我不僅僅是個奴才，而且卑賤無比，難道只是有錢有勢的人才配有七情六欲，而我這種人，出生貧賤，外表又不伶俐，就不能有任何的本能反應。如果女方覺得受了侮辱，回敬了幾句難聽的話，這個時候，我這個奴才的角色就要發揮保護主人的義務，我要強迫自己，對著那些美女破口大罵一番，用最下流的詞彙回敬她們，我當然明白，接下來會發生什麼。她們會毫不顧忌地用我的長相進行尋開心，什麼『牛鼻子』、『豬眼睛』、『小丑』，我恨不得上去給他們兩個巴掌，可是我得忍住，因為這是你需要的結局。為了討好罵我的女人，聽了她們對我的辱罵，你就狂笑起來，笑得放肆而又極具侮辱之意。我每天就是在這樣的環境下忍辱苟活，我想，在我忍無可忍之際，便是你的死亡之時。」馬家輝繼續說著，意猶未盡。此時，方同學的影子出現在他的眼前，他曾是學校的學生會主席，他似乎也要討個說法。

「別說是過去，就是現在，我都感到對你有一種懼怕的感覺。畢竟，在這些年裡，我似乎也習慣了這種感覺，好像不被你教訓一下，身上的骨頭也會發養。你這個陰險而又虛偽的傢伙，對上你會討好老師和校領導，對下你總是一副趾高氣昂的樣子，好像將來的官路已經為你鋪好，誰都不敢得罪你，否則就沒有太平日子過。就是在女人面前，明明對人家愛的要死，也偏要裝出一副一本正經的樣子，以談工作為名，讓別人屈服在你的淫威之下。像你這樣的人，將來到了社會上，就是狗官一個。那次我交上了入團報告，無論是憑學習成績還是平時表現，我都不比別人差，況且，我既無錢賭牌，也無能玩弄女生，可不知道為什麼，你偏偏阻止我加入，還有，在那次期終考試的時候，我幫了一個同學作弊，當時，監考老師毫無察覺，可事後你卻打了小報告，最後讓我和那個同學一起參加補考。我幫他，是因為在生活上他照顧了我，而你自己，我親眼看見在考試的時候，你在下面翻書，最後，你得了獎學金。我當時也想去報告，最後我沒有這樣做，因為沒人會信我，反倒還會被認為是在嫉恨你。是的，你最後騙到了那個女生，在我眼裡，她是校院最清純的一個女生，聽說為了能夠得到她，學生會的老師也在為你創造條件，只可惜那個靚麗清純的女生，被你這種人給毀了，這比那些在寢室裡，幾個男生同時褻瀆一個女生還要令人心痛，前者是被蒙在鼓裡的，後者是那個女生的淫蕩。反正，這些年來，你們的行為哪像學生，簡直就是一群流氓，可你們卻活的有滋有味，而我，卻在貧困、欺淩、歧視、奚落中掙扎地過著每一天，當那個純潔無比的女生最終在你主持的一個會議上，流露出對你的讚美和充滿愛意之時，你就在我的死亡名單上了。」馬家輝說著，轉眼看到了最後被殺的那個姓翁的同學，他們是同鄉，而且家道一樣貧寒。

「其實殺你我是於心不忍的，可是想來想去，我的內心還是不能原諒你。我們境遇相似，在別人的眼裡，我們都是一文不值的人，生來就是他們的奴才，可是，奴才也應該有點自己的主見吧，在什麼場合該做什麼事，不該做什麼事，你他媽的好像甘於自我犯賤，明明和你毫無相干的事，你也要去丟人現眼，比如那男的讓你為他擦皮鞋，就算擦得擦很好，也犯不著再去為他的女人去擦，如果是你想趁機聞聞她的腳氣，那也就另當別論，可你，不是把伺候人當成一種謀生手段，而是當作張揚自己個性的表演，事後那些娘們還奚落地罵你一句，你便覺地比得到什麼褒獎還滿足，你這個受虐狂，本來我們還可能僥倖贏得別人的一點點尊敬或是憐憫，因為你的這番德行，我也被你拖累，我也將永無翻身之日，要知道一個人作一時奴才沒有關係，這叫養晦韜光，可你打心眼裡就想一輩子這樣活著，你這個沒有一點上進心的賤人，那些欺負我們的人，還拿你作為榜樣，只要我偶爾忘記了自己的境地，做出了一點點有點尊嚴的舉動，別人就會覺得我大逆不道，對我倍加欺淩。殺了那些欺淩著和被欺淩著，這個世界才有公平和尊嚴。現在我要慷慨赴死了，讓那些蔑視我的女人為之一震，也讓那些被傷害的女人解恨，從而對我產生敬仰之情。我到底和你還是有所不同，不到生死關頭，誰是真正的男人很難被識破。」

馬家輝繼續在潛逃路上，其實他早已做好了死的準備，可不知為什麼，他並沒有自殺的打算。在

志願者

雯雯的父母是表兄妹，像《紅樓蘿》中賈寶玉和林黛玉那種關係。雖然近親婚姻相封穩定，親上加親，可是他們生育的兒女之中產生智障或其他先天性缺陷的機會就大大地增加了。奇怪的是像很多這樣的家庭裡，他們所生的兒女中，智障的常常是男孩。而女孩往往一切均為正常。雯雯作為姐姐，她比一般女孩從小就辛苦許多，她要時時照顧她的智障弟弟布布。因為是智障，布布出生後就一直沒有取名字，到了三四歲的時候，同齡的孩子都會講話了，而布布只能發出像是「布——布——」的叫聲，因此大家就叫他布布。每天，雯雯要送布布去智障兒學校，布布走路時非常艱難，每走一步，幾乎都是在雯雯的攙扶下完成的，尤其是在上下車的過程中。隨著布布的年歲增加，雯雯完成這個過程就更困難了。送走了布布，雯雯才趕著自己去學校。放學後，她必須匆匆地趕回去，再把布布接回家。就這樣，她從小到大一直堅持著。因為家裡有了智障孩子，她的父母就更加勤於打工掙錢，來彌補額外的支出。於是，除了洗衣做飯，在她父母回家之前，她還要時常為布布洗澡換衣。每次布布先要進入已經放好水的木盆裡，一坐下去他便開始玩起了水，而雯雯卻要用最快的速度給他擦洗，然後再扶他躺在床上為他更換乾淨的衣服。只有在晚飯後的幾個小時，雯雯才可以抓緊時間做完學校的功課。每天，在布布睡覺之前，她還要陪著布布，因為他習慣了雯雯，不要他的父母來陪他，也許他更把雯雯當做自己的父母。而布布躺到了床上也不會自己去睡，他也沒有什麼遊戲可以玩，唯一的樂趣就是和雯雯打打鬧鬧。遇到了布布要上廁所或是吃飯的時候，都是一件很費時費力的事。誰也不知道，這樣在學校看起來很文靜的女生，長得也很好看，在家裡卻是這樣一種場景。尤其是上了初中以後，就開始有男生追求她，不過，她一點也沒有這方面的心思，讀書與照顧布布佔據了她的全部心思和精力。到了布布快成年的時候，雯雯也變得更加似出水的芙蓉般地吸引男生，雖然她必須照料這樣一個智障弟弟，可別人並不在乎。為了討好雯雯，那男生還一起幫她照顧布布。所以雯雯每次外出約會，也一定會帶上布布。他時常坐在一輛輪椅上，雯雯一邊和男生談戀愛，一邊推著推車，這場景看起來還是蠻溫馨的。可令人沒想到的事情發生了：有一次雯雯的男朋友在公園裡吻了她一下，坐在推車裡的布布看見了，他掙扎著要站立起來，不依不饒地要把那個男生推開。費了很大的力氣，最後讓那個男生先行離開，布布才有點平靜下來。也許在布布的心裡，雯雯並不只是他的姐姐，或許還是他的父母，也是他唯一擁有的財產，當然不能和任何人分享。從此以後，布布也有了一種舉動，他自己也時不時地要去親雯雯一下，也許在他的親吻之中他感悟到了什麼，這種感悟他當然也無法用語言來表達。

有一次在雯雯幫布布洗完澡後，在她幫他更換內褲的時候，她忽然發現布布的下體直挺挺地伸著，而且很久也沒有放下。在吃驚的同時，雯雯明白弟弟這輩子恐怕很難像別的男人一樣有和女人交歡的機會，雖然他是個智障人，如果他一輩子沒有見過真正的女人，並和她們交歡，那麼，弟弟的一生不僅僅是頭腦智障，而且還有莫大的生命殘缺。她開始在內心掙扎起來，小時候弟弟要的是攙扶與打鬧，如今弟弟開始親吻她，並有了那種生理反應。再過幾年，自己也許會嫁人，自己的身體會屬於另一個男人，一個正常的男人，而弟弟永遠沒有這種機會。

為了讓弟弟體驗一下做男人的感覺，在一次幫他洗完澡後，弟弟下體勃起的那會功夫，雯雯也脫下了自己的衣褲，讓弟弟看一下完整的女性。果然，此刻布布顯得非常地激動，雯雯躺到了布布的身旁，讓他平生第一次真正地做個男人。布布從下體中流出了很多很濃的液體，本來這種液體是生命的動力，也是實現完整人生的重要組成部分。不過此時，雯雯感到，在她的救助下，使一個生命變得了完美的過程，哪怕他是殘缺的。這好像並不僅僅是她個人的行為，而是上帝派給她的使命。雖然對於自己的弟弟有種天生的護愛之心，尤其是面對一個智障弟弟，說實話她比任何其他女孩更早地面對男性的生殖器，雖然是自己的弟弟，而且還是一個孩子，可總會令她有種怪異的感覺，因為天底下多少健全的男人用這種東西去侵害女性。不過，她從小就明白她的責任。現在布布成年了，並沒有獨立生存的能力，她的父母也早早地關照過她，以後他們雙雙離開了人世，就由她照看布布了。現在她明白了照看不僅僅是吃飯、換衣和接送去康復中心，其實更有一種從心靈到生理的關愛。可僅僅是關愛布布一個人是遠遠不夠的。在康復中心，像布布這樣的人就有好幾十個，怎麼也讓他們的人生有個完整的過程。中心的負責人是一個了不起的母親，這家中心本來也是民辦的，後來得到了地方政府的資助。她曾經有一個腦癱兒，別人都勸她再生一個健全的，而她卻堅定地認為：

這個腦癱兒之所以選擇在她這裡出生，是上天的有意安排，她拒絕了再生一個的建議，而是全心全意地和兒子一起成長，並且在這個過程中，從教他走路、說話、畫畫、玩音樂，使他最終成為了一個能自食其力的正常人。因為這件事，才使她感到更多的智障兒童需要幫助，有多少個家庭，因為這樣的事而陷入絕望。在康復中心成立之初時，許多父母、祖父母輩抱著自己的孩子，好似在絕望中看到了最後一絲希望，把自己的智障孩子送入康復中心。

雖然吳主任是位堅強而又偉大的母親，當雯雯把那種想法告訴吳主任時，她的表情是那麼地驚訝，這讓雯雯的內心一下子亂了起來。畢竟，這是一個康復中心，誰也不會把它與性生活聯想在一起。在一般人的觀念中，幫助智障人士康復和照料他們，已經是功德無量了，至於生理方面的問題，弄不好便是一種對神聖事業的褻瀆，因為大多智障人士的智力水準只有幾歲左右，就好像和小孩一起談論性事，無論如何是不適當的。不過從生理上，他們已是成年，對於男女之事還是有相當的感悟的。因為在他們的青春期，同樣有那種生理反應，也會遺精甚至自慰。雖然吳主任聽後表情是那麼地令人感到吃驚，畢竟這種話題太難以啟齒也太複雜，包括倫理和觀念的進步。其實是吳主任以前在訓練自己的腦癱兒時，她又何曾沒有想過這個問題，不過，她把這個念頭壓了下去，雖然她愛憐自己的孩子，不過這種念頭只是一掠而過，而且羞於思考。眼前突然有一個亮麗的年輕姑娘向自己提出了這種建議而且甘當志願者，這實在是讓她吃驚不小。因為她根本不知道該不該去這樣做或者說有沒有操作的可能性。而且會面對巨大的社會輿論與壓力。不過作為一個母親，尤其是智障人士的母親，她同時在雯雯身上看到了人性的光輝，一個年輕的女子能夠想到這一層已實屬不易，如果要身體力行，她不知道她會面臨怎樣的風險。

在經過了一段時間考以後，並與幾個適齡的患者家屬進行了了溝通之後，沒想到很多做母親的心願是相同的，只是她們從來不敢朝這方面去想而已。現在有了這樣的志願者，她們一方面為自己的智障兒感到幸慰，同時也感到社會真的進步了不少。這樣，在康復中心的一側房間裡，開闢了一間「保健室」，雯雯定時地去為那些有需求的人士服務，讓他們有一個完美的人生體驗。雖然和所有的受惠者家屬簽了保密協議，不過，沒有不透風的牆，有時也會打來不少的騷擾電話。為了減少不必要的麻煩，雯雯決定另設機構，為了方便患者，新機構離康復中心只有數分鐘的路程。由於需求人數激增，在康復中心的資助下，雯雯做起了全職，而且服務封象的範圍也從智障人士擴展到某些無法娶妻的弱勢群體。對於她所付出的一切，事後在別人的一聲深情的感謝中，她得到了所有的回報。不久，因為康復中心雖有政府資助，不過經費還是非常有限。為了補助經費不足，對某些有能力支付一定數額的人群採取了小額收費。令雯雯沒想到的是雖然是非常小額的收費，別人也不認為她是志願者，而是一種打著志願者旗號的斂財行為。更令她沒有料到的是那天突然來了兩個中年漢子，明確地要和她做性交易。在他們遭到了拒絕以後，那兩個男的亮出了公安的身分，要把她帶走。雯雯申辯道，自己只是一個志願者，不做性交易，至於收取很小的費用，只是為了最基本的運作開銷，她是康復中心的一個組成部分。可來人明確地告訴她要老實交代所有的問題，不要把他們當成小孩子來哄騙。

本市將要舉辦亞運會，為了改善社會治安，公安人員在全市展開了一系列整治活動，其中包括黃業。把無數的什麼洗浴中心、酒吧、理髮店等涉有賣淫的窩點進行了大掃蕩，許多賣淫女被抓被關，沒想到雯雯的「保健室」也成了掃黃的窩點之一。在交代了問題的審訊中，雯雯堅持自己的事項和黃業沒有任何關係，更不存在什麼賣淫事件，因為她所提供的服務之中，對象基本上都是智障人士，還有極少部分的弱勢群體。據說雯雯被抓，吳主任也去了公安機關作了說明：這是一種人道主義的志願行為，和黃業沾不上任何關係，是一種人性的關愛。可公安機關人員明確表示，雯雯的行為已構成了詐騙與賣淫，至於她的服務對象都是些智障人士，那是因為她的性取向有問題，專門迷惑殘疾人，叫「慕殘者」，她必須被拘留、罰款甚至判刑。吳主任聽了感到非常地絕望，她自己一開始的擔憂是有道理的，許多事情超越了別人的觀念，哪怕是善事也會遭受巨大的打擊。

令人意想不到的事情又發生了：為了將掃黃行動推向高潮，公安局領導決定將抓獲的妓女和嫖客作遊街示眾。上午十日許，大約有上百名被獲的男男女女列成縱隊，女的清一色黃色上衣，而且個個光著腳，為的當然是讓她們受到最大的羞辱。男的個個剃光頭，穿著灰色上衣，也是光著腳。在大批武裝人員的押送下，進行遊街示眾，看熱鬧的人群更是把他們團團圍住。這場面之熱鬧實在是壯觀。當然，雯雯也在妓女的列隊中。和別的女人一樣，她戴著一個大口罩，頭前披著散亂長髮，看不到一點點做人的尊嚴。她心想，自己沒有錯，執法者的無知與野蠻實在令人心寒。從前，中國人便是「示眾的材料」和「麻木的看客」，現在這種情形也差不多了多少。就這樣，一場聲勢浩大的遊街示眾進行了幾個小時，然後遊街的男男女女又被帶回了拘留所再作處理。

對於自己所做的一切雯雯並不後悔，她只是痛心那些誤解她的人，有人說她是「慕殘者」「妓女」「騙子」「蕩婦」等，這和自己的初衷天差地別。還有自己又怎麼面對自己的父母，她感到絕望了。她想到了死，不過她還不能死是因為還有布布需要她照顧。即便回家面對父母，她相信他們也不會理解她，甚至誤解她。

看來也沒有辦法活下去了，不說別人，就是自己這一關也過不了，有著被玷污的記憶就是永久的毀滅，更何況在光天化日之下，遭受這樣的羞辱。在拘留所裡，雯雯便寫下了遺書。她想，如果在所內結束不了自己的生命，等到出去時也要立刻自殺，她想只能以死為自己鳴冤。

爸爸、媽媽：女兒寫這封信時不在康復中心，而是在拘留所。對於我自己所做的一切，我想也不用再作什麼解釋，如果你們能夠明白，我最高興，如果不能，既時我做多少辯解也是徒勞。我從小就明白我的生命和布布聯繫在一起，自幼到現在，我一直就擔負起這個責任，我沒有覺得累，也沒有覺得不幸，一切是命運或者說是一種使命，也正是這個原因，我開始在康復中心做志願者，後來又在那裡把我的「理想」發揚光大，那是一種天使般的願望與行徑，現實卻得不到認可，哪怕是一點點。只有吳主任明白，因為她的兒子也曾是智障。就是受惠者也不明白我的真正用意，只是認為我很怪，或者很傻，或者頭腦有毛病。公安機關更把我當罪犯一樣看待。爸、媽，女兒是愛你們的，也愛布布，我曾答應你們照看布布一輩子，可我現在連自己也需要別人救助，可是這樣的人沒有出現，我只有死路一條。就是死了，也會被認定是「畏罪自殺」，對於任何事情，輕易下一個結論總是最容易的。我生來帶有一個使命，現在生命就要消亡了，也許能給社會留下一個思考。我相信，總有一天，只是時間問題，有人會認同我，甚至讚美我，就像讚美一個天使一樣。爸、媽，多保重，我先走了，對不起……

西門慶街

有個農民在自己的承包地裡發掘出一頭棺槨，因棺木用的是金絲楠木，很值錢，於是該農民自掏腰包請人來幫忙挖掘。正當他想著發大財之際，突然鎮政府派人來告知他，這是文物，歸國家所有，不可私吞，否則犯法。這個農民很是不服氣，眼看就要到手的一大筆錢，就這麼沒了，不過鎮政府還是答應給他一定的經濟補償。鎮政府派人把棺木抬走，又請來了考古人員做鑒定，最後也做不出什麼結論，只是根據葬禮的習俗，初步斷定為這是宋朝的一戶官宦人家，因是夫婦同葬，實屬稀罕。雖然金絲楠木還值點錢，可因為地下水的原因，棺木已經腐爛，因此也值不了多少錢。此事又傳到了縣衙門，縣裡也派人做了鑒定，結論卻令人大跌眼鏡，說這棺材裡裝的不是別人，乃是西門慶大官人，同葬的也並非是他的原配夫人，而是小三潘金蓮。當年武松殺人逃跑後，西門慶的家人就把他和潘氏合葬在一起埋了。消息一出，傳聞鬧得沸沸揚揚，由於來看熱鬧的人實在太多了，於是，縣衙門靈機一動，把鎮裡的一條商業街命名為「西門慶街」，並在鎮政府外建了一個露天平臺，上面放著棺槨和介紹欄，四周有鐵柵欄圍住。這樣，鎮裡的人氣從此就旺了起來，街上的商鋪不斷增多，服務業的銷售額也大幅上升，加之小攤位林立，各種物品也算是應有盡有，古時候《清明上河圖》裡的汴京城，熱鬧也不過如此了。

借著西門慶大官人的東風，西門慶街上的診所也是開了一家又一家，本來就有一家藥鋪和一家針灸診所，現在又開業了皮膚科診所。開業者沒有資歷，也不用行醫執照，只是在門面外的櫥窗玻璃上滿滿貼有廣告內容：祖傳秘方，歷史悠久、始于宋代。專治：白癜風、濕疹、皰疹、紅斑狼瘡、牛皮鮮、酒槽鼻、黃褐斑、青春痘等各種皮膚疾病。由於街區熱鬧，來問診的人也不少。於是，鄰店的門面開了婦科，同樣是滿櫥窗的廣告字：專治婦科包括陰道炎、卵巢囊腫、宮頸糜爛、子宮肌瘤、外陰炎、乳腺癌、宮頸炎、盆腔炎、白帶異常、經痛等。不久，又有一家針灸所開張，廣告商的項目包括：治療失眠、脊椎病、腰椎間盤突出、近視、抑鬱症、耳鳴等。更有大膽的診所，宣稱專治各種惡性腫瘤，包括：肺癌、胃癌、食道癌、腸癌、肝癌、乳腺癌、白血病等。稍稍瀏覽，彷彿天底下的各種疾病，只要到此街一遊，找上幾家診所，便解決問題了。雖然縣市里有大醫院，不過因為費用的關係，很多人還是到診所來就醫。病人一進來，郎中先是號脈，然後講上一通脾虛還是腎虛、陰虛還是陽虛之類的話，再開上一劑藥，有時還得用上什麼蛇膽、熊掌、甚至虎骨，雖然有違動物保護法，可郎中卻感到憤憤不平。

郎中這個職業由來已久，以前不用什麼資歷，懂點醫的，便可開業問診，講究全在下藥上。魯迅寫的小說《藥》中，就講到以革命黨人的血來治癆病，當然還有更絕的，從前有人得癆病，盜汗、咳嗽、無力、消瘦，如林黛玉這樣的病，用的處方中就要以女人的底褲檔片著藥引子才有效，否則治不好就會死人。日本人最能發揚光大中西文化，售出的商品中就有一款是女人穿過的底褲，配有該女子穿上這底褲的圖片，並說明底褲出售時新鮮程度，雖然不是為了治病，是為了賺錢，卻也是解了那種男人的癖。至於號脈，就更神了，不用直接在病人手腕上按脈，只要通過一條紅線，連接閨中小姐的手腕便可，叫「金線吊脈」。

人常說中醫越老越值錢，全憑著經驗辦事，有點像畫國畫，筆鋒中的順逆、快慢、轉折、正側、藏露全仗著經驗的累積。聽說趙老頭以前在部隊的衛生所工作過，又讀過幾年藥劑，問診號脈的事見多了，自己又喜愛專研，平時也學著開些簡易的方子。如今在西門慶街上也開了一家診所，又自稱家傳三代名醫，祖上又為御用，自己又蓄了長長的鬍鬚，便也開張並打出了這樣的招牌：專治各種各樣疑難雜症，包括腫瘤、內科、外科、婦科、骨科和做人工流產等。有人將信將疑，於是趙老頭便提高了嗓門，大發雷霆，並揚言：要是自己搞大了，恐怕醫院要關門了。要說這趙老頭只會忽悠別人卻也實在是冤枉了他，他不僅熱愛看醫書，平常還練練道術，令人感覺他身上帶有一種「仙氣」，尤其是對病症的分析，他多能引用《黃帝內經》中「天人合一」的原理解釋病因，並據此開藥除病。那天鎮派出所的吳警官就帶著他那患癌的老丈人來問診，並放下狠話：治好了，算你有本事，給你一個大紅包，還贈上錦旗，寫明你是再世華佗，如果治不好，我就封了你的門面，還以非法行醫罪抓捕你。問診之後，趙郎中胸有成竹，叫吳警官明天就去取藥，看到趙郎中這麼有自信，吳警官像是松了口氣。第二天一早，吳警官便又來到趙郎中的診所，見他來了，趙老頭先是拿出了幾大包藥，接著又把他帶到了後房的一個密室，吳警官心生蹊蹺，只見密室裡有張特製的床，床頭上有個洞，床周圍左右各有一個屏風，正當吳警官納悶之時，趙老頭讓他坐下，說道，這床很普通，不過，每當他診治絕症病人時，知道了病人的姓名和出生年月，他便晚上要獨自睡在這裡，睡著後，他的魂魄便要去陰曹地府查看閻王的生死簿，如果薄子上還沒有患者的名字他就大功告成了，隨便怎麼治，一年半載病人死不了。如果上面有患者的名字，那麼准治不好。人的壽命是有定數的，光花錢跑醫院是沒有用的，昨晚他查看了，沒有查到他老丈人的姓名，只要拿上他的方子，讓他喝藥，病人心結一解開，自然氣神回歸，日漸趨好。吳警官是半信半疑，不過聽了趙老頭的一席話，自己也感到輕鬆了許多。

據說吳警官的丈人又存活了好幾年，比醫生估計的要長許多，那是後話。鎮派出所離趙老頭的診所不遠，因為有了幾次接觸，吳警官對趙老頭的學識還是很信服的。有時鎮裡出了什麼大案，像殺人、強姦之類的，吳警官也會有意無意地去那診所閒聊一陣，聽聽趙老頭的意見。這天正聊到一個無頭公案，說是最近鎮裡發生了幾起強姦案，有一個男子竟在一天之內，先後對兩名女性實施了強暴，據受害人的反映，罪犯異地口音，在二十五歲左右，慌亂中無法記清楚罪犯的其他體貌特徵。要追查罪犯，勢必要進行排查，人力和時間都有限，何況罪犯得逞後會繼續侵害其他女性。如果不能及時收網，罪犯就會轉移居點，這樣對破案會造成更大的困難。吳警官感到備受壓力，排查範圍也在不斷擴大，令警員忙得疲憊不堪。趙郎中聽了，皺了皺眉頭，又歎道：此人乃病人一個，要及時查找到嫌疑犯，只要重點去河道邊排查，尤其是橋口處的外來居民。吳警官聽後也沒特別在意。這天又帶著幾名警員在鎮裡走訪，突然想起趙老頭的一席話，便順道去了幾個橋邊處進行巡查。查詢了幾十戶，發現了一個口音和體貌特徵與罪犯的相似，被查詢者見了警員又十分地慌張，後經審訊，該罪犯對所犯罪行供認不諱。這下吳警官對趙老頭佩服有加，又去了他那兒討教對案件的推理方法。趙老頭此刻賣起了關子，他先是歎了口氣，又搖了搖，只說，人已抓獲，案子已結，他就安心了。吳警官只得再三懇求，趙老頭才又說道：年輕人血氣方剛，住的地方又是河邊，水主賢，而橋阻水，這樣的地理環境使他的精氣受阻，累積到一定程度時便會控制不住，對女性實施性侵犯。吳警官聽後一連嘖嘖稱奇，又心生疑問問道，為什麼只有犯罪嫌疑人才會這樣，別人就不會受影響，趙老頭又道，這和癌症的原理一樣，同樣的環境有的個體發生了病變的症狀。利用傳統的醫學知識來斷這樣的案例，是神奇還是巧合？吳警官還是有些疑惑。不過，沒過多久，又有一個性侵案子令警方犯難，一時間難以偵破。吳警官又想到趙老頭斷案的事，便又來到了他的診所。說是有罪犯，近來連連襲擊了幾個女子，卻又不對她們實施強暴，而是用利器對她們下體進行殘害，弄得縣城的女人夜不敢出戶，就是上下班也得有人護送。據受害人口述，罪犯的年紀在三十左右，體型較小，相貌特徵表述不一。趙老頭聽了，想了想，向著吳警官叫了起來：破廟、破廟，還有後山，在破廟四周和背靠山地的一帶住戶進行搜查，定能有結果。因為有了上次的經歷，吳警官便組織人馬分頭巡查。有人大罵瞎鬧瞎跑，有人說趙老頭有特異功能可以試一下。本來局裡把排查的範圍從五公里擴大到二十公里，吳警官集中警力在後山和破廟一帶進行仔細排查，最後篩選出犯罪嫌疑人。破案後人人稱奇，就連公安局長也認定趙老頭是個高人。趙老頭還是大談醫道，賢主性，驚傷賢，罪犯沒有能力對女性實施性強暴，卻惡毒地殘害女性下體，說明在罪犯的成長過程中，受過巨大的驚嚇，並留下了後遺症。自然，這樣的事最可能發生在破廟和後山，那裡是拋屍的場所。事後據案犯交代，小時候起就和人一起在破廟玩，有次確實看到了一具已經腐爛的屍體，很可怕，而且長期受其影響，從此每當路過那裡，心裡就會非常害怕，他會加速奔跑，直到遠離那個地方，所以到了青春期，產生了極度的陽痿，以致女友也因此分了手，所以心懷嫉恨，才對那些女性做出了如此下流之舉。

趙老頭從此名聲大振，那些看腫瘤、婦科，內科的病人，經常來問診。那天，吳警官的小舅子帶著他的女友前來問診號脈，趙老頭為這個叫羊潔的小女子號了脈，又詢問了些她的病症，她有些不好意思地說道：時常地感到經痛，而且白帶異常，這本是中醫的常見病。於是，趙老頭照常開了以前為別人也開過的處方：車前草燉豬小肚。隨後，他們去藥店買些幹車前草，又去菜市場買了豬小肚，按方子上二十五克和兩百克的份量，將豬小肚洗淨、切片，再加水，少量鹽，燉了半小時後便服用，每日一次，七天之後，白帶異常確有改善。另一張處方為用乾薑、大棗、紅糖各三十克，將前兩味洗淨，乾薑切片，大棗去核，加紅糖煎。按處方煎藥、服藥，適用寒性痛經。羊潔覺得，做女人真是麻煩，走在街上招蜂引蝶的，卻誰知身上有這個病那個病，有些顯露在外，有些難以啟齒。過了幾周，經痛和白帶症狀確有改善。既然趙老頭這麼有辦法，這青春痘還有便秘也可一併治一治。於是，羊潔又去了診所，要求為她的青春痘和便秘也開個方子，這可是她的最大煩惱。不過，先後試了野菊花煎水塗擦面部，和採用新鮮的枸杞子打爛後塗於面部，雖有改善，卻時有反覆。按趙老頭的說法，要澈底根除，要採用受孕產子的方法，便建議他儘快結婚並懷孕。生產後，再加以少許調養，問題便可解決，可羊潔並未打算馬上結婚，再說，就算結了婚，也未必馬上能生下孩子。趙老頭又道，這倒也不難，可在她懷孕數月之後再引產，因懷孕能使體內內分泌發生變化，流產後，效果和生產是一樣的。於是，羊潔回去和男友商量，男友雖有顧慮，可因她不僅有痘痘，摸撫時總覺她身上渾身雞皮疙瘩，很是不爽，更有便秘，難免口中常有異味，也叫人難以忍受，便想著，懷孕做流產，雖然有些風險，就一次流產，也不會對子宮內壁造成傷害。就這樣，他們決定等羊潔有了身孕，再去診所見趙郎中。

三月間，正是春風徐徐，西門慶街上的桃花盛開，引來一片春色。這天，羊潔跟著她的男友相約來到了趙老頭的診所。要說做這個流產的手術，也有不少花季少女，因偷吃禁果不慎懷孕的，又怕去大醫院，便來診所悄悄解決了事。羊潔躺在床上，只見趙郎中取出數枚金針，在下體四周紮了一會兒，便將羊潔雙腳吊起，因針刺麻醉後病人意識依然清醒，女孩子到了這一步，也顧不上臉面，任憑趙老頭拿著刮匙伸進下體進行一番刮弄，又將胎剪、圓鉗等物伸入體內，將碎胎塊塊取出。不久，羊潔忽感下體隱隱作痛，正痛苦地哼咽著，趙老頭見狀便寬慰她道，馬上就做完，再堅持一會。不久，她覺得下體不但發生劇痛，而且有大量血液流出。此時，趙老頭也慌了手腳，以前做這種引產從未出現這種意外，眼看流血不止，一時又束手無策，便馬上讓她的男友叫救護車。當救護車來到之後，便把臉色蒼白的羊潔送入進行搶救，可終因流血過多，造成休克死亡。這下可亂了套，誰也沒有料到這樣的後果，消息傳到了吳警官哪裡，氣得他立馬去診所抓人，那趙老頭見勢不妙，早已溜之大吉。吳警官封了診所的大門，又招貼了尋人啟事，便悻悻離去。

再說這西門慶大街上出了這樣的事，診所弄出了人性命，趙郎中又一走了之。市公安局、衛生局又不得不來查詢，關了幾家非法診所了事。可惜了羊潔，為了治好青春痘，卻丟了性命，她的男友又怎麼咽得下這口氣，便買了一把匕首，發誓一定要找到趙老頭，讓他償命……

風燭

從前每年秋天時節處死犯人叫「秋斬」，也許是秋季充滿著蕭殺的氣氛吧。犯人被押到街市口，看熱鬧的總是人頭簇擁，等到一聲令下，劊子手便大刀一揮，犯人的頭立刻落地。雖然是看熱鬧，卻也是警示的方法。不過到了現在，一般放在「五一」前夕，每年人們計畫著怎樣過假期的時候，便有一批犯人要被處決。「五一」是國際勞動節，是一百多年前為了實行「八小時工作制」，芝加哥工人舉行大罷工換來的工人的節日，所謂「勞動節」。在以前的勞動節，還充滿了政治意義，代表著全世界無產階級的勝利，同時意味著資本主義的沒落與死亡。所以過勞動節很隆重，官方講話，文藝會演，甚至遊行和焰火慶賀。如今誰也不會去想那檔事，一年到頭工作，緊張忙碌，趁著春天的假日，盡情地休閒放鬆一下。每當這個時節，市監獄裡的氣氛有些詭異，安排好的處決名單和時間，此時正在作最後的審核。對那些死囚驗血，隨後被調離到單間。單間一般位於囚室的最裡邊，有專人看守。這樣，從裡到外，便又多了一層監控。

上午，郭金燕被要求離開集體關押的地方，單獨住進了一間平時並不開放的單人囚室。這種「優待」表明了這幾天她就要被處決了。單間平時少用，所以比較整潔，而且寬暢，除了一扇鐵門上的小視窗，沒有其他的視窗。她似乎早有預感，法庭對她宣判了死刑，她也沒有上訴。事到如今，她已不再感到像以前那樣有種求生的欲望，一切只能面對現實。她希望自己行刑的時候不會太痛苦，一下子就這麼過去了，像平時睡著了一樣。她也希望自己的父母能夠扛住，就當沒有生她這個女兒。她不時地回想起自己童年的時光，小時候和姐姐一起玩耍的情景，還有那些小同伴，如今她們和自己一樣都已成年了，正在過著走向社會的生活。結婚早的女孩子，還有了自己的孩子，可自己卻就要被處決了。想到這裡，她還是傷心起來。要是自己沒有生得那麼好看，也許就不會有這樣的結果了。曾經一直以自己的容貌而驕傲，自己從小學起，就被學校裡的男生獻殷情，社會上父母的同事見了她，都會禁不住地誇她漂亮。學校的文藝隊把她招去，到處參加歌舞表演。為了使自己成材，父母也把所有的錢都花在了她身上，請專業老師教舞蹈練唱歌，高中畢業就報考了幾所音樂學院，雖然考上了，心裡卻明白沒有背景很難出人頭地。有些天賦平平的選手，卻因為有了靠山，就能成名成家，甚至還能混個支藝兵，做個軍官。為了搏出位，她自己也開始找起了門路，結果是一次又一次地被騙，一次又一次地做人工流產，弄到後來身體損害過度而喪失了生育的功能。就在那次又受欺騙，絕望之餘，終於釀成了一起殺人的事故。

囚房的門被打開了，麻木中她的心裡此時還是有些慌亂，進來了兩個看守，解開了她的手銬，又給了她一件新衣服，說是她母親帶來的。現在要去和她父母做死前的道別。她很快梳理了一下，換上了那件新衣便跟著看守，來到了指定的會客視窗前。看到女兒面容憔悴，而且就要被處決，一見面，視窗外的父母和姐姐便哭得死去活來。她父母各拉住女兒從視窗下間縫中伸出的兩隻手，他們緊緊拉住寶貝女兒這雙還很姣嫩的手，她母親更是哭叫道：「寶貝心肝呀，讓媽媽替你去死吧……」他們拉住她的手，一刻也沒有鬆開，好像這樣女兒就不會離開自己了。因為他們的情緒過份激動，會面的時間被提前結束了。到了第二天中午前，兩個看守送來了一盤飯菜，裡面有魚有蝦，還有雞腿和紅燒肉，加之一些蔬菜。她明白，這就是「斷頭飯」。她終於哭了起來，又說自己什麼也不想吃。看守告訴她，她一定要多吃一點，否則到時候肚子餓，要趕路又要上車下車，會沒有體力支撐的。於是，她停頓了一會兒，橫橫心，吃了起來。吃了沒幾口，實在吃不下，又給她喝了幾口燒酒，這樣，她的恐懼心理減少了一些。

隨後，她被帶到了更衣的地方。在這裡她可以更衣，化妝，和女獄友、獄警做道別之類的事。最後，她剛卸下手銬的雙手要用繩子反綁起來，由獄警押送出去。因室外的空地上，站滿了獄警和武警，到了一輛大卡車前，便有兩個武警把她扶上卡車，站到了卡車上方後又面朝外，兩名武警一左一右地用一隻手押住她。同時被押上的還有幾名男犯，這樣，卡車上形成兩排。押送郭金燕站在靠車頭的是一位年僅二十歲的武警戰士馮剛，他才剛入伍兩個月，第一次經歷這樣的場面，面對這樣的任務，與其說令他感到好奇不如說是心慌。可當他一眼發現她是一個和自己的年齡相近，又十分漂亮的女人時，他的內心亂了起來。他想自己押送這個女人去刑場，如果不是去那兒，要是挽著這樣的一個女人去逛街，那該有幸福啊。他立刻收起了自己的神情，他不能讓周圍的人看出他的心思。不過，他想，也許其他的戰士也會像他那麼去想，只是自己有機會押送她而已。真的，她很美而且此刻顯得冷靜，甚至有點從容。能這樣「慷慨赴死」，如果是在戰爭年代，定能成為女中豪傑，可惜命運捉弄了她，聽說她被人誘姦，又殺了人，所以被判死刑。

車隊先駛向一個體育場，在那裡先進行公審。到了體育場內，他和另一個戰士幫扶她下了車，雖然下面有梯子，由於她雙手被捆綁在後，她還是很難控制住身體的重心，他立刻就扶了她一把。此刻，他注意到她看了他一下，好像做了一個短暫的眼神交流。他繼續押送著她，直到指定的地方。將被處決的人排成一排，每個死囚的後面都有兩個武警押著，其餘的武警又在後面排成佇列，擺出了壯嚴的氣勢。廣播裡又大聲地宣讀著犯人的罪狀，馮剛漫不經心地聽著，又不禁聯想起自己，和她一樣，當初為了追夢，也經歷過同樣的人生挫折。在他入伍前他曾離開農村老家去都市打工謀生。記得那年離開家鄉時，對著僻遠落後的家鄉，他暗暗發誓自己一定要混出個人樣。穿過了鄉村的小路，很快汽車把他們送上了高速公路。「終於自己可以去掙錢了。」他看窗外，對未來他滿懷憧憬。當他第一眼看見繁華的大都市時，他的內心充滿了喜悅，並想著自己將來一定要生活在這樣的城市裡，自己要掙錢，有一天能像都市的人一樣，住上高樓大廈，開上小汽車，還要找個和都市女人一樣漂亮、時髦的媳婦……不久，他就來到了一個建築工地上。

工地就在大馬路旁，四周都是漂亮的高樓大廈，只有這幢樓才剛剛建了幾層。樓面上豎著無數條赤裸裸的鋼筋，他的工作便是在鋼筋上纏鐵絲。他先是跟著一個師傅幹了起來，沒過一會兒，太陽就高高地升起了。他只得忍著幹，可太陽越來越火熱，身上早已渾汗如雨，而且被暴曬得發痛，雙眼也冒起了金星，又沒有任何可以遮蔽的地方。他想避開一會，找口水喝，別人身上有水壺，自己第一天不知道情況，也不好意思去喝別人的水，監工又站在一邊朝著自己的方向注視著，於是，他一分鐘，一分鐘地堅持著。直到午飯的時候，他癱軟地坐在水泥地上，吃著菜湯和饅頭。飯後再拚命地從下午幹到晚上，晚飯吃的還是一樣的伙食。他本以為終於可以好好地休息了，可晚上又必須加班，周圍高樓上霓虹燈閃耀，只有工地上被照明燈照得通亮，還有轟鳴的攪拌機聲響。抬頭向天空望去，只是一片漆黑，哪裡比得上家鄉，到了夜晚，稻田上一輪明月，小溪邊蛙聲不斷，幽靜卻令人感到快意。到了半夜收工以後，拖著沉重的身體回到了宿舍，仰頭便倒下。因為是鐵皮棚屋，雖然夜深，卻還是悶熱得連氣也喘不上來。不洗不漱，裡邊全是煙味、汗臭。熄燈後，更有打呼嚕的，磨牙的，講夢話的，放屁的，還沒有家鄉的豬廄過得舒暢。堅持不了幾天，他想著要逃離這個城市，這裡對於像他這樣的人，簡直就是煉獄。

接著就生了一場大病，身心雙重磨折，又上吐下瀉好幾日，不得不住進了醫院。住院費用很貴，幾天就花完了身上所有的錢，不得不暫時回到家鄉。他看到了父親臉上的無奈，母親的心疼，使他感到萬念俱灰。他不知道自己該怎麼辦，他甚至有點絕望，他不敢再想未來。幸好，徵兵的來了，他如願以償。不久，他又告別了家鄉，父母又開始歡天喜地。他來到了這座城市成了一名武警戰士，雖然站崗的時候有點累，卻充滿了自豪和軍人的威嚴，畢竟不用再自暴自棄了。

車又駛進了一片荒地。下車後他還站在郭金燕的左後方，此刻他想著再過幾分種，她就會死去，像殺一隻羊那樣，流著鮮血，掙扎幾下，然後就什麼也不知道了。可羊的屍體很快會成為桌上的佳餚，可惜她就會被燒成灰。人會有靈魂嗎？他又想著，如果此時自己能夠把她救下，把她帶到一個沒有人煙的地方，像古代的人那樣，生活在世外桃源裡，男耕女織，那該有多好啊。可惜，此刻她已站在了行刑的位置上，她的面容有些蒼白，卻依然美麗。不知為什麼，她向他回了回頭，好像想看清楚他的面容。雖然此時他戴著一副墨鏡，可那天天氣格外地晴朗，所以透過鏡片依然可以看到他的眼睛。他只是麻木地站著，好像子彈會向自己飛來，如果真的能夠替她去死，自己也在所不惜。執行的命令下達了，一個戰士往左貓下身子，他往右，看起來動作有點怪。幾秒鐘後，隨著一聲槍響，她脫離了他的手應聲倒地了，他不由地掙開了眼睛轉過頭去看了一眼，這場景簡直令他昏厥，她的身體扒在地上，上半個頭不見了，被子彈打爆的，在她的屍體周圍到處是飛濺的腦漿，慘不忍睹。她的身體還有抽動，剩下的半個頭還在流血。一條鮮活的生命就這樣消逝了，在自己的眼皮底下，這麼令人無奈，令人氣絕……

棄嬰

廣西金田鎮之所以遐邇聞名，當然歸功於一百多年前在這裡洪秀全和馮雲山以「拜上天教」的名義發動的那場聲勢浩大的太平軍農民起義。太平軍頒發的《天朝田畝制度》使其贏得了廣大農民的擁護。同樣在金田鎮，回首到上世紀三十年代初，紅軍在這裡也鬧過「打土豪，分田地」的革命，同樣也贏得了廣大貧民的支持，只不過有的貧民後來變成了有田可種並且擁有幫工的「富農」，再到後來，他們和地主階級一樣，也成了被消滅的對象。現在沒有人再會去關心這樣的往事了，人們都活在當下，活在眼前。

前不久金田鎮因連日的強降雨，水庫一直囤積水位，後又放閘洩洪沒有預警，導致下游金田等鎮，幾萬人受災，上千人被困，整個鎮子在幾分鐘內就被淹沒，損失巨大。後又有記者報導不實，官方塗脂抹粉，當成了功勞，引發當地群眾極大憤怒。災民自發遊行，圍堵鎮政府，要求政府給出真相，報導真實災情。最後警方出動了幾十輛警車，大批特警出動維穩與災民對峙，最後，員警開始使用催淚彈驅趕示威災民。

由於持續不斷的強降雨，桂平市里的監獄裡積水也不斷上漲，監獄只得動員幾百個男女犯人，一起加入抗洪勞動。平時男女犯人東西各分兩地，這天，桂珍珠在雨中，遠遠看見了她的男友陳一航，她對著他望了一會兒，他也回看了她幾眼，就又走開了。他們一個是販毒進來，而另一個卻是因棄嬰罪而遭起訴入獄。只是他們分別已有近二年的時間，沒想到雙雙都會在這裡服刑。那個男人已近中年，而桂珍珠才只有二十一歲。桂珍珠容貌姣好，在女犯人裡面的可算是最年輕漂亮的一個，就連那些男看守，見了她，也會多看她一眼。

桂珍珠上學時讀到了初中，和其他女孩子一樣，就無心上學了，整天和同學在外面東走西逛，到了初中畢業那年，她正準備外出打工，正巧市里的藝校在招生，她和幾個同學就一起報了名，很快就被錄取了。除了有一張漂亮的臉蛋，她並沒有什麼才藝，她也不知道在藝校到底能學到什麼才藝，也不知道將來能不能真的找到一份像節目主持人或是唱歌跳舞之類的職業，當然最好有機會參加什麼大型演出或是拍個電影什麼的。其實她哪裡知道，藝校不是什麼電影學院，也不是什麼聲樂或是舞蹈學校，只是幾個社會上的混混看准了社會上大批的無業青年，他們想就業或是懷著什麼文藝理想，就花點錢請幾個名義上顧問，再在專業學校掛鈎的名義下，進行招生納財，自然也不配備什麼師資力量，也無辦學資質，就像模像樣的辦起了所謂的藝校。

雖然校舍是臨時租賃的，也不知道哪裡找來的幾個教員，有的會拉手風琴，有的會彈鋼琴，也有的是什麼夜總會歌手等，基本上也是屬於無業遊民一類。上了沒幾個星期的課，就讓那些個女學員去夜總會「實習」了，不是叫她們去唱歌跳舞為人助興，而且在包房裡陪那些做生意的客人吃吃喝喝。桂珍珠開始很不情願，怎麼藝校讓學生去夜總會這種地方工作，雖然不情願，可工資還不錯，碰到大方的客人還有不少的小費。不久，她就開始和別人約會，別人供她吃喝玩樂，她道覺得還不錯，有吃有玩，還有錢賺，不久就和別人同居在了一起。看起來你情我願的很簡單，可她哪裡知道自己的人生就此已經徹底改變。那男人其實也不是什麼生意人，只是一個癮君子而已，平時吸毒，也會販毒，不久，在一起生活的桂珍珠也染上了毒癮，兩個沒有工作的人同居在一起，又吸毒，生活得非常潦倒。發現自己懷孕後，她就勸他去找工作做。由於沒有謀生的技能，工作也不好找，加之本身的懶惰，就這樣靠著販賣一點毒品弄點小錢過一天算一天。

她的男人在一次緝毒行動中被收監了，可她的肚子卻一天天地大了起了，她想去醫院拿掉，一方面她也沒有錢支付醫院，同時也因為懷孕有好幾個月了，醫生說打胎會有生命危險，於是她只能看著自己的肚子一天天地大了起來，到了臨盆的時候，她才不得不住進了醫院。她躺在病床上，劇烈的疼痛使她的身體難以承受，她不停地呻吟，身邊沒有一個人理會她，只有一個護士過來看了看她，冷冷地對她說了一句：「不要叫，忍著點。」她並不理會，嘴裡一邊叫痛，一邊罵那個該死的男人。在她的心裡，令她更感到恐慌的是孩子生出來後怎麼辦？自己拿什麼去撫養孩子，自己的生活都沒法保障，她不知道怎麼辦，她想如果自己的奶水不夠，就連買奶粉的錢也沒有，吃國產的實在令人擔憂，進口的又買不起，而且還有許多其他的花銷。雖然她心裡已經隱約感到這個將要出生的孩子將要和她一起面臨怎樣的生活困境，她不敢去多想，她想到了遺棄，她甚至希望自己生出來的是一個死胎，這樣她就不會再有後顧之憂了。在她痛苦的叫喊聲中，不僅僅是忍受身體上的劇烈疼痛，更是在為自己孩子不幸的命運哭泣。最後她產下了一名女嬰，她沒有一點做母親的喜悅，她早就想好了逃走的計畫，那天醫生查房時，就突然發現那個年輕的小產婦失蹤了。醫院也沒有辦法，不久就轉交到了市福利院，在那裡，棄嬰早已人滿為患，每年送到這裡先天畸形人數增加，還有就是不願撫養女嬰的父母，加之其他的原因被遺棄的。福利院壓力很大，可資金又不夠，到了實在沒有辦法的時候，他們也開始拒收了。

從醫院溜走以後，一時找不到工作，生活又沒有了著落，於是，她不得不又去了那家以前她「實習」過的夜總會上班。不久她又交上了一個比他歲數大許多的男人李世安，那男的也是一個癮君子，同樣的生活又開始重複，不久她再次懷孕，因為上次的教訓，她想馬上去醫院做人流手術。由於她生得年輕漂亮，那男的想和她好好過，自己打算去做些小生意，可是他們一起忙了一陣，手上的錢很快就所剩無幾，生意卻一點著落也沒有，在走投無路之際，李世安再次冒險販毒，可很快就被捕入獄了。這下，桂珍珠挺著大肚子不好在夜總會上班，她的生活又沒有了著落，在家一個人苦苦撐了幾個月，又去了一家醫院準備生孩子。不過這次和以往不同，醫院裡有個工作人員告訴她，說孩子生出來後有人要，還會支付給她五千元。就這樣，她再次忍著劇痛生下孩子後，她只看了一眼，覺得比以前的一個漂亮，很快，孩子就被人抱走了，她在病床上失聲痛哭起來。不過這次她被公安人員在查處另外一起在某超市的棄嬰案中無意牽涉到她，由於查出事情的原委，最後她被「販賣人口罪」起訴。她無奈地進了監獄服刑，她不知道自己應該去怪誰，是不是應該去恨那個所謂的「藝校」，自己所結識的兩個男人都吸毒，自己想有個孩子卻又拋棄了兩次親生嬰兒，自己又淪落到了這種地步。

連續的大暴雨使監獄裡同樣犯起了水患，看著滿地的積水，她想順著流水游出去，去一個很遠很遠的地方，沒有人認識自己，在那裡，自己遇到一個好男人，輕輕鬆松地過下半輩子……

桂平市的洪水不久就退卻了，可是她卻被診斷出感染了愛滋病毒，出獄後，她一方面要去戒毒所，同時要進行愛滋病康復治療，她知道自己已經活不長了，她對什麼都不再抱任何希望了，只希望自己死的不會太痛苦。

騎鳳仙人

皇宮裡，崇禎帝和周皇后等侍從正興致勃勃地看著田貴妃彈奏著樂琴。此時，皇上正聽得著迷，就連上茶的侍女也被他示意驅走。看著這個美人兒撫琴的姿態，不免想起了當年唐明皇李隆基癡迷楊貴妃的場景。看皇上看得如此著迷，全然忽視了自己的存在，一旁的周皇后不禁心裡感到酸酸的，也恨不得自己也能像田貴妃那樣既會彈琴又能跳舞。可又想到，自己身為六宮之主，哪能像她這般整天風風騷騷，盡失體統，沒有一點皇后的威嚴。可自己旁邊的男人，偏偏對這個女人寵倖有加，還時常冷落自己和其他嬪妃。想到這裡，一股怒氣油然而生，便開口對皇上說道：「陛下喜好風雅之樂，記得臣妾小時候也曾想學吹蕭彈琴之藝，可樂師都是男人，就不得不放棄了。」皇上正在興頭，忽聽皇后此言，不免心裡一愣，想到和自己朝夕相處的愛姬，從前不知道被琴師手把手地教了多少回，沒准還被琴師趁人不備撫摸過也說不準。從此，皇上每每念到此事，心裡老是感覺不快。

再說周皇后也耿耿於懷，時常以六宮之主自居，故意找茬整田貴妃。貴妃得寵又脾氣急躁，便時常頂撞周皇后。為了顧及皇后的尊嚴，以及讓甜貴妃跋扈之性稍加收斂，皇上讓田貴妃從承乾宮般到啟祥宮反省思過，且不再招田貴妃侍寢。

自從田貴妃般出承乾宮移居到啟祥宮之後，顏面盡失，又不見皇上來召喚，夜夜獨自期盼，孤苦難熬。想到以前日夜伴隨皇上，又卿卿我我，又是持琴又是起舞，三千寵愛在一生，如今因為那個周氏的讒言，使自己落得如此下場，她既恨周皇后，又不滿皇上如此絕情，終日裡郁憤交加，不久便染上重病，臥床不起。常言道道：禍不單行。就在田貴妃染疾之際，她的幾個兒子又相繼夭折，身心遭受連連打擊。想當初自己何等得寵，獨居承乾宮，夜夜笙歌歡舞，好不熱鬧，只因得罪了周皇后，便落到如此下場，一想到此，不免悔恨交加，不久便一命嗚呼了。

皇上本無意冷落田貴妃，只是礙于皇后的臉面，又想讓變得日益驕橫的田貴妃反思收斂，沒想到竟會弄到這個地步，想到往日彼此的恩愛，美人的才藝，不免也覺得後悔不已。見皇上時常終日悶悶不樂的樣子，也怕皇上遷怒於自己，周皇后不得不更加小心翼翼，不敢有半點造次。就這樣，皇上時常懷戀著田貴妃，宮裡也沒有其他的貴妃或娘娘可以讓皇上減緩他的思戀之情，皇上不時唉聲歎氣，借酒消愁。他還常常獨自來到承乾宮下，回味往日裡的相歡的日子。

花開花落，一晃便又是幾個年頭過去了。自從田貴妃離世以後，那承乾宮就一直閒置著，裡面的一切還是按照田貴妃生前的擺設，只是偶爾皇上路過此地，也會進入宮裡環顧四周，寄託一番哀思之情。那天又逢秋雨瀝瀝的時節，皇上路過承乾宮，忽聽見宮裡傳來隱隱琴聲，又似當年甜貴妃在世時所彈奏的《崆峒引》，自己曾經讚美她的彈奏的琴曲有「裂石穿雲」的效應，此時此刻，皇上頓覺悲從心來，正打算進去探個究竟，忽有太監神色匆匆前來稟報，李自成率領的暴徒武裝已經快要攻破北京城了，形勢十分危急。

皇上聽後驚訝不已，從前也有滿夷鐵騎三攻京城，均告慘敗，為何這次李自成一個驛卒之輩，何以聲勢如此浩大。正當皇上焦灼之際，忽然想起了遼東總兵吳三桂，覺得在此危難時刻，只有他的部隊可以解京城之圍，遂命太監傳旨吳三桂，命他火速回京保駕。

總兵吳三桂奉命帶著幾千鐵騎星夜兼程，一心想為皇上救駕，再說救駕成功，也可更加名聲顯赫，再和自己住在京城的愛妾陳圓圓重溫舊夢。這陳圓圓的來歷也是頗費周折，她色藝雙全，且冰雪聰明，曾為秦淮一代梨園名妓。那年田貴妃之父仗勢將其劫奪入京，後來就成了家樂演員，又因田貴妃不幸去世，他也日漸失勢，為了自己的地位和在亂世之中找到依靠，便有意結交聲望甚隆且握有重兵的吳三桂。

雖然田父對陳圓圓平日裡十分寵愛，有次他有個會看相的朋友來做客，一見陳圓圓此人便目瞪口呆了。田父本以為他也癡迷圓圓的美貌，卻不料那人便開口說道：「此婦不可留，此乃貴人也。」為了巴結吳三桂，田父便有意將其贈于吳總兵。將來她真的貴如自己的女兒，也可有個關照。不過他明白男人的心思，雖然圓圓美若天仙，也不可將其平白無故地贈於別人，那樣男人得到後不會珍惜。於是他趁吳三桂在京之際在家宴請他，席間讓陳圓圓「猶抱琵琶半遮面」的獻上一曲。果然吳三桂對圓圓一見傾心，後又再三懇請田父將圓圓許配給他。

吳三桂得到了這個美女，不僅才藝雙全，更有那江南美女水靈靈又嬌滴滴的姿色，他恨不得天天和其相伴，可畢竟軍務在身，又不想把這個江南的嬌弱女子帶去遼東邊陲受苦，便把她留在京城，和在京的家眷一起生活。不料這次救駕回京，便一路想著再次和圓圓相歡的場景。

李自成的大順部隊勢如破竹，在吳三桂的部隊到達北京城之前，卻傳來了京城淪陷的消息。又聽說皇上已自縊而死，宮裡的周皇后和其他貴妃等也被皇上斬殺而死。大順軍在佔領燕京後，燒殺姦淫，無惡不作，吳三桂悲悵不已，更擔心自己的家眷和圓圓會遭不測。戰事到了如此地步，吳三桂也不敢貿然進京，便駐守在三海關，進退兩難。

吳三桂一生戎馬生涯，戰功彪炳。可如今他和他的部隊，兵臨城下，正準備出生入死為皇上救駕，又牽掛自己的愛妾和家人的安危，卻不料李自成這個信差出生的暴民卻如此勢不可擋，就連征服高麗的皇太極之流也曾三度攻克未能成功，面臨如此驍勇善戰的部隊，是拼死一博還是順勢歸順，使他倍感猶豫不決。果然，李自成派人送來了招降書，使年輕氣盛的吳總兵深感舉棋不定。如果拼死一戰，可能會全軍覆沒，男子漢大丈夫豈能苟且偷生，就是戰死沙場，為國捐軀，也要留得萬世英明。如果不戰而降，也可割據稱臣，獨霸一方。正當他舉棋不定之時，卻又傳來京城已是一片滿目瘡痍，百姓更是紛紛逃離。正當吳總兵憂憤之際，卻又傳來了吳家遭劫，愛妾陳圓圓也被逆賊將領所擄，且生死不明。吳總兵哪裡受得住如此惡氣，國仇家恨並湧心頭，便於反賊勢不兩立，又恐不是逆賊對手，便想到了關外的多爾袞，想借師共討逆賊。於是連夜修書一封，直送多爾袞的大本營。

自從努爾哈赤統一女真各部以來，早對明皇朝虎視眈眈，又曾三次攻城未破且死傷慘重。後繼皇太極掃平了高麗，使其稱臣，卻無法再有建樹。到了多爾袞，雖為大清攝政王，也只是地處關外，割據一方。正看著明王朝被李自成部隊推翻，卻也不敢輕舉妄動，只能望洋興嘆。不料明朝總兵吳三桂請兵增援，放開三海關，一起圍打京城。此等機會送上門來，又是前朝幾度勸降未遂的總兵，多爾袞猶豫了，他擔心吳總兵已經歸順，此乃設計誘兵，伺機消滅大清而已。

吳三桂正急切尋求多爾袞借師南下，連連數封急件傳送到多爾袞手裡，可多爾袞不知是否是計，又想借機招降吳三桂，於是雙方處於膠著狀態。

李自成進入紫禁城後，這皇宮的氣派哪裡是他從前所能想像，加之眾多嬪妃美女，想到從此一切將歸他所有，這喜悅之情難於言表。可他明白，雖然如今攻下了京城，可局世還是相當不穩，況且，吳三桂部隊還未歸降，更有北方的鐵騎虎視南下。於是他未敢先黃袍加身，只是摸了摸那把龍椅，又名部下將自殺的崇禎帝和被斬殺的周皇后一同葬入田貴妃之墓，也算盡了朝綱之義。

正當李自成封妃加爵，準備登上皇位之時，城外吳三桂卻帶領數萬鐵騎向京城殺來。李自成聞訊派遣兩路人馬進行包抄，不料吳三桂的騎兵越戰越勇，很快就突破了防線。李自成只得親率主力，企圖一舉殲滅吳三桂部隊。由於寡不敵眾，吳三桂的部隊節節敗退，接著又被李自成的部隊攔腰而斷，就在這緊急關頭，多爾袞率領的十萬鐵騎從後路包抄李自成的部隊，這個突如其來的戰況，使李自成的部隊驚慌失散，最後李自成帶領少許人馬突圍而逃，白白丟下了整座京城。多爾袞沒有想事先約好的那樣直接增援吳三桂的部隊，而是繞過山海關對李自成的部隊形成了南北夾擊之勢，見李自成部隊被打得四處逃串，多爾袞一鼓作氣，率領將士一舉拿下了京城。吳三桂的部隊也乘勝追擊，和多爾袞的部隊在京城回合。多爾袞戰領京城後，立刻對吳三桂進行封賞，吳三桂無奈接受了封賞，隨後帶著陳圓圓及其家眷，還有他的殘餘部隊，到西南邊陲去做他的平西王了。

李自成的殘餘部隊兵敗如山倒，一路撤退到西北一帶，風餐露宿，風雨兼程。黃昏時分李自成等人露宿在一個寺廟，在瀝瀝大雨之下，又看到了屋簷上的騎鳳仙人，不禁潸然淚下。想當年明太祖是從寺院裡走出來的，最後建立了大明王朝，而自己摧毀了大明王朝，卻從紫禁城的皇位上逃到了寺院裡，雖然心有不甘但他明白，這裡也許是他人生的最後歸宿了，只是把美好的江山，拱手讓給了蠻夷之輩，不覺悲從心來，愧對黎民百姓。又想著，此乃也許天意，自己的一切壯舉，最終使別人受益，這人生的是是非非，因果輪迴，本來就無常，還是選擇歸隱吧，自己畢竟也是一個做過皇帝的出家人。

吳三桂帶著家眷的部隊離開京城，一路也可謂聲勢浩大。雖然自己得到了大清的封賞，也和愛妾陳圓圓團聚了，然而心情複雜，可眼前的這個美人，千人貪、萬人迷，得到她，也算是人生中最好的犒賞。要不是為了她，自己本該歸順李自成的，自己終究成了愛美人不愛江山的末路英雄。自己一生戰功輝煌，都是因為防守山海關抵擋女真清兵，豈料卻為了這個冤家美人，今後再也無用武之地了。反正人生苦短，從此自己獨霸一方，做個土皇帝也不錯。只可惜先帝崇禎皇上也在一片戰亂中自刎而盡。至於多爾袞之輩，區區幾十萬人馬，又怎麼能夠統治如此大片江山，用不了幾年或是幾十年，必定再會有像李自成之流起兵造反，再易江山。

如今多爾袞進駐燕京城，他從未想到紫禁城的規模如此宏大，坐在龍椅的感覺真乃普天之下，惟我獨尊。相比先帝努爾哈赤在瀋陽的宮殿，規模和氣勢實在難以相比。從今往後，如此美好的大片江山，將歸大清八旗所有。先帝的雄才大略，積蓄了征戰的力量，又遇千載難逢的機會，才會有如此名垂青史的偉業。自皇太極之後，八旗之弟中已無人超越自己，如今外敵已被掃平，內爭卻無可避免。看在孝莊皇后玉兒的情份上，暫立其兒福臨為帝，自己把握朝政，又可和玉兒重溫舊夢。

自從皇太極駕崩之後，孝莊雖貴為皇后，帶著兒子福臨在宮中並無靠山。如今多爾袞為攝政王，加之她和攝政王舊情未了，福臨雖也貴為大清開國皇帝，卻因年幼只能成為一個兒皇帝而已，從小便對多爾袞和皇太后言聽計從，可到了他慢慢懂事以後，看到母后時常侍寢多爾袞，又專橫跋扈，把持朝政，他慢慢變得憂憤起來，不過面對多爾袞的淫威，他也無計可施，只能強忍著，希望自己到了大婚以後，就快可以擺脫攝政王，自己親政。

到了福臨大婚以後，不見多爾袞有絲毫交權的跡象，照樣把持朝政，專橫跋扈，隨意出入太后的後宮。他感到鬱鬱寡歡，好在宮裡有個董鄂妃，可已經常訴說衷腸。可就是這樣的日子，卻也難以為繼，愛妃突然得傷寒去世，他感到百無聊賴，竟也有了出家的念頭。

他常去寺廟裡聽和尚講經，而且越聽越入迷，想到天竺的釋迦牟尼王子悟道成佛，自己也早已厭倦世俗的紛爭，仰望著屋頂上的騎鳳仙人，心裡感慨道：就是象徵著至高無上的皇權，終究也逃脫不了煙灰泯滅萬事且空的輪迴。不久以後，大清的開國皇帝順治帝竟真的剃度出家了，和當年起義失敗的李自成殊途同歸了。

搜找

黃昏的時分，山裡忽然下起了雨，張原背著兒子的屍體，艱難的往山下走去。他的兒子才剛滿十三歲，是在一個多月前，和家人在旅途中失散後，就再也沒有找到他。後來出動了大批救援人員對整個山林進行搜尋，最後還是以失敗告終。雨越下越大，路很不好走，張原只得放下兒子的屍體，又脫下了一件上衣，把兒子的身體蓋好，生怕他被雨水淋濕，又蹲下身體，用盡全身氣力，再把兒子駝到背後，繼續前行。

這一個多月來，他天天穿山越林，搜遍了幾乎山裡的每個角落，有人勸他放棄尋找，這幾十裡長的山路，地勢險峻複雜，有的地方根本無路可走，時常還要涉水過河，弄不好就連他自己也會迷路失蹤。他妻子雖然傷心欲絕，可也不贊成丈夫這樣的行動，兒子已經沒了，要是丈夫再有個三長兩短，自己也不用活了，豈不是遭了滅門之災。可張原放心不下兒子，他覺得好端端的一個鮮活的兒子，如今成了孤魂野鬼，死不見屍，在他的心目中，兒子始終在等他的父親，把他的屍體帶下山去。

張原冒著大雨，一步一挪艱難地走著，雨水早就淋濕了他的頭部，他覺得老天也在為他哭泣，此時整個山上的景色看上去就像一片枯死的叢林，沒有一絲生機。他回想起兒子小時候的許多場景，在醫院裡出生的那一天，當天第一次雙手懷抱，住剛剛出生的小生命時，他充滿了喜悅之情，緊張與慈愛使他忘卻了所有其他的人，包括他的妻子。從此，兩人世界因為新生嬰兒的到來而結束了，互相的關照變成了對孩子忙碌的照料。

他撿了一根樹枝支撐著前行，他忘了自己是怎麼走上山的，這些尋找的日子，每天只能走一小片地方，萬一遺漏了某個地方，也許就會前功盡棄。每個尋覓過的地方，他都會做上一些記號。平時下山都比較順利，可是今天還是走失了方向。要不是顧及妻子，他想就是死在山裡也無所為，讓做父親的抱著自己孩子的遺骸死去也心甘情願，都是因為自己的大意過失，才造成了這種後果，就是活著，一輩子也無法原諒自己。

他回想起兒子大約四個月的時候開始長出了兩顆乳牙，他和妻子都感到驚喜。從那時起，就每天觀察乳牙的長勢。因為孩子有了乳牙，餵奶時有時乳頭有時會被咬到，可她的妻子依然沉浸在喜悅之中。是的，他覺得做父母的就是這樣地無私，彷彿願意為孩子作出任何的犧牲。由於背負過重，他無法控制身體的平衡，就這樣，和兒子的屍體一起倒下了。就在他快要倒下的那一刻，他本能的讓自己的身體先著地，他生怕兒子受傷。倒地後，他才覺到兒子早已死去，不過他依然不願兒子的身體先著地，他覺的兒子會痛，如果父子沒有靈犀，他也不可能找到他。成千上百的搜救人員搜尋了許多天都無法發現兒子的行蹤，僅憑一己之力原則上是無法找到兒子的事發地點。兒子的身體在雨中一動不動地躺著，他想著，無論如何也要把兒子帶下山去，讓他的靈魂早點安息。他不敢去想妻子見到兒子屍體時她會怎樣地面對，他實在不敢想像，因為妻子始終認為兒子只是失蹤，總有一天他會回來的。

雨突然停了，天色又變得亮了起來。他想起在兒子一歲準備斷奶的時候，一開始怎麼也斷不了，而妻子又急著要讓兒子斷奶。

「就是吃到兩三歲也沒有關係。」他這樣向妻子陳述道。他又背起了兒子，繼續向山下走去。他想起和兒子玩蹺蹺板的場景，他很少花時間陪妻子逛街，可卻時常帶兒子去各種兒童樂園，他時常不顧年齡，和兒子一起盡情地玩耍。

大約走了三四個小時的路程，他終於走出了山地，來的了一條公路上。隨後，他攔下了一輛計程車。「孩子病了嗎？」計程車司機一邊幫手一邊問道。他只是點點頭。「你準備去哪家醫院？」司機又問道。「麻煩你去殯儀館。」他無力地說著。「你說什麼？」司機十分詫異。「孩子已經死了，送他去殯儀館。」他說道。「多大了？」司機問道。「才十三歲。」他答道。司機不再說話。

他想起了兒子七歲那年第一天上小學的場景，兒子換上了校服，背起了書包的場景歷歷在目。在學前，他就開始耐心地教他認數字。兒子認得很慢，可是他總是鼓勵他，很少發火。再後來到了叫他背乘法口訣，他更是以少有的耐心花了整整一年的時間才使兒子熟練起來。在教他功課的過程中，也發過幾次大火，兒子含著眼淚，繼續寫著作業。不過到了高小以後，他和兒子成了朋友，他不再大聲斥責。

天上忽然又下起了大雨，他想著和兒子一起洗澡的場景，他會在兒子背對他時，他就沖著兒子身上尿尿，隨後，兒子也會在他身上尿尿，他們一起鬧著、嬉笑著。他想起當自己的頭髮裡不斷出現白髮時，他經常要兒子給自己除掉白髮，有時還得給錢。有一天，兒子在為他拔白髮時，兒子居然說道：「白髮點點愁如海」他聽了頓時悲喜交加。是的，自己在無可奈何地一天天變老，兒子卻引用了秦少遊的詞句：「飛紅萬點愁如海」可正當自己正在歎息「年年歲歲花相同，歲歲年年人不同」之際，卻意外地痛失愛子，這生命之痛難以言表，要不是為了妻子，自己也想一死了之，和愛子一起共赴黃泉。

車在一個僻靜出停了下來，他才回過神來。司機又幫他下車，然後就離開了，連車費也沒有要。安置好兒子的屍體之後，他就回去了。他事先沒有告訴妻子他已找到了兒子的遺骸，他實在是說不出口，妻子不肯承認兒子已經死了，儘管她天天在思念中哭泣。

張原帶著妻子去殯儀館的那天，已經是找到兒子遺骸的第三天了。因為他那兩天沒有像以前那樣天天早出晚歸地外出尋找，開始妻子還以為他放棄了尋找，可當他告訴她最後的結果以後，她才不得不接受這個殘酷的事實。他們夫妻整天在思念與哭泣中度過，夫妻倆自從失去了唯一的兒子以後，僅僅兩個月的時間，他們夫婦好像都老了整整十歲。

孩子才剛剛進入初一，就發生了這個意外。當他們夫婦在殯儀館見到自己的兒子遺骸時，孩子的母親當場就昏厥了過去，其實她還什麼都沒有看見。

二代

當今在中國的流行詞有什麼「紅二代」、「官二代」、「富二代」、「星二代」等，這些個名詞包含的對象，都是令絕大多數的群體所羨慕的，不過只要這些耀眼的名詞裡的人有誰一出事，大家就高興，也解恨。現在又有什麼「拆二代」，就是那些靠拆遷獲得政府經濟補償或是房產補償的家庭裡的兒女。這些事大多發生在所謂的城鄉結合部，城市化的加快進程，對土地的需求也日趨加大。地方政府才宣布了拆遷政策，郝世民這些天除了興奮外，他還一直沒有回過神來。本來說是家裡要拆遷，雖然前景很美好，可不知道要等到猴年馬月，再說了，能不能真的像期望的那樣拆遷後分到六七套房甚至更多，心裡還沒有什麼底。可到了年初，這個政策就宣布了，他們家算了一筆賬，按照他們家目前的居住的面積有六百多平方米，那麼八十平米的樓房少說也有七八套。郝世民想，如果父母占去一套，他和他哥哥一人可以分到三套，自己住一套，那兩套用來出租，一個月二三千的收入卻什麼也不用幹，想到以前累死累活地在鞋廠幹，一周幹七天還要天天加班加點，所得收入也就是一千多一點，而且因為自己窮，還老是被人瞧不起。一想到這些，他就對自己的未來充滿信心，他還想著要找一個漂亮的女朋友，他也在心裡慢慢地變得神氣起來，不再在有錢人的面前感到自卑，同時，他開始瞧不起那些昔日裡的同學和工友。

這天有人來他家看出租房了，他們現在所住屋子也騰出地方出租給別人了。那天一大早，沒想到就來了一個女的，二十多歲的樣子，長的很是清秀，開口一說話，透露出一種純情迷人的氣質。此時的郝世民面對眼前這個女人，自己忽然感到有些緊張起來，不過就幾分鐘的功夫，他和她就談妥了租金，他給她便宜了二百元，從原來的一千降到了八百一個月，還外加水電費全免。那女租客交了二百元押金，就彬彬有禮的向他道別了。

郝世民的心裡卻還惦念著那個叫傅瑩的女租客，可她已經有男朋友了，他們將一起租住自己的出租房。可他心裡還是想著，等自己的家裡拆遷成功，自己的身價就好幾百萬了，將來自己再做點投資或是做些什麼小生意，房價過些年再翻他一番，自己就是千萬身價了，就算她有男朋友又怎麼樣，自己照樣可以把她搶過來，和她一起住在自己將分到的最好的一套房裡，其他的出租房用來收益，她也不用去上班，只要在家裡做做家務就可以了。

過了幾天，郝世民果然見到了張瑩和她的男朋友，雖然他心裡暗自愛慕眼前這個女人，但他也沒有辦法，畢竟別人是先入為主，再說了，自己現在還沒有什麼優勢，等到有一天，自己有了千萬身價，自己就會毫不猶豫地像她表白自己的心事。傅瑩此時並不知道那個貌不驚人的「農二代」竟然會打起自己的注意，她只是感到這個房東倒是蠻好說話的，自己現在還在找工作做，自己的男友謝軍為了更好的前途還在讀研究生。

八百元的房租雖然已是很便宜，可對於謝軍和傅瑩卻也是一筆不小的負擔，他們平時省吃儉用，每天倆人的伙食費控制在二十元左右，加之其他七七八八的花銷，一個月的最低花費至少也要二三千元。雖然謝軍讀書忙，可他還是堅持找些零工做，而傅可一時半載又找不到適合的工作去做，所以她基本上是閒賦在家裡。轉眼又到了收房租的時候，那天，郝世民見傅瑩一人在家，就進屋去和她閒聊。此時傅瑩在家閒著上網，身上只穿著睡衣，郝世民見狀，難掩自己的騷動之情，他收了房租，便故意向傅瑩透露道：

「這裡已經是要按規劃拆遷了，到時我還是為你留下一套房。」他有些語無倫次。

「為我留下一套房？」她感到莫名其妙。

「我算了一下，我家現在有六百多平方米，按照政策，至少也要分到六七套房，那可是一二千萬的價錢，到時我手頭上的出租房，還是便宜一點地租給你，畢竟，和你熟了，你既漂亮又有文化，我喜歡像你這樣的房客。」

傅瑩的思緒一下子被他的一番話打亂了，她萬萬沒有想到這個小房東會說出這樣一番話，可她想著這翻話是他故意說給她聽的還是無意間的隨意的談話，可憑藉一個女人的敏感，她聽出他的話語中似乎話中有話，於是她也故意說道：

「阿，原來你很快要變成土豪了，跟著你的女人也可以享清福了，不像我們，整天為吃住發愁，也不知何時能熬出頭來。」

「現在房價日日見漲，你就是一個月省下五千元，一年才五六萬，十年才五六十萬，也沒用什麼大用處，而你已經慢慢變老了，豈不悲催？」他有意這樣說道，想讓她從心理上屈服。

「我哪裡省得下那麼多錢。」她有些自言自語道。

「那你不如也找個『拆二代』，輕輕鬆松活一輩子不好嗎？」

傅瑩被說得無語了，她默默地低下了頭，這個內心有幾分驕傲的女人，對世俗也有些憎恨的女人，她沒想到自己此時在一個本感到有些猥瑣的男人面前覺得自己台不起頭來。

郝世民接了一個電話後走了，傅瑩卻還沒有從剛才的交談中回過神來。她突然感到自己的男朋友雖然也很優秀，無論從外表還是教育程度都不是像郝世民這樣的男人可以相提並論的，可一個男人再優秀，整天為了油鹽柴米而煩惱，久而久之就顯得令人乏味了，愛情是什麼，是一種充滿期待的感情，可生活的窘迫慢慢地使人感到心灰意冷。現在，她到反而覺得郝世民生活得很瀟灑，不會缺衣愁吃，還有花不完的錢。她甚至忽然感到自己活得很是寒磣，人本來不應該這樣活著的。

那天晚上，謝軍下課後又去一家餐廳工作到深夜才回來，當她看見他拖著疲憊的身體，身上還帶著廚房的氣味回來時，她再也忍不住地想向他表白了自己的心聲。

「餓嗎，寶貝，來吃一點我帶回來的菜。」他一回來，就有點快意地說道。

「我不想吃，有點不舒服。」她感到自己有點無精打采。

「哪兒不舒服，要不要我去買點藥回來，也許是經痛引起的吧，要不我幫你弄點生薑紅糖水。」

「謝謝了，用不著。今天房東來要房租，我勉強籌夠了錢給他，你說他一個不學無術的，憑什麼就比我們過得好？」

「麵包會有的，等我畢業了，那時我們都有了工作，生活就會大大地改善，我們今天吃些苦，不就是為了將來過上好日嗎？」

「常言道，百無一用是書生，靠打工那點點收入，能期望將來有車有房，我不是有意逼你，我是說，我既過不了父母那一關，也過不了自己這一關，我想獨自到別的地方去闖闖。」

謝軍聽出了此時傅瑩講話的意思，雖然沒有什麼爭執，可她明白她心裡早有了那種不想跟自己過下去的想法，只是彼此沒有點破而已，當初從學校出來，大家還都比較天真，而且又充滿了激情，可事實上現實會改變人的許多的想法，既然她不願意再這樣過下去了，強留也沒有意思，還不如大家好聚好散，也給自己留條後路，自己也可以像古人那樣臥薪嚐膽，有朝一日自己混出名堂了，再去找她也不遲。不過他不想馬上就這樣和她分開，畢竟自己從心裡上和生理上都需要她。

謝軍想觀察一下她的下一步行動再說，雖然他感到自己離不開傅瑩，可他明白自己必須面對現實。幾天下來，他開始變得沉默寡言了，他不想和她講什麼道理，自己的境況確實不能讓對方感到滿意甚至還很失落。自從上次和傅瑩作了那次簡單的交流之後，郝世民似乎看出了她的心事，他感到她和她的現任男友的關係並不是那麼牢固，自己還是有機會的。如果自己真的能把這樣的女人弄到手，這輩子也真的值了。為了加快贏得她的心，他想要先下一點血本。他想著先去搞一輛車，「寶馬」、「賓士」或是跑車，這樣她一定會心花怒放的，再讓她做自己的女友，問題就不大了。

那天早上，傅瑩在家裡也正無所事事，和往常一樣，她和朋友打打點話，發發短信，只是這幾天她不再像以前那樣急切地想找到一份工作了，在她的心理似乎有了多一種選擇，她感到郝世民這樣的男人未必不是一種選擇的對象，雖然自己的這種想法有點不光彩，也有點俗氣，可生活就是這麼俗氣，自從他上次來過後，她現在甚至在心裡有種隱隱的期盼，她希望他的再次出現，她甚至想到了他不顧一切地追求自己，她甚至還想到了如果自己真的跟上了這個男人，自己就將擁有許多套的出租房，自己也不用拚命打工賺錢，去供房供車。她現在覺得自己也不再挑剔別人的外表和學歷了，那些都是沒有用的。她也不明白自己一下子會有這麼的想法，不過她似乎在心裡已經暗暗等待著新的機會的出現。

郝世民去汽車市場打量了一下，一輛輛名貴的車停放在那裡，他的心情難以平靜。他想著，如果自己真的能夠開上這樣的豪車，車裡坐的又是傅瑩這樣的女人，那該是多麼激動人心啊。離開了汽車市場，他就直接去找到他的舅舅借一筆錢，他舅舅也是個拆遷暴發戶，雖然自己的外甥一開口就要向他借六十萬元，想到他家馬上也會拆遷，就做了個順水人情，爽快地答應了他。郝世民借到了錢，他感到自己終於可以在傅瑩面前台起頭來，於是，他又去找到了她，約她一起去看車。

和郝世民幾乎一樣，當她一見到那些展示廳裡琳琅滿目的豪車時，她幾乎整個身子都在顫慄，從簡易的出租房一下子揮舞魔棒似的來到了此地，自己有一種轉眼變公主的感覺，她興奮而又陶醉，她頓時感到幸福的大門正向著自己啟開。在不可思議的感覺之中，最後他們挑選了一輛最新款的寶馬四輪驅動車。

在走出展廳後，郝世民拉起傅瑩的手，他們都各自沉浸在自己的幸福之中……

謝軍很快就獨自先離開了，他和她約定，等自己有一天出人頭地了，他還會來找她。她只是點點頭，什麼話也沒有說。到了第二天，當郝世民得知現在只有傅瑩一個人在家時，他就迫不及待地進入了她的房間。她心裡還是有點亂，她怕這事傳出去名聲不好聽，不過他要急著帶她去取那輛新車，趁她不備，他就一下子撲上去把她摟到了懷裡，接著就狂吻起來，還不時地告訴她，他會讓她過上幸福的生活。

他還給她買了不少貴重的禮品，包括金銀首飾。她坐在新買的寶馬車裡，她也開始慢慢地喜歡上了他。不久，她就發現自己懷孕了，便又匆匆領了結婚證書。這一切突如其來的變化使她的頭腦還處在一種迷亂的狀態，有時她也會隱隱感到一種不安，加上分房的事還沒有著落，他們倆都沒有正式的工作。不久，她就發現她的男人手頭開始緊了，有時幾百元也拿不出來，她勸他去找工作做，可他怎麼也不願意。他說整天累死累活地幹，也掙不了幾個錢，就這樣，他們在緊迫中度日，只是天天盼著自己的房產早日到手。

分房的消息終於下來了，由於郝世民的居住地有大量的違章建築，他們的合法居住面積只有二百多平方米，也就是說，他們一家最多也只能分到三套房。這樣，父母和兄弟平攤下來，郝世民也只能擁有一套住房而已。雖然不用做房奴，可未來的一家三口也不知道靠什麼過日子。得知他家的分房情況，他的舅舅也敢緊先來討債了，加之其他的債務，郝世民成了熱鍋上的螞蟻。傅瑩因為心理深受打擊而病倒住院了，肚子裡的胎兒也沒能保住，可她心裡還是暗自慶幸。她知道自己是竹籃打水一場空。無奈之中，他又想起了謝軍，她知道她和郝世民根本就不是同一類人，自己是因為一時的利慾薰心而鑄下了大錯。

現在，她整天懷念著從前和謝軍的日子，她不知道她還能不能再回到他的身邊。像以前那樣，生活雖然清苦，卻充滿著對未來的期望，而且自食其力地過日子。她每每想去找他，內心有充滿了彷徨……

潛逃

只要能帶著楊冪遠走高飛，嚴嵩可以不惜一切代價。當他第一眼看到這個年輕而又水靈靈的南方女人時，他的內心就一下子波瀾起伏，他幾乎沉浸在自己的幻想之中，他想像自己突然迷失到了一個沒有人煙的荒島，而這個像仙女一般的姑娘卻主動投入他的懷抱，並希望他拋棄一切，永遠地留在此地。不過他很快回到了現實，這是一個爾虞我詐的官場，每天忙著均衡各方的利益，並從中取得各種好處費，可他心裡有一種預感，自己這樣下去，總有一天會出事的。雖然在位的同僚個個都在貪汙、收賄、包養情婦，可畢竟官場黑暗險惡，沒准哪一天，自己就會遭人暗算。

他痛恨這個是非之地，可又擺脫不了它，他的一切生活來源，所有奢侈享樂，都離不開這條賊船。他要養前婦和他們的孩子，還有現在的女人和孩子，可自從遇到了楊冪，他就又有了新的期盼。可他也很矛盾，楊冪身為電視臺主持，不僅風流漂亮，而且年齡整整小他三十歲。現在他有權有勢，要拴住小美人的心並不困難，可再過十來年，她依舊年輕漂亮，可自己到了那時已經無權無勢了，自己變成了一個普通的百姓，到時，她還會心甘情願地跟著自己嗎？所以要不要她，使他感到很是糾結。他也想過，自己先養她幾年，走一步算一步，先不拋棄自己現在的女人，她比自己小了十幾歲，又有了個私生子，跟她混一輩子人生也不算太壞，而且自己這些年累積的財富基本也就夠輕輕鬆松地過一輩子了。可是要是選擇了楊冪，情況就不一樣了，她的那些漂亮的女同事，不是攀上高官的就是有大款包養著，自己的這些財富比起那些貪得多的，只能算是小打小鬧，也不能夠讓楊冪過上真正富豪般的生活。他想好了，自己還必須在這個位置上再堅持十年八年，繼續扮演自己的角色，再聚斂一些財產。在官場上混了這二三十年，對於上司的態度，他基本上是採取他的「六字」方針，即「同意、解釋、表演」。上司的任何計畫和意圖，在聽取了報告後，不管心裡有多麼不贊同，首先要表示同意，在表明了支持的態度後，然後就要說明這些方案和意見的合理性，即使下面的人和他一樣有意見，最多也只能在私地下發發牢騷，一旦回到工作層面上，就要積極配合各方的工作，完成領導的工作意圖。這樣，官位保住了，利益分配自然也有一份。

嚴嵩總是想著法子和楊冪在賓館偷偷幽會，說實話一開始雖然他對她一見傾心，他只是處在一種花錢買享受階段，他也不指望這樣年紀的女人會愛上自己。開始是本能的花言巧，只想和她瘋狂的做愛，然後給她一些好處費，他感到和這個年輕的女子相歡，帶給他無限的樂趣和激情，在他和她相歡的那一刻，他真的好想娶她，自己養著她，給她輕鬆歡樂的生活。

每當他離開她不久，他就會再次渴望和她相會。雖然他的性能力已經大不如從前了，頭上的白髮也越來越多，每天還要按照醫生的囑咐吃降血壓的藥片。他也想過要離開她，像那些導演包養女明星那樣，過一陣子就各走東西了。隨著時間的推移，他對自己的老婆越來越沒有興致了，而自己的心思都在楊冪這個小女人身上。他利用職務之便給她買了豪宅，當然還有豪車和大量的金銀首飾和現金。

嚴嵩私底下也經常抱怨這個體制所帶來的種種弊端，可他也明白自己也是這個體制的收益者，如果不是自己這些年來精心專營，自己也無法爬到目前的這個高位上，自己又不是什麼「紅二代」，財富和權力都遠離自己，要不是有人賞識和提攜，加之自己的隨機應變的天賦，自己這輩子也不就是和平常人一樣，娶妻生子，守著一個女人，默默無聞地度過一生。現在自己不管怎麼樣，命運還是眷顧自己的，能夠從一個農村的孩子混上正部級的高位，而且聚斂了上億的財富，如今又有這個比自己小三十歲的天使陪伴自己，無論如何，自己這輩子也算是既幸運又成功的了。當然他也並不能確信自己的未來走向會是如何，是再聚斂一些財富，到了退下以後，和自己心愛的小女人度完餘生，抑或是被人牽連或被告發下臺，甚至鋃鐺入獄，這些還都是一個未知數。隨著新一屆的領導人上任，那些舊領導的部下往往成了被清算的對象，所以自己無論如何要給自己留一條後路，萬一局勢對自己不利，三十六計，走為上計。

隨著領導班子換屆與查處的風聲越來越緊，他開始策劃逃亡路線。這個計畫其實在他的心裡醞釀了很久了，他早在七八年前就準備好應對這件事的發生。他也曾好幾次準備行動，不過最後的局勢沒有到了太壞的地步，所以他雖然守著自己的崗位，可他的心早已另有企圖了。他以前總覺得錢還聚斂的不夠，尤其是他迷上了楊冪之後，這種擔心就更顯著了。他明白，出逃以後，自己就得隱姓埋名，手上的錢再多，也會坐吃山空的。現在的情況比較令他安心，他算了一筆帳，手上的錢兌換成澳幣，買一幢豪宅，剩下的錢，自己留一部分，其餘的都放在楊冪的帳下，這樣，這個小女人就安心了，就是以後她的父母一起過來養老，也是沒有什麼問題的。自己所留下的錢，要給自己的前妻和兒子留一部分，讓他們能夠平平安安地過一輩子，還有現在的妻子和私生女，也同樣要讓她們母女一輩子有錢花。至於到底要多少錢才能滿足自己和楊冪一輩子的開銷，加之他死後留給她的那部分，他自己心裡也沒有底，不過那肯定是一筆不小的數目。

「寶貝，風聲很緊，我得趕快跑，遲了就跑不了了，會在監獄裡度過一輩子的。」他光著身體抱著她說道。

「那我怎麼辦，你跑了，他們就會調查我，我也會做牢的，我可不想坐牢……」楊霽哭泣道。
「我當然想帶你一起跑，怕你不願意，你爸媽就你一個孩子，我怕拖累了你。」
「沒有什麼拖累不拖累，我們得趕緊準備好，財產來不及轉移的，可先有我父母保管。」
他們倆緊緊地抱在一起，似乎命運讓他們永遠不能分開。
為了避人耳目，嚴嵩向他的秘書安排了工作計畫，有事讓他自行處理，不必請示。秘書雖然口上答應，可他心裡直打鼓，許多重大事情，他又哪裡做得了主。在嚴嵩離開後的開始幾天，秘書還能勉強應對幾天，後來，他實在招架不住了，又聯繫不上自己的主人，就在他焦頭爛額之際，忽然聽說自己的主人攜帶鉅款和女人跑到澳洲去了。這晴天霹靂的消息，使每一個人感到震驚，不過，慢慢地別人也想明白了，畢竟，犯這種事的也不在少數，只是把周圍的人害苦了，該抓的抓，該降級的降級，一個人犯事，會牽連許多無辜的人。
由於初到國外，語言不通，又舉目無親，於是就聯繫上了以前的一個熟人叫燦龍的，算起來還是嚴嵩的一個老部下，早年通過商務簽證來到澳洲，後來又通過和一個做妓女的結了婚才有了居留權。由於他在大陸早就養成了好逸惡勞的習性，平時花錢又大手大腳，還沾毒好賭，生活潦倒可想而知。這下看到有人向他投靠，他便立馬打起了他們的注意，又知道嚴嵩的一些底細，官做到他這個分上，手裡哪有不貪上幾億幾十億的。於是，等燦龍幫他們安排好了臨時住處，他就開始向他們提要求了。
「老首長啊，你老真是會享福啊，不像我這樣的人，處境潦倒啊。我近來想在中國城開個地下賭場，需要投入一筆錢，看你能不能轉些資金給我，等將來盈利了再全數還你，當然，你也可以考慮成為我的合夥人。」燦龍在電話裡這樣提到。

「老弟啊，初來乍到都虧了你的安排，才使我們能夠暫時安下心來，那以後的日子還會有求於你，至於你想借錢做生意，不滿你說，這次出來走得很匆忙，身上帶的錢想買一套房子也不夠，不過先給你幾萬周轉一下，到了這裡，我只想太太平平地過日子，不想再折騰自己了，已經折騰了大半輩子了。」嚴嵩半推半就地說道。

「常言道，瘦死的駱駝比馬肥，誰不知道你們的錢來得又快又容易，我只是向你借而已，又不會不還，況且，我手下還有幾十個兄弟要養，收些保護費自然不在話下，只是自己如今年齡也大了，也要給自己留條後路，你也一樣，到了外面，不比在國內，一定要明白破財消災的道理。」燦龍越說越明。

「那你到底需要多少？」他心裡明白來者不善。

「五百萬怎麼樣？給你個朋友價吧。」對方慢條斯理地說到。

嚴嵩聽了，頓時腦袋一轟，要錢，一開口就是五百萬澳幣，還說是朋友價，又說自己是黑社會的，將來可以保護他們在澳洲的安全，如果他們不願意，他就會去告發他們。

他們剛剛才逃到外面，驚魂未定，又人生地不熟的，現在就遭人敲詐勒索，心裡雖然又氣又急，卻又不敢得罪別人。雖然他們手裡看起來有不少的資產，可大都屬於不動產，而且在出逃之前都已分別轉入了親朋好友的名下，就算有些金銀財寶，大都也留在了國內祕密地點，身上可用支配的錢才也很有限。於是就討價還價答應先給人家二百萬，餘額以後再補。

為了掩人耳目，他們後來就搬去了郊外的一個隱秘處，過上了所謂世外桃源的生活。可是楊冪畢竟還很年輕，生性風流又愛交際，雖然生活無憂，時間一久哪裡忍耐得住這份寂寞，雖然通過祕密管道，不斷有錢財進來，可面對盡顯老態又無權無勢的嚴嵩，又整天無所事事，加之對國內親人的思念，她暗暗在心裡籌畫自己的未來了。她開始不斷在自己的帳戶上存錢，把從國內弄來的錢又悄悄地通過自己的帳號再轉出去，等她弄到了一大筆錢後，在燦龍的帶領下，又偷偷地離開了澳洲，然後去巴拿馬買了一本護照，再轉輾回到了國內。期間，楊冪不僅有給了燦龍一大筆錢，還一路包開銷陪吃陪睡。

一轉眼十年的時光過去了，人們早已淡忘了曾經發生的這一切。自從嚴嵩潛逃以後，他的兒子就被抓起來判了幾年的徒刑。楊冪攜款背離他以後，他的身體狀況就日趨漸下，更有什麼心臟病、糖尿病一直纏繞著他。如今，他也已年逾古稀了，依然一個人孤苦伶仃地生活著，從前貪來的鉅款，早已被人騙的騙，拿的拿，沒有人再願意和他保持聯繫，他沒有想到自己會是這樣的下場，只有一個當地醫療機構派出的看護人員會定期地來照看他一下，他每天主要的事情就是一個人長時間地呆呆地坐著家裡門口，看著整天忙碌的路人，回想著自己曾經經歷過的歲月和往事，他想他的人生是從荷馬史詩《奧德賽》的夢幻演繹成莎士比亞《李爾王》的悲劇……

賣血記

村口河灘的渡口邊擠滿了男女老幼，每兩個星期，就有人來帶他們渡河。他們每人交了三元錢的渡河費，就可以到河對岸鄉鎮了。這些人要去的是一個血站，那裡早已聚集了鄰村的不少村民，他們一個個排好了隊，手裡拿著早已填寫好的表格，有人還沒有進入獻血室，就把自己的袖口高高地卷起，只要一座上抽血台，那些鄉醫就取出一個大大的針管，對著那些人的手臂上的靜脈刺進去，那鮮紅的血漿就流入了針桶。隨後，抽血的人在被抽血的人的那張表格上蓋了一個章，這樣，被抽了大約六百毫升鮮血的人憑著那張蓋過章的表格，去另一個發放錢的房間領取一百二十元的營養費和八元錢的交通費。

領到了現金，張高麗大叔雖然感到自己的身體有點虛弱，可他心裡還是感到一種滿足，這手裡的一百多元錢放在口袋裡，一路上他不停的用手在自己的口袋外面摸索，他生怕這錢不小心會丟失掉，這可是自己的血錢，不是汗錢，汗錢來得沒這麼容易，也沒怎麼快。此時他想著自己在城裡讀大學的兒子，只有自己有錢供他讀書，他就感到心裡輕鬆。當他回到家裡時，他已經感到自己的身體有點支撐不住了。他現在的老婆什麼事也幹不了，是個弱智，是他前幾年在路上「撿」回來的老婆。那天他剛從山上砍柴回來，路上看到一個髒兮兮的女人，好像是個無家可歸的人，看她又傻裡傻氣的樣子，他就把她帶回了家，後來就成了自己的女人。為了防止她到處亂跑，每當他出門時，他就把她鎖在屋子裡。

為了補血，他要喝大量的鹽水，他希望兩周以後再跟著船到血站去換點錢回來。此時他想先燒點水，可水缸裡的水已經用完了，可他已經沒有氣力在到山下去挑水回來了。水桶很沉，有三四十斤的樣子。挑水來回走好幾公里山路，以前自己的身體好，可現在不行了，長年的頻繁輸血使他的體力大不如從前了，尤其是腿部的力量明顯下降了，現在他只能每次挑十幾斤水，而且使他精疲力盡。

第二天上午，張高麗用昨天賣血的錢去村裡買了幾斤麵粉，回來後做了一鍋面疙瘩，再放了一些自己從山上采來的野菜，就和他的傻老婆一起吃了起來。看到她傻傻樣子，他也不免會想起他以前離家出走的妻子。他算了算，她今年也有快四十歲了，時間也過得正快，她出走一晃也有快二十年了，當初她也是被一個人販子販來的，好像是四川人，兩年後她感到實在過不下去了，就和村裡別的販賣來的女人一樣，生了孩子沒多久，就離家出走了。他記得在生他們的孩子阿寶的那年，由於是在自己的家裡又是難產，家裡三四個女人忙作一團，而他的老婆在床上哭叫了整整一晚，生下了嬰兒後，她就昏死過去了。現在他們的孩子都已經上了大學了，是個漂亮的小夥子了。他算計著，自己再過幾年就超過年齡不能再去賣血了，那時自己的孩子大學也剛好念完了，他自己可以找工作做了，不用再負擔他的生活費了。他自己每月有低保費一百多元，他的女人因為沒有戶口，也就領不了這個錢。他想，沒有媳婦的時候整天想要一個媳婦，現在自己的生活反倒被這個傻女人拖累了。不能掙錢，又做不了家務，腦子又不好使，還要吃飯穿衣，唯一的好處就是晚上在床上可以發洩一下情欲，而且還不會跑掉。

吃了早飯後，張高麗幫他的女人擦了擦臉，又幫她把有些凌亂的頭髮梳理了一下，然後把門反鎖好，就獨自上山砍柴和順便挖些野菜去了。這已經是他多年的生活習慣了，只是他以前精力比較充沛，現在年歲漸漸的大了起來，加之多年的輸血，他的身體大不如以前了。他心裡唯一的安慰與期待就是自己的這個兒子了，他不用像自己的祖祖輩輩那樣背朝青天面向黃土地受苦受累一輩子，而且一畝地一年的收成最多也才四五百元錢，家裡一共才不到四畝地，就連勉強糊口都不夠。所以他平時除了上山砍材和到幾裡地以外的小河裡挑水外，還要經常出門撿些破爛賣錢補貼家用。雖然他很想念自己的兒子，可是為了省路費他上了大學後就沒有回來過，他知道兒子不喜歡自己帶回來的這個女人，村裡的人一定笑話他了。在他背著柴禾準備下山的時候，他腳一滑重重的摔了一跤，看著手上流出來的血，他馬上用嘴巴吃了進去，他想，那也是錢啊，白白地流掉了多可惜。回家放下柴禾後，他就提著水桶去背水了。

「張大叔啊，去裝水呢。」村裡的人向他招呼道。

「是啊，不過背不動了，只能少背一點。」

「把那個傻女人看好了，小心別讓她跑了。」一個村民笑道。

「跑就跑吧，再撿一個回來。」他回敬道。

「哈哈哈哈……」村民們笑著走開了。

張高麗早已習慣了別人這樣笑話他，再說了，老婆被賣來後又跑掉的又不是只有他一家。除了上一輩的女人在村裡辛辛苦苦地挨著苦日子，還有那些帶著孩子丈夫外出幹活的本地女人，那些被拐來的女人和村裡大多年輕的女人，誰願意在這裡過這種苦日子，誰不願意到外面的花花世界過上好日子。自己的生活比起那些城裡人，這輩子也算是白活了，可又有什麼辦法呢，年輕力壯的外出打工掙錢，做什麼修鐵路、開石山、造房子，一年也能掙個好幾萬。自己年紀大了，身體又不是很好，還要照顧那個傻老婆，到外面找事做，這條路走不通。不過他相信自己的兒子將來一定能夠做個城裡人，將來找個體面的女人，過上幸福美滿的日子。

張高麗終於來到了一條河邊，當他正準備往桶裡灌水時，他突然發現水的顏色好像有點不大對，好像泛著紅色，而且還有一股怪味。他先是愣了一下，他懷疑是不是自己的眼睛看花了，因為自己經常輸血的關係，所以把河裡的水也當成血液了。不過他也早聽說了，自從在河上游段開了幾個什麼化工廠、造紙廠，這裡的水質就一年比一年差了，有時還散發著一種臭味，河面上還常常漂著死魚，這裡的水根本就不能再喝了。於是，他就提著水桶，到另外一個地方找乾淨的水去了。

在一個小樹林裡，他發現了一條小溪，於是他趕快把水桶裝滿，便背在背上，朝著回家的路走去。他想像著自己的孩子將來能夠和城裡人一樣，用水可以用自來水，燒火可以用煤氣，他和一個體面的女人通過談戀愛而結婚，不用像自己那樣買一個拐來的女人，更不會在路邊去撿一個傻女人回來做老婆。當然，最主要的他可以在大公司裡上班，永遠不用靠賣血、撿破爛補貼家用。他邊走邊想，疲憊的身體一下子感到輕鬆了許多。

月底又要給他的兒子匯一筆錢過去，他手裡還缺些錢，他等兩周後再跟船到鄉鎮裡的血站賣一次血，加之每月低保的錢，缺的那部分再去向別人再借一點就夠了。

「年紀大了，不能這樣老想著賣血，也要養好身體才是。」一個借錢給他的老人說道。

「嗨，再過兩年等孩子畢業了就不再去了，身體確實不如從前了，再說到了那時人家也不要我的血了，超過賣血年齡了，血站的人說不能叫『賣血』，要叫『獻血』，所給的錢也不能叫『血價』，要說『營養費』。管它怎麼個叫法，有錢就行。」張高麗說道。

「不過聽說以後這買賣要停了，血庫裡的血太多沒地方存放了，好像還會得什麼傳染病的。」老人又道。

「是啊，我也聽說了，就是不賣血，喝了什麼被污染的河水，也會犯病的，有什麼辦法，只有自己小心點啦。」張高麗有些擔心地說道。

還是像以往那樣，渡口邊早已聚集著不少的人。有的女人還帶著自己的孩子一起去，那些孩子也不過才一兩歲，那些女人也出來賣血換錢了。到了渡船靠岸後，張高麗就隨著人群擠上了船。下船後，他們就在血站外登記領號。

「張高麗。」一個工作人員出來叫了一聲。

「來了。」應聲後他就進入了房間。

「聽說以後你們不再要血了，血漿太多了，沒地方儲存了是不是？」張高麗坐下後，便向輸血的人問到。

「誰說的，盡瞎說。」那女的一邊說著，一邊開始找血管紮針頭。

「這針頭好像是已經用過的，為什麼不用新的。」他突然有些不安地問道。

「沒事，都是健康人，用一次換一個有多浪費啊。」她解釋道。

他想再說什麼，可是來不及了，他的血已經在向針桶裡流。雖然有點擔心，不過他拿了一張蓋過圖章的單子，又去另一個房間領到了錢，心裡還是有一種快樂的感覺。

回到家後，湊足了要匯款的錢，他又去忙自己的事了。日子就這樣一天天地過著，一邊是每天照樣上山砍柴和到幾裡地外的河邊取水，空閒時到外面撿些破爛賣錢；一邊是照料他的傻女人，幫她梳理，喂她吃飯。他心中唯一的期望就是兒子將來有出息，做個城裡人。也許將來自己老了，還能靠上他過日子。不知不覺又是一年多的時光過去了，由於身體越來越不行了，他感到自己身體裡的血越來越少，就是喝大量的鹽水也不怎麼管用了，他準備到今年年底，自己就不再去血站賣血了，反正兒子也將要畢業了。就在他上次去了血站回來之後，有次他在路上走到半路就暈倒了，後來被送去醫院做檢查，居然查出肝硬化。他感到很絕望，不過他還是瞞著他的兒子，讓他可以專心讀書。事實上自從他兒子阿寶去城裡上了大學之後，他就再也沒有回來過，甚至連個電話也沒有，只有張高麗打電話給他時，他才隨便地搪塞幾句。

就像他父親期望的那樣，如今阿寶看起來確實像個城裡人了，而且還交了一個城裡的女朋友。不過他從來不向別人提及自己的家人，對於這個話題，他總是諱莫如深。好在那女的只知道他是農村戶口，其他的就什麼也不清楚了。他讀書不錯，還拿了獎學金，靠著家人寄來的生活費，加之平時在外做些零工，生活還算過得去。他也聽說自己的父親病了，而且還經常賣血，他只是托同鄉帶個口信，叫他父親好好養病，不用再給他寄生活費了。不過他自己並不想回去，他心裡實在無法面對自己那個病怏怏的父親和他身邊的那個傻女人。

不久，張高麗的病情就惡化了，並且很快發展成了肝癌，他躺在床上，身上的疼痛使她感到痛苦難忍，他不時地叫著阿寶的名字，希望他趕快回來，坐在自己的身邊陪自己說說話。等了一天又一天，阿寶還是沒有回來。村裡的人也看不過去了，就托了鄰村在同一所大學讀書的人，去當面叫他回去。那同鄉先是勸了他幾次，見他無動於衷就揚言要到學校領導那兒去告他。眼看自己家裡的事就要被暴露，阿寶卻一時對那個老鄉動了殺機，就在他再一次威脅阿寶時，阿寶竟然真的把一把早已準備好的刀子向他的胸口刺去。接著，阿寶又把那同鄉的屍體進行解肢和拋屍。

幾天後阿寶就被逮捕了，在一審時就被判了死刑。在羈押期間，公安人員押著銬著手鐐與腳鐐的阿寶去見了躺在床上已經是奄奄一息的張高麗。

他知道了兒子的事，他多麼希望兒子不會被判死刑，他感到自己這一輩子活得很怨。當他迷迷糊糊看見自己的兒子被幾個監管人帶到他面前的時候，他睜大了眼睛又仔細地看了他一眼，他終於來看自己了，可是沒想到會是這種狀況下，他還是不明白阿寶為什麼要殺人。當阿寶走到他的面前並跪下哭泣的時候，張高麗含著淚水說道：

「要是我不去賣血供你讀書，你就不會去殺人了。」

「不要管我了，我對不起你，爸爸，你自己好好養病吧。」

「我快不行了，本來我還指望著你……」

「不要說了，爸爸，一切都晚了，我這就走了，你多多保重吧。」

看著兒子離去的背影，張高麗又一次昏了過去。過了兩天，他就在昏迷中死去了……

壯士斷腕

衛青夫婦租住在一間簡陋的小屋內，他們是低保戶，平時衛青靠外出撿些破爛來貼補家用。幾乎每天晚飯後的時間，他們聊得最多的是當地政府答應分給他們的一套近四十平米的樓房。那還是六年前的事情了，當初因為政府徵地，他們便從自己的平房裡遷了出去，等待新樓房造好後，就可以搬進去住。合同裡還寫明，建樓時間為一年左右，如果逾期，政府還會給額外的租房補貼。當時衛青夫婦還滿心歡喜，沒想到住了大半輩子又舊又破的平房，不久就可以住入高樓大廈了。可是過了一年又一年，盼了一年又一年，政府的承諾還是沒有兌現，他們夫婦似乎早已陷入了絕望，低保的錢，一半用來交房租，也得不到任何的其他補貼，於是，衛青不得不時常出去撿些破爛，才能勉強度日。不過最近他老是覺得雙腿無力，他還抱怨著人總是「人老腿先老」，他的老婆長期患有糖尿病，也從來不去醫院就診，只是用撿來的香蕉皮和玉米鬚泡水喝，這是一個土方子，也不知道有多少功效。

眼下又快到新年了，雖然政府食言了，因為工程款不足，所建的高樓也早已停工了，不過和往年一樣，鄉鎮裡派來了幾個幹部，他們提著油拎這米，來看望那些低保戶了。儘管衛青夫婦滿肚子的苦水，可對著送「溫暖」來的政府官員也不好多發牢騷，他們還是懷揣著感恩之情，向送貨的人表示了真摯的感謝。看到那亮錚錚的油，還有一大袋米，衛青的老婆平時的怨氣好像都沒有了，她此時只是想著要過一個好年。

「嗨，大事情不幫著解決，我這輩子也不知道能不能般進我們的樓房。」衛青說道。

「我也是有這樣的擔心，可是人家大老遠送東西來了，又是大過年的，我也就不好意思再提了。」他老婆說道。

「他們也只是些跑跑腿的，就是跟他們提了也不管用，現在政府拿不出錢，開發商付不出工資，所以這事就擱著，只是苦了像我們這樣的人。對了，今天出去還得弄些新鮮的香蕉皮，那藥水用了好幾天了，要換新的了。」

「家裡的香也用完了，回來時也順便帶一包。現在也只有靠毛主席他老人家了，敬香時我要對著他的相片告訴他，現在那些官員自己有車有房，國家還要搞什麼『探月工程』，可就是不幫老百姓解決困難。」

衛青有天突然感到自己兩腳發麻，連站也站不穩，走路靠要撫著牆才行，他感到了一絲不詳。由於腿痛難忍，他只能整天坐著或是躺著。他想，過幾天就會好的，也許是自己在外面撿東西的時候，腿上的肌肉或是韌帶受了傷。為了減少腿部和身體上的疼痛，他老婆每天為他做些簡單的按摩。好幾天過去了，衛青腿部的情況並沒有像他期望的那樣好起來，而且他驚訝地發現，自己腳趾頭的顏色開始變得發青，他立刻明白這是由於腿腳的血液不流暢所導致的。他的老婆患有糖尿病，所以她的雙腳看起來又黑又腫，這使她走起路來總是一瘸一瘸的。可是到了現在，自己的情況看起來似乎更糟，會不會是自己的骨頭在壞死或是得了什麼肌肉萎縮症，如果真是這樣的話那可就慘了。他想，這些年為了等到新房子，他們在不斷的期盼和煎熬中，加之老婆的病，這一切早已經使他心力交瘁了，自己的年歲也在變老，體力也明顯不如從前了，自己的腳如果真的出了什麼問題，那自己還不如死了算了。

衛青的右腳開始越來越痛，到了後來就連強效鎮痛藥一天注射三次都不管用，而且，右腿上開始出現許多紫斑，而後變黑開始大面積潰爛、流膿、連腿骨都可以隱隱看到。由於潰爛的部位在不斷地向上蔓延，於是他有了截肢的想法。沒有錢去醫院，他就坐著輪椅去請求村診所的大夫幫他截肢。村大夫哪裡見過這種陣勢，他平常也只能幫人看些咳嗽感冒之類的小病，自己去鄉鎮的藥店裡買些常用藥，再拆開分成小包賣給別人，這樣也可以為買藥的村民省點錢。

「大夫，你看我這腳再不做截肢恐怕連命也保不住了。」衛青指著自己的腿向大夫說道。

「這截肢是個大手術，牽涉到動脈、靜脈，還有骨頭和麻醉等問題，所以要去做大醫院做才行。」大夫向他解釋道。

「這個道理我懂，那可是要花一大筆錢的。我想讓你幫我截，也不用上麻醉，就這麼忍一忍就可以挺過去了，那《三國演義》裡，華佗也不就是幫關公這麼做的。你只要用一把鋸木條的手鋸，像鋸木板那樣，只需幾分鐘就可以解決問題了，如果流血不止，你只要把血管堵住就行了。」

「不行，不行，這可行不通，這可是人命關天的大手術，你還是要去醫院才行。」

衛青不得已，他只能獨自離開了診所，心想，這醫生怕出人命不敢做，怎麼辦呢？一路上，他想與其活著這樣受苦，還不如自己死了算了，他一路經過泥濘的小路，眺望遠方，那裡有許多的大山，山下是湍流的河水。這幾年山上變得越來越光禿禿，河裡的水也越來越渾濁了，只有山與山之間的鐵索還在，自己從小出入就滑過，現在是下一代人在繼續滑，說是要修路建橋，可喊了好多年就是沒用動靜，和自己的新房子一樣，是一種絕望的等待。聽說長江裡的長江豚也快要滅絕了，就讓自己和這長江裡的江豚一樣，做個自我了結吧。就在他尋死之際，在他的腦海裡忽然冒出了一個求生的念頭，他想到自己動手截肢。

又是一個疼痛的不眠之夜，不過在夜裡他想好了，天亮以後，就把老婆打發出去買東西，然後就自己動手。他到底能不能完成這件事他心裡也沒有底，他也擔心自己做到一半因體力不支或是失血過多而不能完成，不過他想就是死也要去做。上午，他又看了看自己將被鋸掉的腿，那腿已經爛得像泡在水裡多日的香蕉皮，不過真的要動手了他還是感到非常地痛心，畢竟，自己從此就是一個缺胳膊少腿的殘疾人了，那樣子看起來就連自己也難以接受，就是自己自殺，多少還是一具全屍，不過事到如今也沒用別的選擇了。到了上午十時許，他按計畫把妻子支出去後，就取了袋裡的一把鋼鋸，還有一把水果刀，再把毛巾纏在一把癢癢撓上咬在嘴裡，就在自己睡覺的床上動起了手。

雖然平時這只腿腳時常麻木，可當鋸片真的一下子鋸到大腿的肉上時，鮮血很快就模糊了他的視線，他想一鼓作氣，就又連鋸了一會，當鋸條碰及他的大腿骨時，鑽心的刺痛使他難以持續下去，他深吸了幾口氣，迷迷糊糊又看了看鋸到一半的腿，然後緊咬牙關，又拚命的拉到起鋸子。此時他的床上和地上，早已流滿了他的鮮血，他自己也不知道他最後是怎麼把自己的右腳從膝蓋上方鋸了下來，當他看著自己被鋸掉的腿腳掉在地上時，他才感到松了一口氣，他又突然發現自己滿嘴是血，還從嘴裡吐出了四顆牙齒。因為動脈有栓塞，在他截肢後並沒有造成大出血。

衛青的壯舉震驚了村裡村外的人，人們紛紛佩服他驚人的勇氣和膽量，只是他還有一個願望，希望能按上一個假肢。他的女兒早早輟學在外地的鞋廠打工，老婆有糖尿病，心臟又不太好，家裡還有四畝農田需要耕種，如果沒有假肢，他就無法再站立起來。

衛青的舉動很快就被村名傳開了，人們簡直不敢相信會發生這樣的事，在他據斷自己的腿的這段時間，每天都有村裡村外的人來拜訪他，非得聽他親口敘述一番，人們才算是滿足了自己的好奇心，當他向來者表達了自己的願望後，別人除了誇他勇敢和對他的遭遇表示同情外，卻什麼忙也幫不到。不過這件事情有一天突然傳到了縣長大人的耳朵裡，縣長有天帶著幾個官員也來看他了，當他瞭解到事情的原委後，就立即吩咐手下的人要安排衛青去醫院配上一隻假肢。衛青夫婦聽了，只感動得淚流滿面，口裡又不停地念道感謝政府感謝黨之類的話。

衛青怎麼也不會想到自己的這個絕望的舉動會使他聞名遠近，而且縣長也親自來看望他，還為他免費做了一個假肢。縣長把這件事作為他惠民的善舉在媒體中大肆渲染，「如果沒有政府的幫助，他這輩子也裝不起那只假肢。」

「他辛苦了大半輩子，連一隻假肢也裝不起，那他又該怨誰呢？」有一個媒體人反問道。

縣長頓時被問得啞口無言。

落馬

前任的市長是工程院士出生，年輕時留學德國，是個治學嚴謹的科學家，自從被調任領導崗位，像所有懷有抱負的知識份子一樣，一心想著為民請命，做一個對得起天下百姓的父母官。市委書記卻整天想著自己的政績和個人的未來，他注重城市建設和投資專案，在他的心目中，只要經濟搞好了，就萬事大吉了。可市長卻有著自己的想法，借鑒國外的理念，他認為，要把一個城市治理好，首先要搞好人文建設，要維護社會的公平和正義，尤其要做好對弱勢群體的生活保障。由於出發點的不同，在人事安排方面也有著很大的差別。對市委書記來說，能力大小沒有關係，關鍵要聽話，要按照領導的意圖辦事，哪怕貪點小便宜撒點謊話也沒關係。市長喜歡那些有同情心和富有正義感的人，就是脾氣差一點也沒關係，不需奉承拍馬，但要有真才實幹。這樣一來，市委書記對市長越來越不滿，開始他只是在會議上不點名批評，可市長根本不理睬他，漸漸地矛盾越來越深，最後，市委書記到省裡告狀，省長到也俐落，一下子把兩個部下都調離，市委書記調到省裡，市長調去其他部門做領導。這樣一來，原來的馬副市長連跳兩級，做了代理市長才幾個月，就又被任命為市委書記。

馬書記大喜過望，沒想到自己這麼快就做上了堂堂的市委書記。他上任沒多久，就想著要建一幢豪華的辦公大樓。他曾去北京開過會，這天安門城樓的氣勢使他念念不忘，他想著自己為什麼不選一塊風水寶地，仿造天安門城樓那樣，在辦公大樓前，也建一個城樓，那該有多氣派。一想到此，馬書記就激動得睡不好覺，他整天想著，將來等新的辦公大樓建成了，自己每天進進出出感覺就像從前的皇上一樣，再招一群三宮六妾，這輩子才算沒有白活。

上任不久，馬書記就請來了一個風水大師，在城裡近郊的幾個依山傍水的地方選址，最後選好了一處風水寶地，就開始了他的建設規劃。風水大師還告訴他，他的官運並沒有止步，等這個宮廷一般的建築群建好後，還要在裡面建一個小「銅雀台」，雖然不能像從前的曹操那樣廣選天下美女，但必須「采處」，即只有破了一百個處女之身之後，他的官運才得以亨通。為了儘快完成辦公大樓，由於日夜操勞，一天馬書記突然感到胸口不太舒服，很快，他就住進了「高幹病房」。見到一個四十剛出頭的女護士為其打店滴，馬書記就立馬不安份起來，他左手輸著液，竟三下兩下就解開了那個護士的白大褂紐扣。在護士成了馬書記的情人後，便求他為其畢業後在家待業的女兒安排工作，她不慎把女兒送入了「虎口」，可憐的姑娘，一年之中兩次為其墮胎。為了平息情人護士，不久她就被調的有線電視臺當文藝部主任。

兩年以後，這個耗盡無數錢財的一個山寨版的天安門城樓和圍繞著城樓的一幢幢高樓建築群在半山腰上突兀而出，馬書記拜了山神之後，就急急忙忙地遷入了別具一格的辦公大樓，可是，在他的心裡還有還急需處理兩件事，其一是「采處」，這件事想起來就令他欣喜，既可以得到無數的男女之歡，又可以保佑自己官場通暢；還有一件縈繞在他心頭多年的事就是怎麼除掉「糟糠」這個累贅，由於她的存在，自己做什麼事都要偷偷摸摸，而且還要防止她的翻臉。他想好了，人生苦短，做什麼事就要抓緊時間，不能拖拖拉拉，於是，他一方面開始命令下級到處為他找處女帶進宮，另一方面，他開始策劃一起車禍，要除掉他的這個名存實亡的老婆。

說實話現在到外面找成年處女不好找，更何況還要找一百個，於是他的一個部下想到了去學校找，只要先打通學校的一個校長，這學生之中處女好找，校長肯出面，每次帶幾個女學生出去，一段時間下來這事就幹成了。雷區長很快找到了一個小學的劉校長，說明了來意，他們一拍即合，於是，每過一段時期，這幾個官員出生的成年人就堂而皇之的帶著幾個女學生模樣的孩子進入賓館開房。

殺妻需要製造一起嚴重的交通事故，而且要做得天衣無縫。為了這次行動，馬書記模擬了幾個草案。他開始還有些思想鬥爭，可一見到他妻子老去的模樣，再看看自己身邊的女人，他感到他實在是受不了他妻子現在的這種「鬼樣」。為了說服手下，他說自己這樣做也是不得已，因為他妻子手裡掌握了他的許多材料，並揚言，如果他要離婚，她就去告他，所以，殺她也是萬不得已。當然，製造一起車禍是最好的一種選擇，但是必須一次成功，如果未遂，以後就很難再下手了。為了確保成功，他手下的人策劃好在她開的車底廂還要裝上一顆可以引爆的炸彈。

這天上午，暗殺的行動開始了。馬書記在他的山寨天安門城樓裡焦急不安中等待著消息。他回憶起和他妻子剛剛結婚的那個歲月，那時他才三十出頭，還是一個幾乎是一無所有的人，可是她並沒有嫌棄他，也沒有像其他女人那樣總喜歡和別人比，她只是認為憑自己的勞動，生活總會過得去的。他感到她的心底善良，就和她成了親。自從和她結婚以後，他的官運就變得順暢起來，從一個小小的鎮幹部一路升遷，就連他自己做夢也沒有想到，如今他像似一方土皇帝，還建起了自己的行宮。這一切，自己的這個妻子也算是「旺夫」之命，如果這些年沒有她的任勞任怨，自己的仕途也不會這麼順風順水。他感到如今自己到了非要除掉她不可的地步，也是出於無奈，現在自己這麼有權勢，年齡又五十好幾了，不能枉費了自己的一生，人的生命是短暫的，官場上就更加如此了。

到了中午時分，手下的人來報告消息了。

「怎麼樣？」一見手下，他就驚慌地問道。

「在中山環路上，發生了一起嚴重的車禍，不幸的是陸夫人喪身了，事發現場好像還出現了爆炸的情況。」他的下屬裝腔作勢地向他報告。

「廢物！」他打了他手下一個耳光，「車怎麼會爆炸的，叫人馬上封鎖現場，並澈底把事情弄得乾乾淨淨。」

手下捂了捂自己被打的臉，心想，這下好了，被打後就會馬上升遷，這是慣例。於是，他繼續說道：

「派出去的人正是這樣做的，現在現場已經清理乾淨，就是一起再普通不過的交通事故。」

馬書記聽了且悲且喜，他含著眼淚又說道：

「辛苦你們了，我會節哀順變的，再去現場指揮一下，不要有什麼疏忽的細節。你的職位我會儘快幫你重新安排的，人總不能老是原地踏步踏。」

手下領了命，滿懷喜悅的走了。

馬書記此時站在城樓上，眼觀遠方，他想著，自己這輩子註定是要成就一番大業的，也算上對得起祖宗，下對得起子孫後代。又想著怎樣為自己的妻子舉行一個隆重的葬禮，也算對得起他們夫妻一場。

馬書記在他的妻子死後不久，就娶了一個本地電視臺的女主播，年齡小他整整三十歲。這個女主播早就是他心目中的女神，是他多年暗自愛慕的偶像，這是一個連做夢也沒想到過的好事，如今居然成了現實。起初，他被剛剛任命市委書記時，在他的內心深處就想好了，一定要把那個女主播弄到手，和她一起在行宮裡徜徉，當初他要仿造天安門城樓建他的辦公大樓，在心裡就是出於那個動機。如今，馬書記的一切夢想都實現了，就等著有一天自己能夠在官位上「更上一層樓」了。

娶到了這位女主播之後，他就帶著她馬不停蹄去全世界到處遊山玩水。在短短的幾年時間裡，他就帶著她的愛姬跑遍了世界各地，購買了數不清的時尚物品。「寶貝，就是從前的皇上也沒有過得這麼爽啊。」他抱著他的愛姬，心滿意足的說道。

由於長期的征地強拆建造高樓和一味地招商引資，官員的貪污腐化，導致民不聊生。社會治安越來越差，環境污染日益加劇。人們看到市政府建得這麼氣派，那些當官的對老百姓的訴求從來不聞不問，於是導致不斷有人上訪告狀，引發抗爭事件頻頻不斷。馬書記決定加大管制力度，對上訪的一律採取截訪、抓回、拘留，對抗爭的一律判刑、下獄。

馬書記的大舅子早就盯上了他，對他的所作所為他早已看在眼裡恨在心裡，他早就懷疑自己的妹妹不是死于什麼車禍，而是一起謀殺，可是就是苦於找不到直接的證據，就是找到他的殺人證據，也沒有辦法來告他，因為政法委系統都是他的手下和親信。現在在他的手裡有了一樣重要的物證，他不敢輕易拿出來，那姓馬的什麼事都幹得出來，他很可能會殺人滅口。出事那天，大舅子第一時間趕到現場，他心裡明白這是一起有預謀的謀殺，他姐姐的屍體很快會被處理掉，於是，就在他到現場後，現場已被清理乾淨，他的兩個侄兒又不在她的身邊，當他趕到殯儀館，有關人員以各種藉口不讓他看到屍體，這就加深了他的懷疑。沒有辦法，那晚到了深夜，他在事發地點偷偷地挖了幾塊馬路上的瀝青，再找人去化驗，看看裡面是否含有爆炸物的殘留物。最後，化驗的結果出來了，在這幾塊瀝青中，裡面確實含有微量TNT爆炸物，事情更加明瞭，拿到了第一手證據，大舅子就直接向省裡的高院起訴。

幾個月後，就在馬書記春風得意的時候，有一天，他突然受到組織調查，隨後就被「雙規」了，即在規定的時間和規定的地點交代自己的問題。

就在馬書記被收押期間，他最放心不下的是他的愛姬，因為自己的原因，她也會身敗名裂，她還年輕，她以後的生活怎麼辦，弄不好也會受牽連坐牢，況且，他們倆還有一個出生不久的女兒。就在他感到萬般糾結的時刻，那女人很快向他提出了離婚的要求，雖然也是預料之中的事，卻還是令他感到世態炎涼。不久，一輛警車開到了那女主播的家，她被幾個員警帶走了，此時，她神情茫然，身邊只有她的母親，哭泣地攙扶著自己的女兒……

殺戮

最近這些天，阿海總是過得身心不寧，自從他的女友娟娟走後，就再也沒有她的消息了。開始的時候，他總是在想，也許她才剛回到家，有許多事情要忙，有許多人要見，一時半會還不想和自己聯絡。他還是照樣每天在建築工地上忙忙碌碌地幹活，心裡卻時常牽掛著她。他還時不時地看看自己手機上的資訊，生怕錯過她的來信。他不是不想打電話或是發個資訊給他，他只是不敢去打擾她，尤其時如果讓她的母親知道了，也許又給娟娟添麻煩了。不過在她臨走之前，她曾答應過他要給他打電話的，為了她的這次回鄉，他先是起早摸黑地為她排隊買車票，又為她準備了好些要帶回去送人的禮物，尤其是給她父母的，他一點也不敢怠懈，儘管花掉了她不少的積蓄，可他在所不惜，只要她滿意就好。確實，對於他的付出，她有時也會顯得很感激，當然，只是限於感激而已。可是在阿海心目中，娟娟早已是自己的老婆了。雖然娟娟平時交際面廣，又愛到處去玩，雖然他希望自己的女人要能夠勤儉持家，可他也明白，現在的女孩子，從小就被家人寵著養大，很難期望別人去做什麼，他只想著，將來如果和她生活在一起，自己把家務活都包了，也不會為了一點瑣事和她吵嘴，他想他心甘情願地為她付出一切。

整整三個星期沒有娟娟的消息了，雖然他每天都在等待她的音訊。他不清楚她為什麼會這樣，他想著各種的可能性：是不是她的手機壞了，會不會是她的母親不許她再和自己交往，要不然她出車禍了，也有可能和別人相親去了。不過他明白，這一切都只是自己的猜想。眼看情人節就要到了，他真的希望她回給他發來一個短信。那天真好是週末，從一大早起，他就開始翻看手機裡的資訊，他本來想等到晚上，可他還是等不及了，就想著自己先發過去，為了小心起見，他只在資訊上發了一個「情人節快樂」的字樣，也不敢署名。那天大街上，到處有人出售玫瑰花，他想，如果娟娟也在自己的身邊那該多好啊。可是令他沒有想到的是，整整一天過去了，他還是沒有她的任何消息，他感到很沮喪，他似乎終於感到，也許娟娟不回資訊就是向他傳遞了另一個資訊，那就是他們之間已不再是情人關係。他失望中，他開始接受現實了，娟娟已經放棄他了。他想只要她過得好，自己也無所謂了。其實在一開始相處時，他就知道自己配不上她，他也沒有把他們的關係太當回事，他只是覺得她長得不錯，偶爾會向她獻獻殷情，滿足一下調情的衝動而已。可是沒想到，有一次她竟主動提出一起出去吃飯，那天他還吻了她，她並沒有拒絕。這一切出乎他的意料，從此他就墜入了愛河，並想方設法地討好她。

自從他和娟娟好上以後，他一方面沉浸在幸福之中，另一方面，他開始變得忙碌起來，上下班要去接送她，要經常帶她吃飯買東西，有時候忙不過來，就要拚命趕時間，還要擔心自己做得不夠好，或是有別的男人和她約會。他甚至感到心力交瘁，不過只要一見到她，一切的煩惱頓時化為灰燼，他感到所有的付出都是值得的，為了她的快樂，自己再苦再累也是心甘。

雖然情人節沒有得到娟娟的任何消息，不過他想反正新春就要到來了，就是她決定放棄自己，哪怕作為普通朋友，道一聲問候總歸沒問題吧。這樣想著，他又明天期待著。他又不時地回想著他和她以前交往的點點滴滴。

「只要這樣抱住你不鬆開，你就不會被人搶跑了。」他從她的背後緊緊地抱著她，心裡充滿了幸福的感覺。

「可是我離開後，你就再不能抱住我了。」她回答道。

「我知道，所以我要珍惜和你在一起時的分分秒秒。」他深情地說道。

「天天在一起，就要吵架了。」

「不會的，我一定不會和你吵架的，我疼你都來不及了。」

阿海現在只能一個人回味著和娟娟在一起的美好時光。新年的除夕來到了，他還是從一大早開始就等著娟娟發來恭賀新年的資訊，一直等到深夜，結果還是沒有等到。他不但不想到，就算她再過幾個星期回來打工了，也許他和她的一切也結束了，最多只能作為普通的朋友在一起，當然這很折磨人，要心平氣和地看到她和別的男人相親相愛，這談何容易。

新年過後的兩個星期，阿海聽說娟娟回來了，可是她還是沒有主動和他聯繫。他變得開始怨恨起來，他覺得他太不近人情，於是他要去找她，他想討個說法，也可以做個了斷。他本來想就這樣讓事情過去，可她總是感到心裡憤憤不平。

那天下午，他請來半天假，早早地就等在了她的廠門口。當他終於看到娟娟和一個男人有說有笑地一起並肩走著時，他頓時一陣妒火湧上他的心裡。他看見娟娟上了那個男人的一輛摩托車上，然後就抱住他的腰離開了。他和別人這樣親密，而自己卻蒙在鼓裡還在為她苦苦地守候。他恨不得把她身邊的男人除掉，他又看到她的背影，此時的娟娟披著長髮，穿著時尚的牛仔褲，看起來也特別動人。此刻，在他微微顫顫的心裡不覺又冒出了一個可怕的念頭，他想，他是被她耍了，自己得不到她，別人也休想得到她。他想和她同歸於盡。他沒想到自己會這麼愛她，愛到有種離不開她的感覺。他一個人又默默地離開了，他也想著放過她，讓她有更好的生活。可她感到她欺騙了自己，於是，仇恨的烈火在他的心裡燃燒著，不過，他最終還是想著要和她去談一談，告訴她自己有多愛她，自己已經離不開她了，也希望她能夠回心轉意。

他終於約她出來談一次，就在去赴約的路上，他還是去了一家小賣部買了一把尖刀。他感到有點害怕，可他還是在仇恨與嫉妒的心理支配下，振起自己的精神，來到了約會地點。此時正值下午，路上到處是車水馬龍，阿海從容地和她邊談邊笑，他感到娟娟又回到了自己的身邊。他們一起去吃了東西，他感到一切是在夢中。吃了東西，娟娟想走了，此刻他才又彷彿從夢中清醒過來，她終究是要離開自己的，他從來就不會顧忌自己的感受，自己為她付出了所有，可還是一點也沒有打動她，充其量她只是隨便和自己玩玩而已。他強忍著悲憤，裝出笑臉要和他談談心。他有意帶她向著人煙稀少的地方走去。

「娟娟，我已經不能沒有你了你了，如果你離開了我，我真的不知道自己活著還有什麼意義。」

「我們本來就是好朋友，可你老是往別的地方去想。」

「我一直就對你這樣好，總想著怎樣才能讓你高興，我對你的付出，你一點感激之心也沒有嗎？」

「我為什麼要感激你，你說你對我好，那是你自願的，難道別人對我好一點，我就要屬於他，如果有很多人都對我好，那我是不是要選一個自己真正愛的人。」

他感到她不會再回心轉意了，她已經變心了，也許她從來就沒有愛過自己，只是和自己玩玩而已。此時夕陽真耀眼的照射在眼前，到了一個蔭影處，他冷不防地取出了藏在身上的尖刀，對著她的身上狠狠地刺去，一連數刀。她驚恐而又無力地看了看他，就倒在了血泊之中，隨後，他抱住她，像以前那樣，又在自己的身上連刺了數刀……

豆腐西施

豆腐西施青春靚麗，其實她已年近四十，可在她的攤上，很多人也許為了近距離再看她一眼，就又買了她的一塊豆腐。更有個才二十多歲的小夥子，整天在她的攤位跑來跑去，變著法兒想去和她約會。可是別人哪裡知道，豆腐西施淪落到現在這個境地，她經歷了多少人生的跌宕起伏。

說實話如果不是她青春年少時和星探擦肩而過，她早就如當空的一輪明月，令人間萬姓仰頭共望。豆腐西施的天生麗質當然還得歸功於她的母親，據說她母親年輕時也是萬人追逐的對象，後來，她和一個富家子弟同居了，不久便生下了這個女兒，小名「小豬」。不知為什麼，男方的家人並不中意這個女人，但有了身孕後，男方家人表示，如果生下來是個男孩，他們母子將會被接納，如果生下來是個女孩，他們將拒絕接納她們母女。結果，小豬出生以後，她母親就被迫離開了那個富家子弟，同時也失去了生活上的依靠，心裡卻怨恨起小豬。

在小豬長到七八歲的時候，她的母親又嫁人了，那個男的只是一個普通的打工仔。不久，她母親又生下了一個女兒，也就是小豬的妹妹。此後，小豬就有她繼父的母親帶大。老人信佛，對小豬像自己的親孫女一樣，雖然生活並不富裕，卻也算過得無憂無慮。當小豬長到十幾歲的時候，每個人都驚訝地發現，小豬長得出奇地清新靚麗，好似勝過她母親年輕時候的容貌。於是，家裡的人都把改變生活的希望寄託了在她的身上。

到了高中的時候，小豬因為貪玩就自己綴學了，令她母親擔心的事也終於發生了，小豬意外地懷孕了，這對她母親和家人來說幾乎是一個致命的打擊，女兒出了這樣的事本就是對做父母的最大的傷害，更何況，家裡人包括她的大姨舅媽等早就在幫她物色一個有錢的男人，他們四處張羅，希望物色到一個從海外回來的美籍泰裔。可眼下，小豬的肚子一天天地大了起來，而且男方家裡的條件也只是一般般，小豬的母親眼看既成事實，無奈只得向男方多要一些錢財。小孩子出生以後，小豬也沒有和那個男的住在一起，她不願意和別人的家人一起住，她喜歡自由自在的生活，又把孩子丟給母親去照顧，自己整天東遊西逛。到了孩子兩歲的時候，由於孩子的父親無法保障她們母女的生活開支，加之男女之間的激情也已退去，小豬和那個男人分了手，自己承擔起生活的負擔。她過著比較拮据的生活，在幾乎走投無路的情況下，此時，她的家人終於為小豬物色到了一個從美國回來的生意人，對方見了小豬一眼，就滿口答應，將來如果結了婚，就帶小豬去美國，並拿出了一萬美元作為見面禮。這下，小豬的全家喜出望外，不僅她母親實現了多年的心願，就連一直為小豬的婚事出謀劃策的那些親朋好友，也想從小豬那裡沾點光。她母親好像一下子變成了財神，周圍的人都會對她刮目相待。

自從小豬跟了那個生意人，從此她就有了足夠的錢花銷，當然，她的母親也可以從小豬那裡拿到生活費。那個男人早年就移居去了美國，這次回來打理一下在泰國的業務，看到小豬自然喜歡得不得了，於是每晚小豬在賓館陪他，他許諾將來帶她一起去美國。小豬對這個男人沒有什麼感覺，滿足他的情欲只是為了有生活費，她知道她母親一心想讓這個男人帶她去美國，她雖然長相出眾，可小豬對性生活根本沒有興趣，更何況還是和這樣一個並不熟悉的男人，可她別無選擇，只得硬著頭皮和他做愛。其實那個男人在美國早有妻室，一個人在曼谷打理生意期間，想要找個性伴侶，沒想到經人介紹，居然送來個這麼上乘的姑娘，自然大喜過望。不久，小豬就成了他的泄欲對象。小豬還在等待那個男人帶她去美國，她的母親也深信不疑，並催促他們登記結婚。為了穩住她們，他和小豬辦理了結婚證，從此，一切似乎夢想成真，小豬也只等著移居美國。

等到那個男人打理完了在泰國的生意，就隻身先獨自去了美國，只留給了小豬很少的一些錢，他答應去了美國之後，就會不斷地給她匯錢。小豬滿懷期待地也想移居美國，可是自從那個男人離開以後，就連電話都懶得接聽，開始她還不相信，後來才感到事情不妙，她的生活很快就又陷入了困境。小豬並不感到傷心，她本來就根本不愛那個男人，只是時間久了，她有點習慣了他，最主要的是他解決了她家的生活問題，還引來了別人的羨慕。現在，她比以前更需要花錢，發現自己這樣被別人玩弄，她恨死了那個男人，想到自己那些日子夜夜侍候他，就連月經期也不例外。為了能夠生活，小豬明白現在自己已經沒有什麼出路了，為了貼補家用和養育女兒，年紀輕輕的小豬就想到了去和一個上了年紀的人一起生活，反正自己對愛也不再渴望。有錢人討個小老婆在泰國被人們普遍接受，年輕的女人跟著他們，一家人的生活問題都解決了，自己在家裡只要帶個孩子就可以了，衣食無憂，又有錢花，很多的女人都願意過這樣的生活。

命運又一次迎來了轉機，由於第一次小豬婚姻的失敗，這次她的二姨經人介紹認識了一個澳籍泰國女人，她許諾可以幫助小豬去澳洲打工掙錢，不過需要交納一萬八美元的手續費，當然錢可以等去了澳洲以後再分期付。其實那女人只不過是一個人販子，她自己本是一個妓女，後來和一個澳洲人結了婚，拿到了定居以後，就開始做起了販賣性奴的買賣。過了一段時期後，小豬就拿到了去澳洲的簽證。臨行前，她的全家和親戚朋友聚在一起，燒香拜佛，祈求菩薩保佑小豬到了國外以後，能遇到一個有錢人，使她可以在海外結婚成家。小豬什麼生存的技能也沒有，到了國外只能從事色情行業，可有的女人嫁給了洋人，還生了混血兒，這讓其他的人看到了希望。再說，小豬又生得這樣好看，他們想著一定會遇上有錢的男人來娶她。

小豬到了澳洲，就被一個老闆安排到了一個住處，那裡兩個房裡已經住了有七八個女人，小豬也擠了進去。在一個房間的牆角落，在已經很擁擠的地方有加鋪了一個睡覺的地方，這就是小豬的新家。小豬被沒收了護照，和其他的女孩子一樣，開始了她接客還債的性奴生活。

她每天裝扮得漂漂亮亮在一家妓院接客，由於她生得亮麗，她總是忙個不停。她每天下午開始上班一直要做到第二天凌晨，回到家裡倒頭就睡，天天如此。她基本沒有收入，全部的收入歸仲介所有，她的收入來源靠的是平時客人給的消費。也有的客人迷上了她，會多給一些小費，有的還會帶禮物給她。在妓院裡，小豬很快就成了紅人，並引來了不少的追求者。在這裡，其實許多小姐都有自己的客人和追求者，不過小姐知道怎麼應對那些客人，既要討他們歡喜，又不能得罪他們，還要巧妙地推脫客人的約會，不過，遇到心儀的客人，如果是認識時間久了，小姐也會瞞著老闆和客人出去約會。通常那些長相平平的女人，也不太挑剔對方的年紀和經濟條件，只要有機會就會和澳洲人相愛，相處了一段時間後，為了得到居留權，就和別人同居或結婚了。可像小豬這樣長相出眾的女人，當然不會隨便將就，她們往往因為有些挑剔而沒有能夠像其他的女人那樣居留下來。

小豬的追求著不少，最後她選了一個做老闆的中年男人。那男人對小豬可謂一見鍾情，每次去見她時，都會給她不少的小費，慢慢地，小豬產生了和他試一試的感覺。一方面，小豬也正想找個男人可以依靠，另一方面，她也實在受不了現在的這種寄人籬下的性奴生活環境，加之小豬脾氣又不好，等還完了債務，小豬就打算離開這個令人窒息的地方。那老闆給了小豬一筆錢，又答應她以後照顧她的生活，就這樣，小豬又一次相信了這個男人，不久她就離開了悉尼回到了曼谷。

這年小豬才二十五歲，在情感的經歷上，真真假假也經歷了許多，雖然她和那個做生意的中國人開始了交往，可在她的心裡，還沒有突破和他相愛的那條防線，她感到男人和女人的交往中，往往以性為目的，所有的承諾都是謊言，所以這次她改變了和男人交往的策略，她只願意和他交往，卻特意回避性事。那個男人倒是個癡情漢，千里迢迢去曼谷和小豬會面，雖然也和小豬的家人見了面，小豬的母親自然歡喜無比，這下小豬和家裡的生活總算有了著落，她看見了一個從海外回來的女婿，她急切希望自己的女兒有個依靠，她丈夫微薄的收入根本不能維持一家人的生計，除了一家五口的生活，他們還要貼補老人。

那個男人獨自住在一家賓館裡，白天獨自打發時光，小豬要睡覺，也不出來陪他，到了傍晚時分，等小豬睡醒了，才到賓館樓下等他一起出去吃飯，身邊還總帶著她的妹妹。那男的也拿她沒辦法，只得按照她的意願每天只是在晚飯時間和她的妹妹和朋友一起出入各種娛樂場所，到了深夜，便又讓他獨自回賓館休息。那男的雖然心裡有氣，可也拿她沒辦法，一來他很鍾情於她，二來感到她的冷淡說明她也不是那種隨隨便便的人，需要時間的磨合，就這樣，到了整個假期結束，他也沒有和小豬如他預想的那樣親熱過。

從此，小豬就和那個男人開始了異國戀，他們每年會相會一次，雖然幾年過後他們也有過結婚的打算，可小豬在自己的城市裡過得輕鬆瀟灑，又有足夠的生活來源，對於婚事，她也並不熱衷，儘管如此，在每次的短暫的相會期間，還會和對方發生衝突。雖然只是她的一時性子，可對方慢慢感覺到了她的花錢無度，加之她的壞脾氣和性冷淡，更致命的是她為人處世過於自私，那個男人開始還可以忍，久而久之，別人開始了反感，以至於最後做出了和她分手的打算。由於長期的異國戀，那男的在堅持了近十年之久後，終於移情別戀了。

小豬這才開始著急了，一味地抱怨別人，並還是照樣要求別人提供經濟資助。那男的開始還不算太絕情，可是越到後來，別人對她越沒興致，就這樣小豬的人生再次受到重創，她開始後悔自己的行為，可一切都太遲了。

沒有了經濟來源，而且自己也在慢慢變老，小豬絕望了，她曾幾次想到了自殺。她感到命運對她很不公平，從小就和母親一起遭生父拋棄，本來還有一點慰藉是自己遇到了一個可以託付的男人，可是現在什麼也沒有了，她母親還時常抱怨她。以前她有依靠時，家裡人多少還讓著她，現在她沒有了收入，和她的女兒一起，又被視為家裡的累贅。在痛苦絕望之餘，她開始和人一起勉勉強強地做些小生意，但是都無法經營下去。最後還是去幫人賣臭豆腐，只要每次她在場，生意就會好很多，別人也許只是好奇這樣一個女人會出來幹這樣的事。

現在小豬已經做起了自己的生意，就像故事一開始所說的那樣，男人們為了近近地多看她一眼，都會不由自主地去她那裡買一些臭豆腐。

權鬥

一輛囚車駛過朝陽大道，後面緊更著一排警車。車上閃著警燈，這情景一看便讓人覺得員警又在押解一名重犯。自從新來的市委書記柏遷上任後，在市公安局長李軍的堅定配合下，一次大規模的打擊黑勢力的行動在全市大張旗鼓的展開了。現在，大街上每天都有來來往往呼嘯而過的警車，在押的犯人中，除了那些刑事犯外，還有不少是企業的巨頭，他們的罪名幾乎如出一轍，那就是組織「具有黑社會性質」的犯罪團體。說來也怪，每當人們看到那些昔日裡風光無限的有頭有面的人物一旦被抓捕下獄，市民們總會感到歡欣鼓舞似的，好像平日裡過的那些令人抱怨的生活，只要把那些黑社會分子統統抓起來，社會的治安就會好起來，而且財富的分配也會得到改善。為了弘揚革命的傳統，在市委的帶領下，全市的民眾掀起了一股高唱「紅歌」的熱潮，主要是唱那些新中國成立以來的革命歌曲，像《沒有共產黨就沒有新中國》、《唱支山歌給黨聽》、《解放區的天》等等所謂世紀歌典。許多單位有組織地唱，從企業到部隊，從機關到學校，甚至在監獄裡也不例外。市里還經常舉辦歌詠比賽，人們的歌唱熱情很高，他們一方面是懷舊，同時也是寄託著一種情懷。

此刻，囚車裡羈押的正是前公安局長，後來又升任為司法部部長的李軍。他曾是赫赫有名的「打黑」英雄，可如今下獄的罪名除了收受賄賂，還有就是參與和組織「具有黑社會性質」的犯罪團體。如今，打黑的英雄被打倒了，這下那些曾經對他咬牙切齒的人這下也算是出了一口惡氣。市委書記柏遷對立下赫赫戰功的前手下出重拳的原因令人感到迷惑，李軍不僅下獄，很快就被處決了。人們為他感到惋惜外，街坊紛紛議論起他被處決的緣由。

隨著昔日打黑英雄的隕落，全市的打黑風暴似乎也漸漸地平息了下來。只是市民們高唱「紅歌」的熱忱並沒有消退。廣播裡、電視節目中，人們幾乎幾乎天天聽到和看到歌唱的文藝節目，連過去那些唱通俗歌曲的歌手也也變這法子將那些「革命歌曲」唱出了搖滾味。不過，在那些歌唱演員中，年輕的軍旅歌手可謂風光無比了，無論是舞臺造型、道具還是排場可謂氣勢磅礡，加之一身帶有大校或是少將軍銜的軍裝，音樂一響起，這風光勁又有誰能匹比。不過人們也知道一些，能夠這樣地風光顯赫，她們有著神祕的後臺。這些對於市民來說都無關緊要，只要在公安機關的嚴打下，社會治安有所改善，人們就會感到心滿意足了，況且，市委書記還向市民許諾，還市民一個社會秩序好，孩子有書讀，病人有醫治的美好明天。

柏遷書記本身就有著革命的紅色血統，他對父輩的賦有傳奇般的革命歷程充滿了敬仰之情，同時也對建國後那種充滿著暴力式鎮壓運動滿懷激情，當然，他自己平時也喜歡唱些革命歌曲，他甚至感到自己的嗓音渾厚，特別適合唱那些革命歌曲，不過，他從小到大，也沒唱過其他的什麼歌，除了年輕時唱過的那些來之前蘇聯的歌曲。他喜歡哪種沉浸在哪種高歌嘹亮的氣氛之中，當然是以他為中心，大家手持小國旗，一起邊唱邊揮舞，每當此時，柏遷書記總會感到他似一名將軍，雖然不是指揮衝鋒陷陣，卻也能使萬眾一心。就連在他參加他父親的追悼會後，一走出會場，他就帶頭唱起了《國際歌》。還有那次他心血來潮去一所市監獄視察，監獄裡的犯人也不例外，他們被結合到一個空地上，烏壓壓一地的服刑人員，在典獄長的帶領下，一起唱起了《我們是共產主義接班人》的歌曲，那歌聲更是響徹雲霄。

在整個的打黑運動中，身為公安局長的李軍可謂和市委書記的身影形影不離，可是他們萬萬沒有想到，就在全市的打黑運動如荼如火之際，他們分別包養的倆個女人，在一次聯誼會之中，由於她倆在酒後的失態言語之後，竟惹下了殺身之禍。那位李局長的情人，一個商界的女名人，早已投入了公安局長的懷抱，從此她在商界呼風喚雨。另一位是書記的情人，她先前只是一個普通的文藝女兵，自從跟了柏書記之後，她的軍銜變成了少將，還經常有機會出國演出，風頭無人可比。那次這兩個都要強的女人都喝酒喝過了頭，隨後就就彼此鬥起嘴來。

「要說我的男人，正統的『紅二代』，將來還要到中央做領導，你的男人，其實只是我男人的一個馬仔而已。」女將軍譏諷地說道。

「我的男人雖然官沒有你的男人做得大，可他濃眉大眼，又常常刮鬍子，可你的男人，要眉毛沒眉毛，又不長鬍子，倒像個太監。」帶著醉意的女商人也不示弱。

「什麼，你敢罵我的男人是太監，我會讓你的男人死無葬身之地。」女將軍大怒，摔杯而去。

「你的男人是個太監，哈哈哈哈……」女商人醉笑道。

在旁的幾個工作人員此時都啞然失色，他們不知道她們之間為何爭吵，不過他們感覺到，女商人會若下大禍的。

這女將軍自從跟上了市委書記以後，無論是軍界、文藝界還是商界，哪個不買她地帳，別人見了她，討好巴結都來不及，那有敢頂撞她的，更何況還敢這樣侮辱她的男人，當今的市委書記和未來的政治明星。事後，女商人也感到酒後失言，生怕女將軍一告狀，她男人的地位不保，自己將來的商業利益也會大受影響。於是她主動向女將軍賠不是。

「大家姐妹一場，請將軍不要計較我酒後的胡言亂語。」女商人在電話裡賠罪道。

「怎麼，服輸了？害怕了？生意場上的人我見到多了，哪個不是削尖了腦門侍候我們軍界和政界的，你如果沖著自己有幾個錢，就不把我放在眼裡也就罷了，連柏書記你也敢罵，看來你真是活膩了。」女將軍怒氣未消。

「我心裡也是很敬仰柏書記的，在他的帶領下，我們的城市正在發生前所未有的變化，而且，將來還要領導全國人們一起搞建設，我們很快就會等到那一天的來到。」女商人說著，希望對方聽了能消消氣。

「少來這一套，常言道，酒後現真言，你就等著為你的男人收屍吧。」女將軍不依不饒。

女商人自知事態靠自己已難以收拾，不得不向自己的男人說了真相。李局長聽後大驚失色，知道她闖下了大禍，連連歎道：「這下完了，這下完了。」見她的男人如此恐慌，她不得不寬慰他道：「最多你也不要做這個官了，我們一起自己搞搞生意，一樣可以過的不錯。」

「你不懂啊，柏遷這個人，表面上看起來挺豪情仗義的，可他骨子裡雞腸鼠肚，睚眥必報，對於得罪過他的人，都是至於死地而後快啊。」李軍深感大事不妙。

「都是我不好，闖下了大禍，那現在我們該怎麼辦？」女商人不安地問道。

「過幾天他兒子要過生日，弄一輛名貴的跑車送給他兒子，順便讓這孩子為我們求求情？」李軍無奈的說道。

「那樣有用嗎，一輛名貴的跑車要花五六百萬呢。」女商人有點心疼。

「現在只有死馬當活馬醫了，如果他想除掉我，我也讓他不得好死，我手裡有些他老婆殺人滅口的證據，還有他指使手下的人迫害異己人士並活摘人體器官和販賣屍體等罪狀，你把這些東西保管好，一旦他對我動手，你就把這些資料在海外媒體公佈，到時來個魚死網破。」李局長信誓旦旦的說道。

就像李軍預料的那樣，雖然他們事後做了種種努力，一切還是無濟於事。眼下，上任不久的司法部長李軍已被逮捕。為了羅列他的罪證，公安人員開始審訊女商人。開始，從她的口中什麼問題也審不出來，為了儘快取得有價值的犯罪證據，審訊人員開始了針對她的心理戰。

「你只要澈底交代出他的問題，你才會有出路啊。」一個審訊人員說道。

「我真的沒有什麼好交代的，我是個做生意的，他是個當官的，大家就是關係比較好而已。」女商人道。

「看來你是不想配合我們的工作了，你和他混了這麼些年，會不知道他的那些底細？」另一個審訊人員說道。

「那麼你們到底要我說些什麼呢，說他收受賄賂，貪污腐化，還是謀財害命，他可是人們心目中的『打黑』英雄，是你們柏書記的紅人啊，也是你們過去的領導，不是嗎？」女商人說道。

「誰讓你說這些廢話了，老實告訴你，只要是你進來了，你想交代也得交代，不想交代也得交代，就是死在這裡，最多也是『畏罪自殺』，到時，我們照樣可以得到我們所需要的材料。」審訊人員大聲說道。

「不就是得罪了那個人嗎，要關關我好了，和李軍無關。我一人做事一人當。」女商人哭了起來。

「你還挺講義氣的，嗨，可惜啊，那姓李的可從來沒把你當一回事啊，你以為他真的會娶你，利用你斂財罷了，老實告訴你，他在外面還包養著其他女人呢。」審訊的開始了誘供。

「其他女人，哪個女人？我不相信，要不是出了這件事，我和他就快結婚了。」女商人繼續哭泣道。

「這樣吧，我們做個交易，我們拿出他在外面胡搞的證據給你看，你把他貪污受賄的事實交代出來，這樣總可以了吧。」審訊的說著，他們對看了一眼。

很快，他們就通過技術手段，把男女廝混的照片通過移花接木，換上了李軍的頭像。當審訊人員把這樣一疊照片向女商人展示時，她的情緒崩潰了，她以為李軍一直在玩弄她，她一口氣道出了許多有關李軍收受賄賂的事件。有了這些第一手資料，李軍很快就被法院判了死刑。

後來，女商人得知那些照片來歷的真相後，她後悔不已，她陷入了深深的自責之中，她決心要為他的男人報仇。大約在李軍被處決的一年後，柏遷正躊躇滿志地準備接任上一屆中央政治局常委時，由於他參與的一起政變陰謀被洩露，他遭到了政敵的無情打擊，女商人提供有關他的種種醜聞也因此被曝光，他的仕途就此終結，最後也被判刑入獄。那個曾風光無限的女將軍，更是像人間蒸發了一般，是死是活，沒有人知道她的下落……

牆上的拱窗

在郊外的香山公園裡，在公園裡的一個僻靜處，那裡有個長廊，長廊的前方入是一座牆，牆上有個圓形的門，門旁的左右各有一個拱窗。從拱窗內向外眺望，可以看到幾座山丘，山丘上叢生著雜亂的荒草。早春的時節，這裡還是一片冬天的景象，錢樹理老人堅持要到這裡來看一下，在傭人的攙扶下，他終於來到了這個被歲月侵蝕的門牆前。也許在他心裡明白，自己的身體已經越來越不行了，再不過來看一眼，這輩子就可能再也沒有機會了。老人對這裡有著非同尋常的情感，在他的妻子去世前，除非是異地分離的歲月，他們幾乎每年都雙雙來到這裡，站在牆後的拱窗裡，一起合影留念。隨著歲月的流逝，影中人也在慢慢地變老。自從妻子去世後，他就再也不敢獨自前來了。

他的妻子毛惠芬生前是劇團裡的一名二胡獨奏演員，在她年輕的時候，她就經常一個人在牆後的長廊邊練習二胡。他是劇團裡的一名編劇，知道毛惠芬經常獨自在那兒練琴，就時常去看她。他最喜歡聽她拉那首《江河水》，雖然曲調令人感到悲切，可他百聽不厭。同樣的一首曲子，別人演奏起來，就沒有了那種人世間極致悲戚的味道。這與其說是一種技巧，不如說是一種悟性，是教不出來也學不會的，他不明白，一個看上去略帶憨態的純情少女，是怎麼能把這首曲子演奏到如此淒美的境界每次他來到這裡，他就總是先默默地在遠處站一會，等到她自己休息的時候，他才會興沖沖迎上去。每次她見他到了，她就放下二胡，和他一起在幽靜古樸的長廊裡散步。那時他們都才二十多歲，記得那年正是桃花綻放的季節，他們在花叢中徜徉，此時，盛開的桃花襯托著她那紅彤彤的臉堂，這景致使他不由地吟誦起唐朝詩人崔護的那首詩：

去年今日此門中，人面桃花相映紅。
人面不知何處去，桃花依舊笑春風。

隨著她的演出越來越受到觀眾的喜愛，錢樹理著急了，他怕自己配不上她。兩人交往的開始是毛惠芬主動的，她覺得他長得高大、帥氣，不過他並不合群，在劇團裡老是一個人躲著別人，有時晚上劇團的人員排練休息時，他時常一個人爬到屋頂上，獨自看著天上的星星。誰也沒有注意到這些，毛惠芬那次忽然發現了在屋頂上的他，她覺得很驚訝，就也爬了上去，坐到了他的身邊。

「我正找你呢，你一個人在這裡幹什麼？」她關切地問道。

「沒幹什麼，我就喜歡一個人這樣坐著。」他平靜地回答她。

「你不會有什麼事想不開吧？」

「沒有，就是不喜歡在休息時和別人一起吵吵鬧鬧。」

「大家都是同事，熱鬧一點不好嗎？」

「你也不是一樣，總喜歡在僻靜處練琴。」

……

從此，只要在休息時看不到他的人影，她就會爬上屋頂在星月下和他一起聊天。後來，他們彼此就有了那種戀人的感覺。每次她外出練琴時，他就會不由自主地去她練琴的地方找她。由於毛惠芬天資聰穎又刻苦練習，她的演奏水準也慢慢地突穎而出，喜愛她的觀眾也越來越多。不久，毛惠芬已經是劇團裡的臺柱子，在錢樹理的內心充滿了一種焦慮感。他感到在今後的人生道路上，自己只能是她的綠葉，雖然也有一種另類的自豪感，可他擔心別人會因此小看他，而且他意識到，即便是和她結成了夫妻，自己不僅要和外面的人比事業的成就，同時在自己的家裡，也會是一個比賽的舞臺，他的內心會感到一絲絲的不安，他心裡也不斷鼓勵自己，要更加勤奮向上。

一場突如其來的政治運動，使得毛惠芬不得不暫時終止她的藝術生涯，她和那些被要求進行思想改造的文藝工作者一起下放去了農村，進行勞動改造。她感到措手不及，又擔心自己的藝術生涯，在痛苦與彷徨中，不得不離開劇團，和親人分離。那時他們才剛剛結婚兩年，平靜的生活一下子就這樣被打破了，告別了孩子和丈夫，她帶著一把心愛的二胡，去了遙遠的邊塞，也不知何時是歸期。

他總是一個人默默地來到郊外的香山公園裡，來到他們相愛的地方，在他的耳邊，不斷迴響起《二泉映月》的旋律，他總能看見她從前的身影，因為交通不便，加上工作原因，這一分離，他們已經三年沒有見面了，只是在夢裡，他和她常常相會，只有她那動聽的樂曲聲，似乎天天伴隨在他的耳邊。每次佇立在牆邊，他就在心裡默詠著晚唐詩人李商隱的那首詩：

相見時難別也難，東風無力百花殘。
春蠶到死絲方盡，蠟炬成灰淚始幹。
曉鏡但愁雲鬢改，夜吟應覺月光寒。
蓬山此去無多路，青鳥殷勤為探看。

吟到此時，他總是制不住的淚流兩行。他似乎習慣了這個樣子，每每腦海裡想起了那首她常拉的二胡曲，回想起從前的時光，就會這樣獨自地傷心一陣。擦乾了淚水，他就依依不捨地離開了。生活的孤伶使他早生花發，他不知道她會不會也會如此，他想如果她發現了他的這種變化，她又會有怎樣的感慨。他相信她總有一天會回來的，可是他等待了一年又一年，香山公園裡的桃花開了又謝了，到了來年，桃花又盛開了，只是他們夫妻還是不知道何時可以團聚。為了填補心中的空虛與無奈，他時常一個人在家詠讀唐詩，和古人一起分享人生的悲歡離合之情。就這樣，兒子也伴隨著他一天天地在長大。到了兒子四歲的時候，那年初冬的時候，他的妻子終於接到調令，她可以返回故里了，並可以繼續擔任劇團裡的二胡獨奏演員。

毛惠芬得到調令喜出望外，心中的愁雲一掃而空。她可以回到故鄉了，可以和丈夫和兒子團聚了，更可以和同事們一起排練和演出了。這些年來，她無時無刻不在思念自己的親人和夢想著重返舞臺。在勞動改造的歲月裡，她始終沒有放棄過練琴，經歷了這些年的磨難，她的琴聲早已不再青澀，悲憫中多了幾分深沉。她的心情就如同古時候被放逐的詩人，有一天終於得到朝廷的召喚，心裡充滿了喜悅與期盼。

一家人終於可以團聚了，更令她高興的是已經幾乎癱瘓的劇團又重組了起來，她的丈夫也上任了劇團的領導。隨著經濟形勢的發展，國力也在逐年不斷地提高，國學熱也再次興起，同樣民樂也越來越受到人們的青睞。毛惠芬的名氣也漸漸增大，更有了許多出國的演出的機會。二胡登上大雅之堂是經過了幾代藝人的不懈努力，這樂器本來是窮人在四處流浪用來討飯時的道具，音色淒苦、悲戚，像瞎子阿炳所創作的《二泉映月》，只要一開弓就令人感到淒苦無比。這用來表示人世間苦難的音樂，在登入了金碧輝煌的維也納音樂大廳之後，全世界的觀眾都為之傾倒。

在經歷了十年輝煌的藝術生涯後，就在她漸漸進入藝術巔峰之際，不幸卻再次降臨。在她身上的一顆黑痣，竟然病變成癌症。當錢樹理得知她妻子患上癌症時，他頓時一陣五雷轟頂，他簡直不敢相信這是真的，他感到人生經歷了許許多多的磨難，自己也已經到了知「天命」的年歲，他本打算再過幾年，等他的妻子告別了舞臺，他們就可以過上比較輕鬆的生活了。現在他感到異常的痛苦，這種飛來的橫禍幾乎令他感到精神崩潰。他急速地為她安排好了醫院，他把他的妻子直接從排演大廳送入了醫院。

病房住的都是癌症病人，很快毛惠芬就被推上了手術臺。為了防止癌細胞的擴散，她不得不接受令人折磨的放射治療。在做了一個療程之後，她就堅持要離開醫院。她感到，只要住在醫院裡，自己就是一個病人，而且，患上這種絕症的病人，又有幾個最後能康復出院的呢？在她的心裡，有一種求生的願望在召喚著她，她生來喜歡重山峻嶺的景致，她想她應該回到那裡去，就是死也要靜靜地躺在叢林之中。她的丈夫很無奈，他想就滿足她生前最後的願望吧。他帶著患病的妻子，離開了城市，去了風景宜人的山川叢林之地。

由於體力不支，她就又發起了高燒病倒了，很快她的神智也開始變得模糊起來。林子裡清脆的鳥鳴聲似乎聽起來也越來越弱，漸漸地她感到什麼也聽不見了。在她的眼前，呈現出一陣藍藍的霧，她感到自己的身體就要漂浮起來，此時，她的丈夫在拚命地叫喚她，過了一陣，她感到自己的身體又沉了下來，她聽見了丈夫的聲音，她感到欣慰，是丈夫的呼叫聲把她從死神那里拉了回來。

可是不久，她的胃口卻奇怪地好了起來，看上去她的精神也有了一些好了。

「我不會死的，我還有很多的事需要去做。」她對著丈夫說道。

「是的。」他含著淚水微笑道：「兒子和我都離不開你，我們不能沒有你，你一定要堅強地活下去。等你的病康復了之後，我們還要去很多的地方遊玩。」

「盡力而為吧，上天成全了我成為一個演奏家的夢想，現在，我同樣把生命交給上天，任憑她的處置，就算上天把我招去了，我也死而無怨，只是放不下你和兒子，因為深愛，就更放不下了……」

「你已經變得好起來了，我感到你一定回好起來的。」

「是嗎，我也是這樣覺得，但願不是迴光返照。」

當毛惠芬精神好一些的時候，她就在民間采風，她想要收集當地的古老民歌，然後加工整理成最美的樂曲。她最愛的《江河水》，也是以前的藝人從民間的歌搖改變而來。漸漸地，她每天專心致志地沉侵在她採集來的民搖之中，如獲珍寶，她已經忘記了自己的病情，她感到一種意外的幸運，要是自己沒有得這個病，就不會來到這裡，就會和這些珍貴的民謠失之交臂，幸好被她發掘出來，她相信在這些民謠裡，一定有幾個可以改變成流傳百世的經典樂曲，當年阿炳的《二泉映月》，就是由民間采風而來。

她和丈夫在這幾乎是人煙罕至的地方一待就是幾個月，雖然每天都要外出搜集，回來又要整理加工和練琴二胡，可她總是處在一種亢奮的情緒之中，他時常擔心她的身體，他怕她突然會病倒，他心裡明白，得了這種病的人，在倒下之前，看上去總是可健康的人沒有什麼不同，既走得動又吃得下。可是一段時間下來，她的胃口越來越好，面色也開始紅潤起來，要不是醫生的診斷，他幾乎不敢相信她會得這樣的病。她本人由於總是忘情的工作，根本沒有理會自己還是一個病人。她停了所有醫生囑咐要她服用的藥，她自我感覺自己好像從來就沒有得過那種病。

他們整整在這深山老林裡生活了一年多，每個再次見到她的人都會感到驚奇。她的頭髮也濃密起來，她地氣色比平常人還好。他們不明白為什麼在她的身上會發生這樣的奇跡，而她的回答也叫人佩服。「我忘記了我得的什麼病。」是的，她真的忘記了自己的病，敞開心扉，把自己溶入到大自然中，專心致志的沉侵在音樂之中，遠離都市的嘈雜和煩惱，體內的荷爾蒙就會改變，病魔隨之而消亡。當她再次做病理檢查後，醫生吃驚地發現，她身上的癌細胞已經消失了，事實上，在她手術的同病房的幾個癌轉移患者，都先後離世了。上帝在毛惠芬身上，終於亮出了什麼是生命的底牌。

獲得了新生以後，她的人生開始了新的篇章。經歷了到農村的幾年的勞動改造和戰勝癌症病魔的過程，她對人生有了自己的領悟，她為自己有過這樣的經歷感到自豪，比她在贏得各種獎項更令她感到寶貴。此時在臺上表演的她，雖然她的體形已經不再像從前那樣苗條，有一種臃腫老邁的感覺，可是，她拉出的二胡曲已經沒有人能夠超越，她已經被公認為一代大師。

又一個春天來臨了，又到了桃花盛開的季節，他們又一起來到了香那個公園裡那座牆的拱窗前拍照留念。從青春時代到中年時代，拱窗的留影印記著：歲歲年年人不同，年年歲歲花相似的無奈人生。

藝術使人長青。在每個人感到自己在不斷的衰老時，藝術給人一種長青的生命力，她感到衰老並不可怕，甚至死亡也是如此，主要的是要做到死而無憾，她感到有一天即便是自己離開了人世間，可她演奏的音樂還會繼續的傳承下去，這樣的心態，使她戰勝了對死亡的某種恐懼。她感到很欣慰，她的名字和那些藝術大師一樣將成為不朽，她感到即便生命像莫札特和舒伯特那麼短暫，可他們留下的音樂作品是不朽的。在她現在的表演當中，一首悲哀的曲目表現出來的已不僅僅是把曲目表現得如何的悲傷了，而是在悲傷中的撫慰感，一種既悲又慈得感覺，是一種慈悲，有一種療傷的感覺，人們在音樂中感受到一種承受痛苦的力量。這是她在經歷了人生的煉獄後的精神昇華，也使她演奏的《江河水》作品達到了人生的崇高境界。那些青年演奏家演奏這個曲目時，往往整體沒有像唐詩那種起承轉合的韻味，而且某些音節的處理聽起來會有一種斷裂感。

一直到了她年近七十的時候，她依然從事著教學工作和活躍在舞臺上。突然又一天，當人們得知她因腦溢血突然病逝的消息，所有的人都為她感到悲痛，人們已經習慣有了她，有她出現在舞臺上的表演，她屬於這個時代的人們。人們開始不斷的紀念她，懷念她，不停地聆聽她演奏的曲目，每個人在內心世界都不願意離她而去。

錢樹理老人時常一個人呆呆地坐在家裡，看著牆上懸掛這的幾把胡琴，聽著她妻子生前演奏的各種曲子，默默地流著淚水。其實他早就知道這一天終將會來到，這是人生的一種無奈，也是人生必須面對的現實。可他天天活在悲傷的情緒的下，回憶這人生的往事，孤獨感和喪偶之痛使他無法面對每天的生活。他也明顯變得消瘦而且蒼老，也有好心人勸他再婚，這樣終究有個伴，常言道，少年夫妻老來伴。可別人並不知道他的內心感受，他已經把這種痛苦的懷戀情緒當作了對亡妻的一種祭奠，他知道他可以像別人一樣找個老伴消遣心中的苦悶和內心的孤獨，可是他的內心並不需要那樣的生活，寧可孤獨的死去，也要用心天天陪伴著自己的亡妻，這是他的一份執著，也是他的一種信念和慰籍。他時常一個人去香山公園裡裡那座他們以前留影的拱窗前，他一個人站在那裡，留著一個位置給他的亡妻，他會用心和她交談自己的離別之痛，而他常常能看見她的音容笑貌，每次他向她訴說自己內心的表白時，他似乎總能聆聽到她的回答，他不知道這是他通靈的本領還是自己的精神變得異常。為了證明她的存在，有一次他拿了一架相機準備自拍，自拍前他和她交流了一陣，他感到她就在自己的身邊，於是他按下了快門。雖然照片上再沒有出現她的身影，但他相信她就在自己的旁邊。每次，他一個人總是悻悻地離開那裡，心中默詠著唐代詩人元縝的悼亡詩：

曾經滄海難為水，除去巫山不是雲。
取次花叢懶回顧，半緣修道半緣君。

他感到女人就應該嫁給這樣的男人，這才算真正的夫妻情。就如當年他們只生一個孩子那樣，為了對孩子情感的專一，他們沒有再生第二個。現在孩子長年定居海外，早年他們撫養的那只小貓也離開了他們。只有現在照顧他的傭人，他也對她和她的家人都很好，因為毛惠芬在世時也和她無話不談。平時他一個人在家時，他是一個真正的孤獨老人，他一直很難從往事中走出來，他還是活在過去的歲月。他的一個朋友是一名虔誠的佛教徒，錢樹理從前是所謂的無神論者，開始只是出於解悶，他和朋友一起去聽法師講《無量壽經》，經中講述了西方極樂世界莊嚴與永恆，他開始變得驚喜和感激。在朋友的引導下，他拜見了法師。在宣讀了《華嚴經》後，傳授了皈依，從此，他踏上了學經的道路。

白毛女

一個女性被人殺害並被拋屍在了一條水溝旁，接到報案後，公安人員立即對案件展開了調查。死者，女，年齡，二十七歲，職業，歌舞劇演員，死因，被尖刀殺害。經法醫鑒定，死者死于失血過多休克死亡，死後被拋屍，體內已有三個月的身孕。是誰會去殺害一名歌舞劇演員呢？而且還懷有身孕，一刀同時奪取了兩條性命。於是，警方從她的社會關係入手，進行了排查工作。

女演員名叫竺小蘭，畢業於某舞蹈學校歌舞系。由於從小對歌劇的熱愛，加之姣好的體型和聰慧的天賦，竺小蘭在校期間就脫穎而出，在畢業匯演時擔任歌舞劇《白毛女》主演，而且一舉成功。畢業後她在一所舞蹈學校擔任老師，除了偶爾會出現在電視臺上，她的生活趨於平靜。一個《白毛女》的歌舞劇並沒有帶給她人生太大的變化，畢竟，時代不同了，她的唱腔雖然優美飽滿，可她無法像前輩那樣帶著階級感情去演唱，那時候台下的觀眾同樣是帶著階級感情去觀賞的，他們會對貧苦出身的喜兒的遭遇充滿了同情，對地主黃世仁充滿了階級的仇恨。不過，歌舞劇《白毛女》還是作為經典的保留劇目，在特別的文藝節目裡會出現在電視節目裡。

恨似高山仇似海

路斷星滅我等待

冤魂不散我人不死
雷暴雨翻天我又來

閃電那快撕開黑雲頭
響雷啊你劈開天河口
你可知道我有千重恨
你可記得我有萬重仇
山洞裡苦熬三年整
我受苦受罪白了頭

我吃的是樹上的野果
廟裡的供獻
苦撐苦熬天天盼老天爺睜眼
我要報仇

我是叫你們糟蹋的喜兒
我是人
大河的流水你要記起

我的冤仇要你作證
喜兒怎麼變成這模樣
為什麼問你你你你你你不做聲
難道是霹雷閃電你發了抖
難道你耳聾眼瞎找不見我人影
我我我我我我渾身發了白
為什麼把人逼成鬼
問天問地都不應

好我就說鬼
我是屈死的鬼
我是冤死的鬼
我是不死的鬼

竺小蘭的唱腔裡並沒有那種所謂的階級仇恨，她只是根據劇情的需要，隨著那熟悉的曲調演繹出詩朗誦般的情懷，這使得坐在輪椅上的頭髮花白的于導演深感不安，他曾經是一名著名演員，他演的戲在今天的人們看來多少有點荒誕和可笑，可于導演的情感還沉浸在那個時代裡不可自拔，他喜歡從前的紅色年代，那充滿了革命和鬥爭情懷的年代，同樣，《白毛女》這齣戲就誕生在那個年代。于導演的演技和名氣在那個年代也算是屈指可數的，慢慢的，隨著紅色的歲月消退了，自然，他所演過的那些曾經是驚天動地的角色再也沒有什麼正面人物的光輝形象了，人們早已被各種各樣的流行歌會所浸沒。他感到這個時代只有轟轟烈烈的股民，裝腔作勢的演藝界作秀，再也沒有那種豪情壯志的情懷了，不過，只有在排演那些被上了些年紀的人稱作經典的曲目時，于導演彷彿又回到了那個令他難忘的美好時光。他明白，竺小蘭再也演不出他所期望的那個喜兒了。

事實也是如此，由於生計所迫，年近三十歲的她還是單身，她對愛情雖然有著炙熱的渴望，身為歌劇演員，比起《白毛女》這樣的劇目，她更嚮往去演《茶花女》和《魂斷藍橋》這樣的經典劇目，在表演時，她可以用真情去演繹，有時因為入戲過深，等臺上的戲落幕了，她還在後臺獨自抽泣，那淒婉的歌曲依然回蕩在她的心間。

真奇妙！真奇妙！
他那些話，竟銘記在我心！

真情會帶給我不幸嗎？
你覺得怎麼樣，噢，我困惑的心靈？
從來沒有人點燃這種快樂的火焰，
我從來不知去愛一個人或者被愛！
我能抗拒這種愛情，

以便過迷亂貪樂的日子嗎？

啊，難道他就是我心中的人兒，
佇立在群眾之中，
好多次以捉摸不定，又
神祕的色彩讓我心動的？

這個人，那麼的注視著我卻又不敢靠近，
他常常探望我的病
把發燒的我
轉向愛情的狂熱！

那愛情，
宇宙的脈動，
神祕的，得不到的，
讓我心裡又苦惱又歡樂。

當我還是小女孩時，我天真

又膽小的想像
將來遇到的男士
會是多麼紳士的男人，
我想如果我能看到他的臉
在光線的惡作劇下，
我會覺得被呵護。

聽到那愛情，
宇宙的脈動，
神祕的，得不到的，
讓我心裡又苦惱又歡樂。

她本來以為自己的自身條件無論從哪方面講都還是不錯的，她一直等待自己的白馬王子的出現，可事實上令她感到心儀的男人往往是事業有成的中年男人，在有意無意交往了一段時間後，雖然對方早有家室，可時間久了，便產生了信賴和依賴，當然最主要的是一方面因為是地下情，她的生活相對自由自在，經濟上自然也有了保障。對於這樣的生活狀態，以前她也無所謂，各取所需，可是她明白自己的姿色在慢慢消退，這種情人般的關係對於雙方都是難以維持的。他也許會另結新歡，這是男人的本性，沒有必要去大吵大鬧，生活還是要靠自己，平時的財富累積是為了將來生活的儲備。她同樣和追逐她的年輕男人交往，這種交往既充滿了對未來生活的憧憬，同時也令她感到心煩意亂，因為她的對象雖然可以成為結婚的對象，卻沒有能力養家糊口，更不用說讓她過上幸福輕鬆的生活了。她對自己生活中這樣的角色感到迷惘和不安，一方面，她要應酬能夠給養她的男人，另一方面，她要和她的結婚對象躲躲閃閃。

張大春對自己的未婚妻的這種行為早已心生不滿了，他總是懷疑自己的未婚妻瞞著自己和外面的男人交往，可能是她以前就認識的男人，劇團裡並沒有什麼演出的任務，可她總是有錢花，還能買奢侈品，他明白自己沒有這個能力，他想放任她，可心裡又總是會產生怨恨，尤其是在晚上她總會去偷偷摸摸地接聽電話。他也總想發現些什麼，然後可以對她加以指責，並讓她放棄外面和別人的交往，一心一意地和自己過。可竺小蘭明白自己雖然想和這個男人成家，可他根本沒有這個成家的條件，自己會選擇他，也許屬於天意。當初認識他時，看他的長相還過得去，更令她吃驚的是他的名字竟然叫張大春，和她在《白毛女》中扮演喜兒的對象王大春的取名一樣，她相信那是天意，只是在戲裡，她和地主黃世仁苦大仇深，等待大春回來報仇；在生活中，如果自己是喜兒，那麼，畢竟時代不同了，她要被黃世仁包養，累積財富去救濟自己心愛的大春。

經過警方的極力偵破，犯罪嫌疑人張大春很快就被捕了，在審訊過程中，張大春交代了自己的犯罪事實。張大春身穿囚衣，坐在審訊室的椅子上，痛苦不堪地回憶起他和竺小蘭之間的交往和他殺害她的經過。

「是我殺死了她，我現在真的不明白我自己怎麼會把她殺死，她已經懷孕了，懷的是我的孩子，那時我彷彿被一個魔鬼所控制住，我當時腦子裡一片空白，我在她的身上用力猛紮了數刀，然後她就被我殺死了……」張大春哭泣道。

「那你當時到底是為和要置她於死地，對她有著什麼樣的仇恨？」

「說起來也只是因為愛的緣故，其實我們已經在準備婚事了，那天她突然說要買一輛豪車給我，我聽了並沒有太多的高興，而是心裡想著她到底哪來的那麼多錢？是的，我老是懷疑她在外面有別的男人，她老是躲著我接電話，有時晚上已經很晚了，照樣有人給她打電話，她就會跑到衛生間，偷偷摸摸的和別人交談。有幾次我乘她不注意時翻看她的電話資訊，可裡面全是空的，她每次都會把發送和受到的資訊清除掉。我好幾在她接電話時想搶她的電話，為了這件事我們爭吵過好幾次。回來她還是那樣總要背著我接聽電話，有一次我在家裡正在準備晚飯，可她接了一個電話之後就開始化妝，然後就出門了。那次，我就在她後面跟蹤她，我跟了一段時間後，發現她進入了一家酒樓，於是我就在外面等候，我一直等了三四個小時，終於看見她出來了，她走路動歪西倒，在她身邊有好幾個年輕女人和幾個中年男子，我看到她這種情形，就衝上前去一把扶住了她，從此有個男人看見了，就朝我走上來，藉著酒勁想打我，從此，她好像一下子清醒了過來，又向那個男人解釋道，說我是她的男朋友，那男人聽了好像很失望，就這樣，我把她帶回了家。可是到了家裡，她就和我大吵了一架，她怪我跟蹤她，而我發現她外面有別的男人，就又動手打了她，隨後她就出走了，罵了我一聲『窮鬼』，還說我害了她。」

「既然這樣，為什麼不好好談談，不能相處就分手嘛。」

「做不到，我很愛她，再說我們已經準備結婚了，我想讓她和別的男人斷絕來往，和我好好地過日子，她也同意，可就是沒有改變。」

「是不是外面的那個男人給她錢花，所以她不想斷了自己的財路。」

「她在舞臺上演《白毛女》的角色，她痛恨地主黃世仁，她渴望王大春早日回來，可在生活中，她演的角色和她正相反，我也叫大春，可她的心裡，從來就沒有把我當回事。那晚還是吵架，她說要分手，並且整理起自己的衣物，我先是勸她，後來我也火了，問她是不是又要去找別的男人，她說她就是要去找又怎麼樣，我當時頭腦一片空白，拿起尖刀就向她猛刺，她很快就倒在了我的懷了，不一會兒就沒氣了。」

「你當時不想對她施救嗎？」

「我見她好像沒氣了，就感到非常恐慌，我想殺了人，自己也死定了，一切都無可挽救了，但我馬上就想到了拋屍，於是，我就去衛生間洗手，可鏡子裡出現的是她的影子，打開水龍頭流出來的全是血，我又急忙又到樓下去買一個大的旅行箱，我提著箱子往回趕，心想，在家裡等著我的只是她的一具屍體，要是她還沒有死該有多好，她可以繼續演出，我們會有一個家，可是，一切都太晚了，我感到非常害怕，我想逃跑，可我還是回到房間裡，再次面對她的屍體，我感到自己此時已經變成了一個魔鬼，和死屍打交道的魔鬼，我不得已把她帶血的屍體捲縮起來，向裝行李那樣把她裝了進去，我想抱著那個行李箱一起去跳河，終於，行李箱拋下了河，自己卻逃離了。」

「面對自己的衝動所犯下的罪，那你現在想對自己的父母和她的父母說些什麼？」

「我對不起自己的父母，不能回報他們的養育之恩，我也對不起她的父母，如果能出去，願做他們的兒子來補償他們，可我知道我現在什麼機會都沒有了……」張大春哭述道。

案子終於結了，王大春因犯故意殺人罪一審被判死刑。雙方的親人將永遠生活在痛苦的深淵之中，只有偶爾人們還會在電視螢幕上，看到竺小蘭深情演唱的片段……

還俗

羅漢一直相信，改變人生是要靠機緣的。他總是穿著一身灰色制服，手持一把大掃把，在新陽大街的肯德基餐店外，每天都可以見到他掃地的身影。他的表情看起來總是若有所思，有時他手持掃把，直愣愣站在一邊發呆。沒有人知道他在想什麼，可他卻在思考自己的人生。他已結婚生子了，他整天想著自己應該有更好的前途，可他又不知道自己的前途在哪裡。雖然他學歷不高，也沒有什麼其他的謀生技能，可是當他看見有人開著一輛豪車，帶著漂亮的妻子和孩子去肯德基店裡時，他的內心就會不平靜起來，心中的感慨猶如二千多年前，一個叫劉邦的種田漢子，當他看見浩浩蕩蕩的天子車馬隊伍經過時，便不由的從內心感歎道：「大丈夫就應該如此啊！」可他現在的狀況是每天辛勞的工作，一天的收入還不夠在肯德基店裡吃一個套餐。他和妻子倆人的每月收入除了吃穿和交一個小小的出租屋的租金外，就所剩無幾了，他知道將來孩子還要讀書，生病時的醫療費，和自己退休後的生活費，這些都要靠平時的積蓄。他只有在自己做夢時才在肯德基的店裡大吃大喝過。就這樣，羅漢很不甘心地在這條街上掃了整整六年的地，直到有一次，他看見一個僧侶模樣的人進入肯德基店裡，然後他從窗外看到那出家人獨自趴在桌上狼吞虎嚥的身影後，他才恍悟到，原來自己這樣辛苦賣體力，還不如一個出家的和尚過得體面。

他躺在雜亂擁擠的出租屋裡，腦子裡不斷出現那個和尚的身影。「他媽的，做個和尚也能風光。」他整天腦子裡翻江倒海，接著就感到渾身無力病倒在了床頭上，又時常目光呆滯，一動不動地看著自家的天花板上。他老婆看到羅漢的樣子，心裡也不免擔憂起來，不知道自己的老公因為什麼事，使他受了這樣的刺激。

「你是怎麼了，老公？」他老婆擔憂地問道。

「你嫁給我時，我答應買一條金項鍊給你，可到現在我還沒有給你買。」他感到一種內疚。

「要拿玩藝幹嘛，你買給我，我也不會去戴。」舊事重提，她感到有點意外。

「你就是想要，我也買不起，我是欠你的，跟著我，委屈你了。」

「我也不貪圖什麼，多掙一點錢，將來孩子的日子過得好一些就可以了。」她平靜地說著。

「我明天去單位結了工資，就辭職不幹了。」他說道。

「你這是要幹什麼？」她驚訝地問道。

「我今年已經三十六歲了，窮則思變，變則通，通則靈。國家是這樣，個人也是如此。」他堅定地說道。

「那你想幹什麼？」她知道他喜歡讀點書，可並不瞭解他到底在想些什麼，只是時常會獨自發愣。

「我準備出家做和尚，我想那是一條出路。」他又道。

她聽了簡直不敢相信自己的耳朵，於是，羅漢為她分析了當今天下的形勢，說明他辭去現在工作的原因，和去做一個和尚的種種理由。他的女人從開始的似信非信，慢慢覺得自己的男人所說的也有一定的道理。他告訴她，給他一點時間，再熬幾年，他們的生活就會徹底改變，再說了，就是自己以後一事無成，自己努力過了，也就不再折騰了，回來再心甘情願地掃一輩子的地也不後悔。幾天以後，羅漢帶著幾千元錢，告別了妻兒，他的內心不安但懷著對自己未來的憧憬，去了他事先打聽到的在千里之外一個景區裡的一家寺廟。

在長途跋涉的路途中，本來還有點憂心忡忡的羅漢不料看到別的出家人也在路途中，好像比自己先行了一步，他生怕自己醒悟得太遲，那些個機會都被別人搶了先機。於是，他暗自打量著那些僧人，心裡想著一定要儘快追趕上別人。當羅漢終於來到了目的地，便戰戰兢兢地向一個廟裡的小和尚說明了來意，那小和尚也不好做主，就把他帶到了一個主持那裡。

「叫什麼名字？」主持見了他，便隨口地問了一下，又想著快快地打發掉這個不速之客。

「羅漢。」他小心翼翼地回答道。

「什麼？」主持感到有點意外。

「羅漢，十八羅漢的羅漢。」他沉著地回答道。

「這是你的真名嗎？」主持問道。

「是的，我有身分證。」他感到機會來了。

「證件又有什麼用，現在是高科技時代，要隨便弄個什麼證件還不容易。我要看到你的誠心如何，如今想到這裡來混飯吃的人不少，這裡又不是混飯吃的地方，為什麼要到這裡來，是生意失敗了，還是夫妻不和了，或是遇到了什麼不順心的事，就想到了出家？」主持向他發問道。

「不順心的事經常有，可出家是我的本意，如果這輩子通過修煉，來世能夠像自己的名字一樣，修成一個羅漢，就算是我的大福報了。」他回答得振振有詞。

「阿彌陀佛，看你心誠，就允許你暫住此地，是去是留，日後再定。」主持最後松了口。

第二天清晨醒來，有個和尚就帶著他一起打掃起寺院，羅漢一拿過掃把，輕鬆自如地掃起了地，就連那個經常打掃衛生的和尚，也沒有他掃地掃得那麼乾淨俐落。從此，每天上午誦經後，羅漢就開始打雜，而其他的和尚也是各忙各的。有的在門口銷售門票，有的賣香，有的為客人撞鐘，還有的為客人篆刻名字和解簽等等。只要肯花錢，寺廟裡還提供各種規格的服務，什麼燒頭香、敲頭鐘、辦道場等。主持每天也會拿出他的功德簿，讓來客簽名，還要為簽名者祈福消災，隨後就要捐功德錢，多少隨意，三、六、九都行，就是三百元、六百元、九百元，三千元、六千元、九千元，隨客人挑選。

羅漢看在眼裡，心裡暗自嘀咕著，原來寺裡盈利這麼容易，香客隨便請一炷香，花費就超過了自己過去辛辛苦苦掃一個月馬路的收入。他想自己是來對了地方，每當看見主持忙著數錢，他心裡就暗下決心，自己將來一定要坐上主持的位置。好不容易熬到了發工錢的那天，他數了又數，足足是他掃地時工資的一倍，而且這裡還管吃管住。他感到自己終於走出了一條人生的光明大道，他想好了，等自己有了工作經驗，就去另謀高就。僅僅是半年以後，羅漢就耐不住性子，去了另一家寺廟，才幾個月功夫，就當上了執事，收入又翻番。又過了兩年，正逢原主持退休，羅漢接任，從此，他的月收入過萬。

整整三年的時間沒有回家了，現在是他「榮歸故里」的時候了。他脫去了僧袍，他的身形也有了明顯的變化。以前無論是酷暑還是嚴冬，他要在街上堅持掃地，他的身形廋弱，看上去就是平時營養不良的樣子，現在，他的體形開始發福，而且膚色白潤。在歸途的火車上，眺望遠方，從前生活的艱辛又浮現在他的腦海裡，想到自己終於能夠風光體面的回家，心裡不斷吟詠其當年漢高祖《大風歌》裡的詩句：大風起兮塵飛揚，威加四海兮歸故里。

下了火車，羅漢就見到了久別重逢的妻兒。兒子長大了不少，妻子看起來也比以前精神多了，看見體形略微發胖的丈夫，妻子什麼話也說不出來，只會刷刷地流著眼淚，這淚水有分離的愁苦，卻也有看到眼前丈夫的變化而產生的不安。他們一起回到了一間小屋，這裡比起從前又暗又潮濕的房間強多了，不過他馬上告訴妻子，他們要搬去一套更好的房子住，還要給她買首飾，要給孩子買最好玩的玩具。

「可是做個出家人，怎麼也能發財？」他的妻子不解地問道。

「不是說做個出家人就可以發達，要不然人人都去做和尚了，關鍵是你要做個什麼樣的和尚，是個只會敲鐘念經的呆和尚，還是能就地取材，靠山吃山，關鍵是你怎麼來經營這個買賣。以後我還要去承包新廟，然後為別人解解簽，指點迷津，這活很好使，別人願意出錢買忽悠，再做些像頭炷香的拍賣，敲頭鐘買賣，這白花花的銀子就會滾滾而來，你說如今這行當，想不發財也難。」

「我說你就是有本事，以前只是沒有找准機會，白白地讓你受了幾年的委屈，從今往後，我們一家就靠你這個頂樑柱了，不過就是有錢了，也要注意節省，不可大手大腳地花錢，更不可以在外花天酒地，以前你窮，我不嫌棄，可男人有了錢了，就會變壞，如果真的是這樣，我還不如過從前的窮日子。」

「人怎麼能夠永遠過窮日子，我在外面發了財，就是要讓你和孩子過上好日子，別人不敢再小看我們，我又哪裡是那種沾花惹草的男人，我還有許多的目標要實現，等我還俗以後，承包的寺廟裡，雇些主持和方丈，自己每天喝喝茶、泡泡澡，過得像神仙一樣逍遙，如果生意興榮，將來有機會還要開寺廟的連鎖店。」

第二天，羅漢帶著他的老婆和孩子，去了信陽街上的那家肯德基店，到了店裡，他希望能夠多碰到幾個他認識的人，可是，店員換了一批又一批，只有那個經理還在，他和經理打了招呼，看到羅漢如今發福的樣子，又聯想起他從前在店外掃地的模樣，不免有些驚訝地和他招呼起來。

「看來你是混出來了，有什麼機會也讓我跟著你發發財。」那經理說道。

「發財不敢，以後公司需要管理人才，可以和你做個同事，也算是一種緣分。」羅漢居高臨下地說道。

「今天的套餐，我請客，想吃多少儘管拿，嫂子千萬別客氣。」經理對著羅漢的老婆說道。

「謝謝了，謝謝了，還是花錢吃得香，你的情意我領了。」羅漢說道。

看著他們一家吃套餐的樣子，那經理在裡面悄悄地告訴了他的一個同事，那個帶著老婆和孩子的男人，三年前還在外面掃馬路，如今可是像個大老闆了。那同事看看羅漢和他的妻兒，感慨地歎道：「正是三十年河東，三十年河西啊，不知道自己這輩子有沒有發財的命。」

報復

胡游標此生最痛恨的人就是醫生，先是他出了工傷事故花盡了積蓄最終還是落下了性無能的殘疾，這還不算，那個就診的葉醫生，還霸佔了他的妻子，不僅如此，他還不得不在老婆的淫威之下，明明知道這生下來的孽種是他們通姦的產物，卻還要幫別人養孩子，這人世間男人最大的不幸與屈辱都要讓他來承受。

自己不能在性方面滿足妻子，她在外面有男人，他早就默認了。他曾經還鼓勵過她，有那種需要的話，可以到外面去滿足，孩子也可以去領養一個，他想這一切都是自己的原因，他一定要諒解自己的妻子汪小紅。他還是想有一個家，至少讓外面的人看起來他們有一個正常的家。不過他也明白，要是自己的性功能不再恢復，自己就是一個活太監，老婆也只能像過去的宮女一樣，和他配成一對「對食」。於是，他一面堅持康復訓練，一面忍受妻子的外遇行為。可他慢慢還是發現，妻子老往那家醫院跑，而且和那葉醫生常有資訊來往。

「我同意你外面可以有男人，可你為什麼要去他那裡？」他提出了抗議。

「找誰都一樣，有本事你就『硬起來』。」她的老婆抱怨道。

「那可不一樣，姓葉的這樣做是瀆職，是趁人之危，我要去告他。」他非常地氣憤。

「那我就嫁給他好了」。她也不依不饒。

胡游標左思右想，最後他還是選擇了忍受。當他發現了汪小紅突然開始嘔吐，他才意識到這像宮裡的「菜戶」也是做不成了，他有點不知所措，他想離婚算了，省的自己遭罪，這種精神上的折磨讓他無法繼續忍受。可是離婚以後，自己這個病怏怏身子，也不可能再去重組一家「菜戶」，而且這樣做也太便宜了那個姓葉的，就是把他告上法庭，他也不構成犯罪，非婚生子，只是屬於「道德範疇」。眼看自己的妻子肚子一天天地變大，有時他恨不得對著她的肚子狠狠地一拳，讓她和肚子裡的孽種一起死去，當然，這樣做看起來是解恨了，可自己也將在監獄裡度過餘生，而那個姓葉的確毫無損失，這樣做自己太不划算，是在用別人的錯誤懲罰自己。他忽然心中一亮，他想到了一個辦法，他要讓那個姓葉的去死，讓那個孽種去殺死他，而自己卻可以毫髮不損，到頭來，他們只是一場空歡喜，而且也讓姓葉的弄得家破人亡。他想好了這個計畫，他感到一種從來未有過的振奮。

他開始不再抱怨，她以為他接受了這個事實。他的老婆最終還是生下了那個孩子，一個胖胖白白的男孩。這下，汪小紅想，自己總算有了一個後代，管他是誰的種，反正是自己的親生兒子，她感到有點對不起自己的丈夫，畢竟他們必須共同撫養這個孩子。她心裡還是有點擔心，自己的丈夫會不會善待這個孩子，如果有一天她的丈夫突然恢復了性功能，那她要不要為他也生一個孩子，不過她想維持現狀是最好的，目前也只能走一步看一步。葉醫生當然心裡最高興，自己已經有了一個女兒，現在汪小紅又幫他生了一個兒子，真是兩全其美。看來只有胡游標最吃虧了，被人戴了綠帽子，還要幫人辛辛苦苦養孩子，將來孩子長大了，又要被人家認回去。不過他想好了，到了孩子長大成人了，他就可以去殺死那個姓葉的了。

孩子在搖籃裡哭鬧著，她越看孩子越像他爹，有時她還會把孩子抱出去去見那個姓葉的，於是，胡游標不得不對他的妻子說道：

「你可以和他繼續保持關係，但孩子最好不要帶去，等孩子懂事了，他的心裡會很混亂，你自己的形象也不好，將來孩子的心理健康肯定也有問題，我保證把他當自己的孩子撫養，但不要和孩子一起去見他。」

她本來就覺得自己很對不起胡游標，再想想他說得也有道理，她想她和自己的丈夫還有孩子才是一個完整的家，自己有空時和情人約約會，這樣的生活好像自己一點也沒有損失。於是，她也說服了葉醫生，只答應他經常帶孩子的照片給他看。葉醫生也怕事情鬧大了不好，就答應了她的要求。

孩子在一年年成長，他等了一年又一年。而在這些年裡，姓葉的享的是齊人之福。胡游標一直對孩子很好，看起來這對父子的感情也確如親生的一樣。汪小紅也感到很是欣慰。他還常常陪孩子鍛鍊身體，和他一起看武俠片子，孩子雖然長相和自己不一樣，可從小到大，他似乎也聽慣了孩子叫他「爸爸」的聲音，如果失去了他，他也會感到生活的迷茫和失落，可復仇的火焰並沒有在他的心中就此熄滅，這些年來，支撐他的生活信念就是有一天，這孩子親手去把他的親生父親幹掉，讓他在死之前知道到底發生了什麼，並讓他死不瞑目。

他終於等到了孩子十七歲那年，按照現有的法律，他的這個年齡犯了殺人罪行，只負較輕的刑事責任。在孩子的成長過程中，他始終沒有忘記提醒孩子有人在欺凌自己，到了行動前，他才告訴孩子，是眼前的這個男人一直背著他們父子兩，勾搭他的母親，而自己因為身體的原因，也不敢和他發生正面衝突。孩子已經懂事了，他心裡想著要為自己的父親討個說法，他也極其痛恨那個膽敢糟蹋自己母親的男人，他似乎已經知道自己應該怎麼去做，在孩子的心靈中只有一個欲望，把那個人殺了，為父親報仇，讓自己的母親和父親重歸於好。這是他唯一的心願，為了達到這個目標，他甚至不惜自己去死，他的這種與生俱來的強烈的本能驅使著他，他買來一把長長的匕首，他決心送那個人上西天。

在一個深秋的夜晚，胡兵終於在葉醫生的住所外等到了他，當他出現在葉醫生的面前，他很快就認出了胡兵，可還沒來得及開口說什麼，胡兵就在他的身上連捅數刀，而且刀刀致命。就這樣，一場曠日持久的報復計畫終於實施了。當汪小紅在看守所告訴胡兵，他殺的人才是他的親生父親時，他簡直不敢相信自己的耳朵。

見習記者

這裡是一條坑坑哇哇的道路，來來往往的運輸卡車掀起飛揚的塵土好似戰場上的滾滾硝煙。每次空空的卡車進去，又滿載而出。就這樣，每天上演著這樣的場面。除了運載的卡車外，還能見到一種私家車不時地進進出出。這可不是普通的私家車，而是彪悍的叫「悍馬」的特長四輪驅動車。毫無疑問，主人便是這裡的大名鼎鼎的老闆，俗稱「煤老闆」。煤老闆顧名思義，靠煤礦賺錢，煤挖得越多，挖得越深，錢就賺得越多；錢賺得越多，就越張揚，張揚得越大，就越有面子。煤老闆也有擔心受怕的時候，如瓦期爆炸或是透水，出了人命不但要賠錢，還得坐牢。所以，只要煤礦一有事故，不論大小，這條黑黑的小道上就多了許多媒體車。煤場一出事，媒體最快到。煤與媒，一個是「火某」一個是「女某」，本來就是一家親。出了事故，死的死，傷的傷，還有被困的工人在深深的黑暗中一心等待著救援，可他們怎麼也想不到，地上的人沒有在積極地組織救援，而是在老闆的接待室外排起了長隊。要說煤老闆平時出手大方，遇事靠錢擺平。大事化小，小事化無。在此當下，老闆的一位媒體顧問正忙著甄別隊伍中那些記者的來頭，按照他們的來頭大小，分別發放不同數目的錢財，叫「封口費」。來頭大的幾十萬，來頭小的幾萬甚至幾千不等。收了別人的封口費，老闆就可以大膽隱瞞事故，再給受害人一定數目的賠償了事。這樣，煤可以繼續再挖，如果再出事，同樣的情景又會重演：就是在老闆的接待室外面排起了長隊。

話說大多這樣的煤礦都處在窮鄉僻壤，要走出大山唯一的一條出路就是孩子能讀書上大學，將來能留在城裡工作做城裡人。可是山裡的孩子太多家裡太窮，他們連基礎教育都難以保證，因此上大學好只像是說說而已，更多的年輕人便去了外面的城鎮打工，做農民工。當然也有在煤礦裡謀一份差使的。就連這裡的煤老闆，同樣也沒有讀過幾年書，憑著膽識與魄力，有了技術之後，便自己也承包一個小煤礦就幹了起來。雖然安全隱患更大，可白花花的銀子，使他們的顧不上別的了。反正，要真有個三長兩短，花些銀子擺平了事罷了。

小宇是個在山區裡為數不多的一個念完高中又上大學的人，倒不是他家富裕，一家老少，種地的種地，外出打工的打工，父母和兩個姐姐全部的節蓄來供他一個人，家中唯一的男孩，也是傳宗接代的苗種。雖然出生在山溝溝，小宇還真不同其他的孩子，只知道掙錢蓋房娶媳婦，他是有點理想的，他要報考新聞系，立志做一名新聞記者。這樣，在全家的供給下，終於完成四年的學科，到離家鄉不遠的一個省城裡做了一家報社的見習記者。其實，省城裡的那些記者的收入比一般普通的教師或者其他什麼公司的職員收入還要少得多，這使他很納悶，不過後來他明白了，收入並不高，但可以自己掙「外快」，似乎所有的同事都是這樣，他們在單位裡的工資不高，可總收入卻不少。理由是他們可以「自創」，收取採訪費，跟著車隊走南闖北，每到一個單位做「採訪」，不用開口，什麼「伙食費」、「差旅費」、「關照費」等少則幾百多則上千。他初次收這些錢時還有點不好意思，可對方還不幹，不收費表示不友善，不友善就會有「負面報導」，這可是誰家都不願的事，誰家企業也不會因小失大。

慢慢地小宇習慣了，做報社的消息靈通。那天就知道鄰縣的一處偏僻處不久前又開了一個煤場，而且生意紅火。按理開一個煤場要打通許多個關係戶，還要上上下下搞到幾十張「許可證」方能開工，可這上下打點一要用錢，二需費時，如果不開工，哪來銀子鋪路，於是煤老闆急於開工。這天小宇到了報社，拿著剛到手的駕駛照，開了一輛公務車，便直奔那個煤場，他一路心潮起伏，終於出人頭地了，搞錢可以通過去查證，只要多跑幾個地方，錢就會一把把地拿來。好不容易念完了大學做了個記者，還在實習，自己上次在找對象時卻幾經對方數落，弄得狼狽離場。就是省城裡的那家電視臺，搞什麼「相約在今晚」，自己充滿信心地報了名，為了上電視臺，還花了三千多元做了生平第一套西裝，終於站到了絢麗的舞臺上，面對強烈的燈光和主持人，眼前又是「一串」令人目不暇接的女生，他告訴自己要鎮定，要沉著，接著回答了她們提出的問題，「什麼工作、多少收入、有無車房、家庭背景、興趣愛好、未來展望」等所有這些有關「民生」的問題，只見亮燈被一盞盞地熄滅，他有些失控，利用了最後機會煽情了一把：「我來自山區，是個山寨娃，但是通過努力與勤奮，大學畢業後做了一名記者，我一定會繼續努力，做一個有影響力的深資記者。」女孩也毫不含糊，開門見山：「以你現在的條件，一無背景，二無財力，怎麼能指望你帶來美好生活？」「美好生活是建立在感情基礎上，成了家才能立業，古人雲：「修身、舉家、治國、平天下。」「對不起，虧你還是一名記者，難道你不知道現在是一個『沒有英雄的時代』，是商業社會，你所提的一切只是『忽悠』而已。」燈全熄了，僅僅一會兒功夫，希望變成了失敗。嗨，真丟人，自己怎麼就一文不值，當眾出了醜。於是，他明白了，什麼「相約在今晚」，只是一場公開的「釣金龜」現場而已！

車向著煤場開去，當他看到塵土高高飛起的時候，他有點緊張。畢竟是第一次單獨行動，而且馬上就要到達目的地。如果能拿上幾百上千的也不管用，能夠拿上幾萬才好，起碼也要三五千吧，不，至少要個一萬吧。不然的話，算了，算了，就當我沒來，咱們走著瞧……車停了下來，下了車他便找接待處。見到了工作人員，他先取出證件自報了家門，便在一旁坐了下來。接待的人說此刻老闆不在，需稍候。在等人的空當，他站起來朝牆上張望，打量站牆上的「許可證」。「這裡有情況。」那人向老闆的媒體顧問發話。「查查他的證件是否有假？」對方發話。「沒錯，是個記者，怎麼辦？」「不要急，再查查看，記者證上的公章單位是什麼？」「是……是什麼《北方日報》」「看看清楚，不是別的，不是新聞總署？」「不是，不是……」「給他一點顏色看看」。那人放下電話，便去找來了打手。上來不再問話，而是兇神惡煞地把小宇拖到了門外牆腳下，一頓痛打，小宇還未來得及求饒，便被打得口吐白沫，七竅流血，後來被人送去醫院，結果竟不治身亡。

又有煤場出事了，雖然不是瓦斯爆炸，也不是透水事故，可新聞單位消息靈通，很快，在老闆接待室外面，又排起了長隊……

猜忌

那天下午，天氣特別炎熱，秦老漢正在後院為他的孫子洗澡。洗著洗著，在他的心理忽然產生了一種可怕的感覺，這種感覺幾乎令他癱倒在地，他不知怎麼的，忽然感到這個和自己天天象伴的孫子好像不是自己的親孫子，是別人家的孩子，可他弄不明白，到底是哪裡出了問題，再一想，其實問題很簡單，是兒媳出了問題。兒媳長得漂亮，又常常欺負自己的兒子，對自己和妻子的態度也常是傲慢無禮，有幾次更是發生了劇烈的爭吵。可是看在孫子的面上，秦老漢最後也只能忍聲吞氣。

他開始計算起他的孫子出生的年月，並以此類推他兒媳的懷孕時段，他仔細地回想著那段日子裡所發生的一切。那應該是三年前的夏季，當時她和自己的兒子結婚沒多久，對了，問題就出在這裡，當時聽到她懷孕的消息，全家只顧高興，卻忘記了她那段時期的前後表現。他似乎記起來了，結婚前他的兒子出過差，那時他們已經有了自己的婚房，這可是自己和老伴一輩子的存款為他們購買的，可她的行跡總是很詭異，時常打電話和人聊天，那聲音還是男的，而且嘻嘻哈哈聊個不停，有時還特意躲開別人，要不是有什麼曖昧關係，根本不需要這樣鬼鬼祟祟。自己和剛死去不久的老伴過了一輩子，彼此從來就沒有什麼祕密，而這個女人就不一樣，平時就不把自己的兒子放在眼裡，仗著自己有幾分姿色，家裡又有幾個錢，毫無顧忌，想幹什麼就幹什麼，想怎麼說話就怎麼說話，要不是自己的兒子對她死心塌地，自己本來就不贊成他們兩個在一起，兒子會吃虧一輩子，本來自己還有僥倖心理，以為她結婚生了孩子以後，也許一切都會有所改變，雖然人性難變，可自己還是犯了糊塗，現在出了這種事，像是遭了滅門之災，這樣的事，要是傳了出去，還不是被人笑掉了牙。

秦老漢幫孩子洗完了澡，又看了看眼前的這個孩子，他的心裡翻江倒海。為了懲處那個女人，他首先要做的就是去醫院做親緣鑒定。他又仔細地打量起孩子，他覺得除了孩子的眼睛長得像孩子的母親，其他的部位都不像他兒子，而且自己的兒子和他一樣，體形稍稍偏胖，眼前這個孩子給人一種瘦骨嶙峋的感覺，而且怎麼也吃不胖，這根本就不是自家的種，不用做鑒定也看得出來。可是，鑒定一出來，結果真是那樣的話，自己該怎麼辦才好，當然不會讓兒子一輩子做冤大頭，可是這個家是散了，兒子怎麼辦，如今老伴離開了自己，平時所有的快樂都是這個孩子帶給自己的，到時兒子離婚了，她帶著自己的孩子一走了之，最後剩下的只是兒子和自己的痛苦。秦老漢越想越受不了，對著老伴的遺像哭訴道：你看見了吧，那個孩子不是我們的種，當年我就反對他們在一起，看你就是不肯出來說話，到了他們有了孩子，我和你好像在她面前矮三分，凡事處處讓著她，結果是什麼呢，辛辛苦苦在幫她養外面的雜種，我這輩子怨啊，事情到了如今這個地步，我真是除了傷心還是傷心啊。等鑒定書一出來，還要去律師那裡辦房產證，我們的兒子還要再結婚生子，你臨走前最捨不得的那個孩子可不是你的，是她和外面的人胡搞出來的，她是我家的喪門星，我真是恨不得一刀把她給宰了，可她那骯髒的血也不好用來為你祭奠，可就這樣讓她逃之夭夭我又實在不甘心，老伴啊，生前都是你出的注意多，現在我這個可憐的老頭又該怎麼過下去？

親緣鑒定的結果最終還是出來了，秦老漢想，其實根本不用做就知道這個結果了，只因自己有著善良的本性，不到最後還是把人往好裡想，自己的兒子和自己一樣，心底太過善良，所以被人欺。他把鑒定報告看了一遍又一遍，生怕自己看錯了，同時他也希望報告的最終結果孩子和他是親緣關係。可白紙黑字，一條條清清楚楚，這個孩子和自己沒有生物上親緣關係，自己這兩年多來只是在幫別人做一個無償的保姆，他越想越恨那個女人，又想著無論如何也要讓她坐幾年牢，否則太便宜她了。他把兒子叫來，先是滿臉痛苦地一言不發，他實在說不出口，如果兒子問他為什麼會去做這樣的鑒定他不知道該如何回答，如果兒子知道了真相，他能承受得住這樣的打擊嗎？自己心愛的老婆帶著別人的孩子和他過，而自己一直被蒙在鼓裡，自己心愛的兒子轉眼間變成人家的孩子，平時早就聽慣了孩子叫他「爸爸」，這種傷痛是難以承受的，兒子的母親才走了沒多久，還沒有完全從悲痛中走出來。可是，這樣的事情揭露出來越早越好，把那張畫皮的真面目顯現出來，他最終忍不住把那份鑒定報告拿了出來。

他兒子默默地看著，先是一言不發，愣了半天才開口說道：「陽陽是我的孩子，不會錯的，如果他不是我親生的，那麼他比親生的還要親。」

「孩子啊，爸爸開始也是這樣想的，從小就把他當親孫子帶，看到了這樣的鑒定結果，在感情上我也是接受不了啊，可是兒子啊，她一開始就在欺騙你啊，你真的願意假戲真做，就這樣和她過一輩子嗎？」秦老漢追問道。

「也許根本就不是這麼回事呢，一張鑒定報告算得了什麼，也有可能出錯啊，再說了，你和陽陽畢竟隔了一代，不能就這麼輕易下結論，孩子剛出生時，不是人人都說像我，你和媽都這麼說過，你忘了嗎，我看八成是報告出來問題，這種鑒定不是沒有錯誤。」他兒子爭辨道，不過在他的心裡，多少還是有些疑惑。

「好吧兒子，你和陽陽去做個鑒定，事後我們再商量怎麼辦。不過你要有思想準備，不是百分百的確信，爸爸是不會和你提這事的。」秦老漢又道。

「我現在心裡亂得很，突然間說陽陽不是我親生的孩子，就好像說你和媽都不是我的親爸媽這樣讓人不可接受。我還是堅信陽陽是我的孩子，我有強烈的感覺，是鑒定出了問題。」他兒子回答道。

「兒子啊，你和你爸媽一樣善良，我們已經吃大虧了，我等你們的鑒定結果，事實往往是殘酷的，可是我們還得去面對，去面對啊……」

秦老漢的兒子秦剛並沒有去做那個親子鑒定，自己的老婆雖然脾氣不這麼好，人長的漂亮。而且性格也很直爽，可她不會背著自己和人發生那樣的關係，如果是那樣的話，那她圖的又是什麼呢，她又不缺錢，而且又是婚前發生的事。如果自己瞞著她去做親子鑒定，要是被她發現了，這夫妻的日子以後又怎麼過，如果不去做這個鑒定，那陽陽為什麼和父親不是親緣關係。一方面，他覺得自己的老婆和孩子絕對沒有問題；另一方面，他怎麼也想不明白那份鑒定報告。自己的父親催得又急，要是真的陽陽不是自己親生的孩子，那自己又該怎麼辦，離婚，自己怎麼捨得她，也捨不得陽陽，每個家庭都是上天所賜，哪能說散就散。不過為了還老婆一個清白，他讓父親得到一個結果，他最終還是帶著陽陽，和他的父親一起去做鑒定了。

在等報告的期間，秦剛可是度日如年，每天面對著親愛的老婆和寶貝兒子，歡歡喜喜地睡在一張床上，可他心裡想著，如果報告出來了，結果是陽陽不是自己親生的，那眼前的這對被自己視為生命的母子頃刻間將化為烏有，他無論如何接受不了這個事實。他甚至在夢裡夢到，他把他們母子殺了，自己也準備自殺。

他雙手抖動，無法打開那份鑒定報告。他的心在狂跳，他的眼睛也變得模糊起來，他隱隱看到了報告中的鑒定意見，當他看到寫著：這種生物學成立的可能性為99.9999%時，他激動的情緒有些失控，秦老漢也有些不知所措，以為是自己的兒子正經受著致命的打擊。他突然向他的父親急切地喊道：

「陽陽是我親生的，你看，你看……」

秦老漢頓時也有些發懵，他根本不相信自己的眼睛，他又懷疑報告中是不是漏了一個「不」字，結論應該是「不成立的可能性」，可他的兒子沉浸在如釋重負的喜悅之中，他看得出來，雖然自己之前的懷疑是千真萬確的，可他的兒子是多麼希望保住這個家，可問題是現在自己也有些搞糊塗了，兒子是他的，陽陽又是他兒子的兒子，而孫子又不是他的，那現在只剩下了一種可能就是這兩份報告中有一份的結論是出了錯的。

「兒子啊，不是我懷疑你媽，為了證明這兩份報告中有一份出了錯，現在最好的辦法就是我和你再去做一次鑒定。」秦老漢說道。

「爸，有這個必要嗎，我看什麼都不用做了，大家開開心心的過有多好，自家人整天做這個那個的鑒定，多傷感情啊，我還差一點誤會了陽陽的媽媽，我看這事就到此為止吧。」他兒子堅持道。

秦老漢獨自回家了，他被今天的報告結論徹底地搞糊塗了，他本來一心打算怎麼處理兒子和兒媳的離婚事宜，可現在卻出了這麼個令人不可接受的結果，他感到氣憤，也感到委屈，他想，如果這兩份報告都沒有錯，那麼自己的兒子就不是他親生的，他心裡忽然猛地一顫，不敢再想下去了，難道那個狐狸花俏的兒媳沒有問題，而和自己相守了一輩子老實本分的老太婆出了問題，這怎麼可能呢，老天還真會作弄人，如果自己的老太婆還活著，他就會把那兩份報告都放到她的面前，問問她這輩子到底向自己隱瞞了什麼，可他想來想去，那是不可能發生的事，自己又不是傻瓜，這樣的事怎麼可能被瞞一輩子，是不是老太婆顯靈了，生前不敢承認的事，到了死後，才從陽陽的身上讓我看到真相，可陽陽是她的親孫子，自己這輩子做了人世間最大最大的冤大頭，他滿心屈委地流下了眼淚。

秦老漢的心情不能平靜下來，他開始艱難地回憶起自己兒子出生那年前前後後所發生的事。他想來想去，也想不出什麼破綻，於是，他還是決定要和自己的兒子做一個鑒定，他還是隱隱覺得是他兒媳那邊出了問題，如果是自己的老太婆出了問題，而自己的兒媳是清白的，那這一輩子自己算是白活了，自己的判斷力也太低下了，自己這一輩子混得還算不錯，靠的就是人際關係的處理和對事物的判斷，可是到了頭來，自己的一生精明卻被自己的老太婆給耍了，豈不是人世間的笑話。他心裡怎麼也不能接受這個事實，他想，最後能救自己的只有證明自己的兒子是親生的。他還是繼續帶著他的孫子，他開始觀察他的舉止，然後反覆推敲，得出的結論是那份鑒定報告出來問題。又過了沒多久，他終於和兒子一起去做鑒定，整個過程，他感到既害臊又恥辱，他只能硬著頭皮，在經歷了生死攸關的等待之後，他們父子再次一起看了報告結果，最後結論是他們並不是親生父子。他們兩個都傻了，明明是一對父子，此時卻被證明並非如此，他們都感到束手無策，秦老漢感到晴天霹靂，他的兒子卻感到眼前的這個自己叫了一輩子爸爸的父親是一個陌生人。

「我無話可說，你媽已經離世，我的心也死了，你和她好好過吧，不要管我，反正我不是你的親爹，我也不知道我自己是誰，是誰家的爸爸或者說是誰家的爺爺，或者說我什麼也不是，只是一個愚蠢的老頭，是你的媽媽害了我一輩子，一輩子啊……」秦老漢哭訴道，渾身抽搐。

「爸，我們還是一家人，我是你的兒子，陽陽是你的孫子，我會好好照顧你一輩子的。」他兒子動情地說道。

「謝謝你，孩子，我要回去再問問你媽，到底是怎麼一回事，我要對著她的遺像天天問她，直死去的那一天……」秦老漢自言自語道。

牆

今年的五月二十九日，娜塔麗離開了悉尼回聖彼德堡，二十年前的這一天，我離開上海到達了悉尼。由於距離太過遙遠，將近二十個小時的空中飛行，使她感到有點不安。臨出發前，她又傳來了一個資訊：「親愛的，我準備去機場了，我將見到母親和妹妹，我把你的一張照片列印下來貼在了我的手提袋上，在旅途中如果我感到緊張，看看你的眼睛，我就會平靜下來。後天我將到達聖彼德堡，到時再和你聯繫。我想你，我害怕坐飛機，請你不要為我擔心，我會平安無事的，回來再見，吻你，親愛的。」

我知道聖彼德堡這個城市還是在我上小學的時候觀看的一部前蘇聯電影《列寧在十月》，故事講述了當年的列寧從流亡地搭載一輛蒸汽火車，祕密地從芬蘭的赫爾辛基開往俄國的聖彼德堡，列寧回到了那裡後，很快就發動了「十月革命」，隨著阿芙樂爾號巡洋艦的一聲炮響，蘇維埃領導的武裝起義軍佔領了東宮，推翻了資產階級臨時政府，最終革命取得了成功。也正是這場革命的成功，最終中國共產黨在蘇聯的幫助下，像許多共產黨統治的國家一樣，建立了無產階級的政權。

娜塔麗這次匆匆回國是因為她妹妹快要臨產了，為了迎接這個小生命，她們全家人都充滿了期盼之情，可是據娜塔麗告訴我，這個可憐的小生命一出生就沒有父親，那個男人跑了，丟下了還在懷孕的斯沃特拉娜，她才二十二歲。不過，她們相信小生命的到來會給家裡帶來陽光與希望，娜塔麗似乎沒有太多的抱怨，好像她們習慣了這種生活，因為就在娜塔麗十五歲的那年，她的母親遭受了同樣的命運，她的父親離家出走了，我想因該也是為了外面的女人吧。看來女人總是不幸的，眼看娜塔麗一步步深陷我的懷抱，我興奮而又不安。我是一個已婚的男人，這意味著我不再擁有戀愛的權力，當初為了我的韓國妻子順英，我已決定結束單身生活，也就意味著在情感方面，為了得到一棵樹，我必須永遠地放棄一片森林。像所有的誓言那樣，我曾向順英保證，永遠不會傷害她，不會讓她哭泣。雖然我和她天各一方，我們彼此真誠相愛。可是等了一年又一年，我不知道為什麼順英遲遲拿不到簽證，本以為那是一件理所當然的事卻不知為何變得如此的遙遙無期，就像面對一個植物人那樣，不知道何時會甦醒過來那種焦慮甚至有點絕望，我很想要個孩子，順英的年齡也不小了，再不生孩子就變成高齡產婦了，而她對有沒有孩子並不太在意，這和娜塔麗那種渴望愛和要孩子的願望形成了強烈的對照，其實我壓根兒就沒有想過要和一個金髮碧眼的女人相愛，儘管我在澳大利亞生活了這麼多年，西方的女人對我來說只是一道美麗的風景線，種族和文化的差異好似一座無形的牆把我和她們隔開，即便是生活中必要的打交道，我也會持有一種謹小慎微的態度，生怕禮儀上的缺失讓人產生一種粗魯的感覺。

　　我怎麼也不敢相信像娜塔麗這樣的女人突然會出現在我的生活中，開始多少是種好奇，她的眼睛這麼迷人，聲音這麼好聽。初次見到她時，我不敢正眼看她，我在回避她的目光，這只是我的本能反應。當她轉身離去的時候，我又偷偷地看了她一眼，我的內心分明是在顫慄，哦，天使啊，上帝的傑作！後來，當她問我是不是單身時，我向她撒了謊。「你看上去還很年輕，也很性感。」她直截了當地對我這樣說道。我當然已經不年輕了，之於我看上去是不是性感，我真的不知道，從來沒有一個女人這樣對我說過，我也沒有這樣和女性說過。隨意地誇一個異性性感好像多少有一點冒犯，交往的動機也會令人懷疑，尤其是女性，非常忌諱男人的這種企圖。娜塔麗的率性令人感覺她很開放，在那次和她喝咖啡的時候，這是我第一次去她獨住的公寓，她放了一段搖滾音樂，說了一些樂隊的名字，接著問道：「這是我最喜歡的樂隊，你喜歡哪個樂隊？」「我喜歡聽交響曲和歌劇，當然柴可夫斯基的交響曲和芭蕾舞劇我都很喜歡，之於那些樂隊，我一點也不瞭解。」事實上我對於那些好萊塢演員、歐美歌星瞭解甚少，我整天生活在華人的圈子裡，平時觀看電視節目也是大陸衛視的居多。

她聽了笑笑，又道：「你還蠻有文化的，你的外表和內在都很吸引我，每次讀完了你的郵件，我都有這樣的感受，你很細膩，又有層次感，我喜歡你，也開始漫漫地習慣了你，我會對你忠誠的，希望你對我也一樣，讓我給你一個吻。」

她的氣息中有種甘露味，而順英是一股清香味。我並不打算和娜塔麗交往過甚，我不想背叛順英，更不想去傷害娜塔麗。我感覺到自己是個罪人，是個陷害天使的魔鬼。

「其實我們彼此還不瞭解，我也不知道自己配不配你，你太過年輕，又風情萬種，你因該多結交幾個男友，有比較才可以選擇，你明白我的意思嗎？」我在提示她。

「我來這裡工作了四年，每週工作六天，在醫院做護士很辛苦，可是我喜歡我的工作。這些年來我只顧著工作，忽視了個人的生活，我忽然感到很孤獨，尤其是我同住的妮可回俄羅斯以後，我難以承受這種感覺，我渴望愛情，我有幸遇到了你，彼得，我需要浪漫、激情、擁吻、性愛，你懂嗎？……」

也許娜塔麗需要的是一個守護神，而我只是一個情感的騙子，一個自私的膽小鬼，對於肉體的渴望使我變得不計後果，我開始撫摸她，擁吻她。就算是把她緊緊地擁入懷中，我還是不敢相信這個意外的好運，娜塔麗居然會屬於我，看著她的藍眼睛熠熠生輝，她的鼻粱又高又挺，嘴唇豐滿、性感，我不停地親吻她，吸吮她的甜美的甘露，在她的全身到處撫摸，此時，她像一個小天使，陶醉在一杯鴆酒之中……

那晚做了一聯串奇怪的夢，我夢見自己在聖彼堡獨自閒逛，隨後就進入了東宮，我親眼看見了葉卡捷琳娜女皇桌上的書信，那些是和法國思想家孟得斯鳩、伏爾泰、狄得羅互通的信件。不一會，我又來到了一個芭蕾舞劇院，觀看了芭蕾舞劇《天鵝湖》，那優美的舞姿恍如天女下凡，令人讚歎不已。一轉眼我又回到了紫禁城裡的乾清宮，彷彿看到了乾隆皇帝要前來拜訪的英國使者行下跪禮，最後那英國人拒絕下跪而悻悻離去，惹得皇上龍顏大怒。

娜塔麗不在我身邊的時候使我深感若有所失，心中充滿著對她的思念，可是為了尋求某種解脫，我一方面希望娜塔麗對我的情感只是一種短暫的激情，另一方面也同時隱隱感覺如果真的順英拿不到來澳的簽證，這也許也是一種天意，誰叫自己的洋名叫「SHENG PETER」，而她來自聖彼德堡，誰叫自己因為個頭高，老是宣稱自己有一半的俄羅斯血統，冥冥之中的一語成讖。娜塔麗，這個來自俄羅斯的女人，在她的血液裡，既有伏特加般的濃烈，又有小天鵝般的柔弱，事實上在和娜塔麗的交往中，我自己也在無形中漫漫的習慣了她，習慣了她的容貌，她的聲音和她的存在，雖然我始終不相信自己會有這段奇緣，可它確確實實地存在著，每每看到娜塔麗這麼陶醉地依偎在我身旁，我又怎麼忍心去打碎她那甜蜜的憧憬。

娜塔麗從聖彼德堡回來了，她歎息道在這座文化名城，曾經是帝國的首都，在近二個世紀，又先後打敗過拿破崙和希特勒的侵略，如今卻是個人們普遍生活水準低，犯罪率高的城市，幸好我們生活在澳洲這片自由、富饒的國土。沒想到她給我買了許多衣服，更要命的是她還買了一些嬰兒服裝。她興奮地讓我試穿那些衣服，並想著應該怎樣搭配。我平時素來穿著隨便，也很少有女人管我的衣著。看著她精心為我搭配的樣子，我的負罪感更重了，我真的好想娶她，她是上帝賜給我的禮物，可是我是個已婚男人，在情感的問題上，我既自私、膽小，又貪婪、卑鄙。娜塔麗在對待情感的問題上，由於太過執著而顯得天真，她急切地希望投入我的懷抱，從此不再孤獨，墜入愛河的女人，是寂寞的俘虜，而我，其實什麼也不缺，所缺的只是面對誘惑而應有的節制，正像俄羅斯的那句諺語：你所擁有的往往是最好的。女人因為天真而可愛，曾經交往過的中國女人，心機過重執著于名利財富，不像日韓女人那麼單純，富有童趣。面對娜塔麗，我明白不管我放不放得下，我必須讓她儘早明白我的狀況。迷途的羊羔很容易被狼吃掉，到那時一切將變得不可挽回，留在心中的將是不盡的悔恨。

順英的簽證下來了，長久期待的東西在不經意的那一刻突然來臨了，這突如其來消息我不知道是喜還是憂，要是沒有出現娜塔麗，我一定會欣喜若狂的，終於可以和妻子團聚了，從此夫妻不用再生活在分離的煎熬之中。可是，她是那麼的年輕而又執著，我對她的情感與其說是愛戀不如說是垂涎，如果我離開順英她能承受得住嗎？而我自己真的就能夠和娜塔麗一起相濡以沫白頭到老嗎？我真的不知道或者說沒有把握，假如我是單身，我一定會去賭一把，可是，就這樣無端端的移情別戀，所造成的傷害與後果是我不能承受的，雖然我和娜塔麗還處在一種激情之中，但是我和順英的情感雖然是一種看似淡淡的情懷，卻似一股永不乾枯的清泉，涓涓長流。

娜塔麗緊緊地依偎在我的身旁，看著天上的星星她一語不發，我們彼此誰也沒有說話，靜靜地享受著這美妙的時光。我知道這是她在內心深處需要的那份恬靜與感受，突然她對我說道：

「親愛的，我感覺有一樣東西在我的身體裡萌動，這種感覺是如此的奇妙，在我還很小的時候，我就期待著這一天的到來，我妹妹的孩子太可愛了，一個活脫脫的小天使，我母親也很喜悅，有了這個小生命，彷彿人世間所受的苦難都不值一提，要是我真的懷孕了，我的母親會有多麼高興。」

聽了她塔麗的這番話，我悲喜交加，身旁的娜塔麗成了我生命的一部分，她是我的女神，也是我的未婚妻。可我清醒地意識到，我不能成為她的守護神，我突然想著如果能讓遠在天邊的順英永遠滯留在那裡，我只願永久守在娜塔麗的身旁。可是，如果娜塔麗知道了我是個騙子，或者瞭解到我只是一個和使她妹妹懷孕的那個男人一樣，甚至更加無恥的男人，她會是什麼反應呢？

「親愛的，你需要的是一個守護神，而我很難做到這一點，我天生喜歡獨來獨往，很難和一個人長期相處，我承認我為你著迷，可這和守護是兩回事。我有我的生活，很難和一個女人融合在一起，真的，我曾經嘗試過，我真的不適合任何一個女人，就像有的女人不適合任何一個男人一樣，我不想害你，雖然我很愛你，愛，不僅僅是一種佔有，有時是一種放手。」

「你在說什麼呢親愛的，你不是在和我開玩笑吧，你知道我是經不起你這樣隨隨便便的，難道是你的心另有所屬？她是誰，你為什麼沒有早告訴我，天哪，自從遇上了你，我就一直沉浸在幸福的幻想之中，難道又是一場惡夢？」她還是滿心的期待，想讓我改口。

「娜塔麗，你是天使，我是一個愛遊蕩的魔鬼，可我還僅存一點憐憫之心，我不怕遭受電擊雷劈，卻很怕讓你受到傷害，你會遇到更適合你的人，原諒我吧，我希望你有一個好歸宿……」

「夠了，你走吧，沒有做成美夢總比做惡夢要好，我明白了，男人都是這樣，從來就把愛情當作一場遊戲，我真傻，一開始就墜入愛河，不過還是謝謝你的坦白，你不算太壞，如果有一天你和她過不下

交錯

　　不知道有多久了，記憶早就模糊了，可模糊的記憶又如同打開了一扇閥門，許多早已封存的往事，不停地向我腦海湧來，我的心也隨著那些記憶，在一種失落的渴望中盤旋、翻倒。這扇緊閉的鐵門，後面是我曾經讀書的校園，剛剛跨進這所校園時，我的心還停留在以前的時光，想念著以前的校園，那裡的同學和老師，情竇初開時迷上的女生，是的，那是我的全部的中學時光，一下子的變遷在我的情感世界裡還難以改變，僅僅是一次失敗的升學考試，命運就無緣無故地把我帶到了此地。那時的我，青春、敏感而又自卑，我怎麼抬頭去面對那些比我優秀或是英俊的男生呢，又怎麼去面對自己喜歡了許多年的她呢，在這種失意的時刻，而且是前途未卜。

　　當然，我有走進去的衝動，要不是此刻大門緊鎖著。只記得門後左邊的房間，曾經是學校的食堂。有天中午在買飯時，和裡面的一個員工發生了口角，隨後就動起了手。咳，去想這個幹什麼，這種最不值得留在記憶裡的東西。因為自己的那種秉性，那段時期我對誰也不理不睬，好長一段時間都是這樣，別人也把我當成了一個怪物，班主任老師也是如此，他還特意關照班長來引導我。咳，不去想這些無謂的往事了，我應該離開這裡，去幾裡外的那個文化宮，那時放課後就會和同學一起去玩的地方，可時間隔了那麼久了，還會有那種地方嗎？如今凡是可以做生意的地方都成了商鋪，如果說以前人們很窮，物質也很匱乏，可人們至少尊重知識，尤其對詩歌、文學之類的東西還很敬仰，甚至還很熱衷。可那個時代早已一去不復返了，如同心中的她，早已在時空中消亡。我知道那個地方早已不存在了，可心裡還是惦記著，好像去了那裡還會像以前那樣再遇見她，她會邊走邊回頭打量我一下。不過那是三十年前的往事了，那時我和她都是十八歲，如今我已是四十八歲了，整整過了三十年了，她也是，四十八歲了，我真的不相信那是事實，她應該還是原來的樣子，有很多的男生追求她、暗戀她。我還沒有從往事的記憶裡回到現實，我不原回到現實，現實的我不再是曾經那個靦腆、清癯和自卑的我，而是一個幾近是肉欲情魔的老男人，再和十八歲的女學生談情說愛，在別人眼裡，那是一種包養的行為。巧的是她也是那所學校的女生，和從前的她有幾分相像，我給她生活費，和她一起逛街，有時去會所幽會。

那時的我，雖然失意，但我還是野心勃勃，一心想出人頭地。只不過那個時候，我好像沒有什麼競爭優勢，當我突然發現在她的身邊還有別的男生時，那是最需要沉默與耐心的時刻，我卻和她鬧翻了，結果可想而知。其實這個世界根本就不屬於我，我拿什麼去吸引和征服對方呢？除了多情，就剩自卑了。有時候我有一種奇怪的想法，如果可以用現在的財富去救濟過去窮困潦倒的自己那該有多好啊，我也許可以挽留住她。是的，現在我用財富留住了似乎是當年的她，可她哪裡知道，這是一種自我毀滅的行為。

我從來不敢去她的校園門口等她，是的，我的年紀太大了，她還只是一朵剛剛出水的芙蓉，即便是英雄救美，我也要放過她，這是我內心的聲音，可我怎麼去告訴她呢，在別人的眼裡這一切似乎太簡單太容易了。可每當把她擁入懷中，想到她還只是一個少女，如同三十年前的戀人，她給了我出乎意料的滿足。從前的她，我真的竭盡全力卻也無法挽留，就這樣，她的眼神漠漠，而在旁邊的我，卻一直在乞求。她還是義無反顧地離我而去，我和她的事，從別人投來的驚訝與嫉妒的目光開始，到後來，一定成了別人用來閒聊和嘲笑的話柄。那時，我放學後一個人背著書包，走在當時最繁華的大街上，周圍的人與事都與我毫無相干，我的頭腦麻木著，心裡卻一直在詛咒。也正是從那時起，我突然發現，我喜歡上了文學，我不再用心讀學校裡的書，就是在教室裡上課的時候，我也在用心讀各種世界名著。

誰能想到，整整過了三十年後，到處都發生了翻天覆地的變化，我的心對那時的情感依然這樣難以釋懷，有時自己離開了公司，在耀眼的霞光下，我居然會不自覺地想到去從前的那個文化宮裡去找她，感覺放了課，她還會去那裡。可我又馬上意識到，那是很久很久以前的事了，她不再是一個亭亭玉立的懷春少女了，可是我不管，我不管，像女人一樣任性，我要去那裡找她，哪怕找不到，也要像在夢裡一樣故地重遊。她在我尋找的故地裡的一個商場裡的一個飲食店裡做服務員，看到別人對她粗魯地大聲叫喚時，我真的有點不忍心，看到她和從前的她有三分像，在我離開店裡的時候，我給了她一張大票面的小費，當她接過手時，我明顯看到露出一副驚訝的神情。我無須告訴她我是什麼人，也無需知道她的狀況，只是一種萍水相逢，甚至連這個也算不上。不過說實話我有點想她，我甚至感到她的出現是上帝給我的一種精神補償，因為我也許再也沒有機會遇到從前的她了，就算是有這樣的機會，真的發生了，又有什麼意義呢？畢竟是那麼多的光陰逝去了。也許女人是有直感的，什麼都不用告訴她，一個獨自晃悠的中年男人，看到一個楚楚動人的少女，就平白無故的出手大方，一定有著不同尋常的緣由。也許她猜對了，我可以讓她輕輕鬆松地活著，不用去掙那份喪失尊嚴的辛苦錢，自從我和她開始了交往，她說她實現了自己夢寐以求的生活。那天，當我得知她也是來自那所學校的學生，一直神奇的感覺出現了，我在內心呼喚從前的她，心裡卻想著現在邂逅的那個女生。如果我也是十八歲，那麼，我們像從前一樣相逢，那該有多好啊。可是，她會願意嗎，在學校裡，不是沒有像我當年那樣的男生，可是她為什麼不去和他交往呢？我不想知道答案。

事時上，雖然當年我帶著心中的失意進入了那所學校，後來也慢慢和其他的同學的關係融洽了起來，唯一和別的同學不同的時我有一顆不滅的童心。這一點雖然再我日後的創造力上起了至關重要的作用，可在當時卻成了許多老師批評甚至是被嘲笑的原因。只有學習成績好、性格穩重成熟的學生才招老師的歡喜，也是培養學生幹部的對象。當年的學生幹部，有的確實在如今的領導崗位上，如果他們不貪腐，他們是包養不起任何的女人的。在我被迫退學以後，我落到了人生境地的最低谷，失學伴隨著失戀，在一片嘲笑聲中，我灰溜溜地離開了這所學校，從此就再也沒有回去過，如果是有的話，那一定是在夢中，也一定和她的出現有關。

臥薪嚐膽是每個學生被教導過的成語故事，雖然在嘲笑聲中離開了學校，可我心裡卻看不起他們，包括老師，我相信自己遲早會出人頭地，在不久的將來，她還會回到我的身邊。事實上我真的在夢裡時常夢見她，開始的幾年裡我確實還一直在想她，後來慢慢地平靜了下來，可奇怪的是夢裡還經常的偶爾會出現她，而且醒來時會有一種揪心的惆悵，後來聽說她出國了，一切的變化來得太快了，經濟在快速的騰飛，可工作卻越來越難找了，就連城市的居民的生活，沒有了從前的分房制度，學校不再免費，看病也要收費。人們從國家所有制的溫泉中還沒有回過神來過來，市場經濟的大潮就撲面而來。她被一個華僑帶走了，這好像是女孩子當時最好的出路，不過，我的夢就成破滅與終結。

我本來以為，等她在這所學校畢業，她就可以自立了，她應該去交往一個合適的對象，和我在一起，物質上比較優越，可那是用青春換來的，青春是無價的，女人尤為如此。

幾乎每個舊城市都在改造，新興的城市在發展，到處都是新建的高樓，再也聽不到晚鐘的敲響，再也見不到枯樹和烏鴉，人世間變得越來越浮躁。農村的大量的勞動力不再務農，而是湧入各個城市務工。現在人們整天忙忙碌碌為的只是錢，在錢的遊戲裡，彷彿一切美好的品行和對知識的熱衷成了生活中多餘的舊物。人們的內心世界，如同這總是灰濛濛的天空。回想起以前的年代，那是充滿革命熱情的時代，一切為了革命的需要，抑或是社會主義建設的需要，所有個人的理想，都和國家利益融合在一起。政治鬥爭的風暴，又把人們帶入了階級鬥爭的歲月，到處是革命者和反革命者。如今到了經濟蓬勃發展的階段，整個社會演卻演變成了騙子橫行的瘋人院。

是的，我是靠股票和房產發跡的，許多朋友在股市裡賺了錢，成了暴發戶。在以前階級鬥爭的歲月，許多人被打成「反革命」而自殺，可到了如今，因為股市的狂瀉，不少人因此一蹶不振。發跡後接著就是花天酒地的生活，有的幾乎是夜夜笙歌。股市的瘋狂折射著人性，房價的飆升彰顯著人欲，傳統的一切都在瓦解，什麼「溫良恭順儉」，什麼「信男善女」，統統一文不值。我並不認同這個社會，即使我是一個受益者，我渴望上帝賜給這裡的人們聖潔的靈魂。

雖然時間久了，我已經習慣了她的存在，即便是她的貪欲令我不滿，我也不去責備她，我不能指望一個少女有「出污泥而不染」的品格，讓她好好地享受吧，總有一天我會裡她而去。民國時代的女人放縱卻不拜金，像我這樣的男人也許只有在那個時代才能找到情感的歸宿。

緊閉校園的門前有個電線杆子，旁邊還有一顆高高的梧桐樹，她白白的身子好像故宮園裡的那顆「白袍將軍」，靜靜地守衛著校園的大門。這麼多年過去了，這裡的有些往事一切還是那麼記憶猶新，好像才剛剛發生不久，使我在記憶和時光中迷失，現在的她也許只是往事記憶中的花邊，一幅舊畫的新裝裱。

遊逸在城市中間，呼吸著充滿汽車尾氣的空氣，速食店裡的肉食品充斥著激素、抗生素和各種化學物，股票和房產是人們熱衷的話題，到處是忙碌的身影和病泱泱的身體，小偷、乞丐和賣淫女無處不在，人們不相信明天，只談金錢和欲望，猶如二戰前的柏林。

信仰

今年的聖誕節，我終於有機會去多倫多看望我的一個老朋友了。生活在四季如春的悉尼，很想去看看在加拿大冬季的冰雪世界，體驗一下和那裡的阿斯基摩人一起乘坐狗拉雪橇的歡樂。去加拿大是我多年的心願，不僅有我在國內大學時代的好朋友居住在那裡，更有一個情結縈繞在我的心中，這種情結我相信和我同時代出生的中國人都會有。從小我們是在讀毛主席的著作聲中成長起來的，其中有三篇文章特別著名，即《愚公移山》、《為人民服務》和《紀念白求恩》，俗稱「老三篇」。其中《紀念白求恩》裡的白求恩，是加拿大共產黨員，在上世紀三十年代中國人民的「抗日戰爭」中，受加拿大共產黨的委託，不遠萬裡來到了中國，後來又被派到前線，在共產黨領導的「八路軍」裡，進行了忘我的救死扶傷工作，後因在一次手術中被感染，因公殉職。對於他的死，毛澤東寫下了那篇紀念他的文章。在那片遙遠的土地上，還永遠躺著一個姓張的老人，他是中國共產黨創始人之一，中共早期領導人之一，他的名字叫張國燾。他還是我外婆的一個表弟，以前我從來就不知道家裡的這個祕密。好像宋朝有個叫秦檜的宰相，因為迫害了抗金英雄岳飛，使他的名字被永遠釘死在歷史的恥辱柱上，也使他的後人發出了：「人自宋後羞名檜，吾到墳前愧姓秦。」的千古長歎。自然，張國燾的名字也成了那個時代「生於不義，死於恥辱。」的典型人物。

從悉尼出發到多倫多需要將近二十個小時的飛行，這種飛行時間令人感到難以承受。好在我狠了狠心，花了一筆錢買了一張商務艙的機票，又帶了幾本想看的書本雜誌，在空中小姐的熱情侍候下，又一路上睡睡醒醒，才身心疲憊地來到了多倫多機場。奇怪的是飛機剛一降落，整個身體像換了一個人似的，沒有一點疲勞的感覺，此時的乘客好像和我一樣，都一下子感到精神了起來，就連空姐也不例外。她們正是也夠幸苦的，一路上要不斷地照應好每個客人，幾乎一天一夜不能合眼，她們的臉色看起來同樣非常疲憊，卻還要打起精神，強作笑臉地招呼著每個正在離開的乘客。到了機場大廳，好在出口處的人流並不多，片刻就完成了出關的手續。取過行李後，就匆匆地就來到了機場的出口處，朋友一見到我，就向我大聲招呼。

我打開行李箱，在身上加了一件外套，就跟著他去停車場了。果然不錯，一出機場，眼前就是一片冰天雪地。只見路上，房子的頂上，到處都是白皚皚的一片，路邊是一片光禿禿的樹枝。

「天天都是冰天雪地的，生活很不方便吧。」我問道。

「是啊，不過也習慣了。一到家就好了，有供暖系統。」朋友邵鋒說道。

「其實早就想來了，一直拖到現在，坐二十小時的飛機沒人受得了，就是坐頭等艙也是一樣。」

「是啊，去年回大陸，路上十七八小時的飛行，加之我正好身體有些不適，這路上的折磨實在是太痛苦了。沒有辦法，該回去的時候，還得回去。」

「誰叫我們的根在那裡呢，每個人都有懷舊的情懷。這次我來加拿大，也是一種懷舊，一種另類的懷舊。」

路上有人在清理雪道，路邊到處是堆積的雪堆。

「這裡的冬季漫長，一年的時間差不多七八個月是冬天，春夏季的時間很短，所以春暖花開的日子特別的珍貴。」

「這裡的人文環境好，多倫多大學的學術水準世界一流，安居樂業是個好地方吧。」

「因人而異吧。」

閒聊了一會，邵峰突然指向窗外說道「看，這裡就是多倫多大學，白求恩曾就讀於這裡的醫學院，我和你是校友，和他也是校友啊。」

「是啊，這一切誰會想到呢，我和晚年居住在這裡的張國燾還算是遠房親戚呢。」

「當年要不是他叛變了革命，沒准你還能借他的一點光呢。」

「叛變革命？他當年是革命的先驅，信仰俄國式的暴力革命，後來由於黨內的殘酷鬥爭，又看到了史達林的大清洗，他開始反思革命，以暴易暴的革命，只是農民起義式的革命，他感到革命的迷茫，最後投靠了蔣介石。我想，他是經過深思熟慮的。」

「你也在反思他吧，過兩天我就帶你去他的墓地。」

車行駛了大約半個多小時後，就到了邵峰的家。這是一幢複式洋房，看來他的居住條件還不錯。屋內有暖氣，他和他的妻子和孩子，還有他妻子的父母住在一起。看起來他們一家還是過得非常和睦的，和老婆的父母住在一起，不是一件容易的事吧，我心裡這樣想著。

見了他們的家裡人後，邵峰就帶我樓上樓下的參觀起他的房子。隨後，我們就坐在客廳裡，天南地北地聊起了天。在邵峰來加拿大以前，我和他的太太也見過幾面，所以彼此並不陌生，只是歲月把一個少女演繹成了一個微微發胖的中年婦女了。我一邊和她談話，一邊盡力回想著她那曾經擁有的年輕纖瘦的容貌，面對現在已現老態的她，我的內心充滿了感慨。她坐著陪我們聊了幾句，就去準備茶水和水果點心了。她的父母毫無疑問，一起在廚房忙碌著。

「住的地方不錯，環境也很好，像這樣的房子，在國內我看只有做了部長才能擁有。」我不僅歎道。

「到了四月開春的時候，後面的林子裡就會有各種各樣的鳥鳴，加之清新的空氣，感覺可好了。」邵峰說道。

「在澳洲，動物和人都很親近，很多的家庭都養狗，見了陌生人，狗也不會咬人，還可以和它們打打招呼。不知為什麼，一到中國，陌生人從來不敢接近狗，因為它們見人就亂叫亂咬。」我隨口說道。

「在大陸，屠殺貓狗和其他動物的現象還很嚴重，你說在我們加拿大吧，如果晚上光照太強，市政廳就會派人來，讓屋主撤掉強光源，為的是植物晚上需要休息，不能讓它們在夜裡繼續光合反應。」

「對動物、對植物，還有對人的尊重其實都是一種理念。」

很快朋友的岳父母就準備好了一桌豐盛的佳餚，退休前他們都是知識份子，現在和女兒女婿一起移民到了這裡，看起來他們正幸福地安度著晚年生活。我的朋友在唐人街做律師，老婆是會計，是典型的中產階級家庭，孩子還在讀中學，兩個老人國內都有退休工資，移民到這裡又都有養老金。他們好像每年都要回上海生活幾個月，兩地輪番居住，隨意的很。

我堅持要去找旅館住，住在別人的家裡會很不方便和自由，住在自己家裡的好處平時體現不出，可一出門就明白了。就是為了一頓豐盛的午餐，別人就要忙活大半天，如果住在別人家裡，一定是多有不便的。如果是和岳父母住在一起，像我這樣的人一定會感到束手無策的。

晚上在旅館和朋友聊得很晚，話題都是一些學生時代的往事和從前的朋友，也有自己的家庭生活和孩子。我們約好了第二天就去多倫多大學參觀和去看一看白求恩的故居。

不知為什麼，那晚我做了許多的夢，夢見白求恩的身影，夢見他在簡易的手術臺上不停地為傷患做手術，同時還夢見了當年的毛澤東和張國燾等早期共產黨的領導者。

第二天一早，朋友就來接我了。此時，外面飄起了所謂鵝毛大雪，氣溫是零下三十多度。因為外面實在太冷，到了那裡，我只能在多倫多大學的週邊，匆匆地瞥了一下他的遠景和外貌。看起來他更像是一座城堡，也許是放假的緣故，四周人煙稀少，到處都被一層厚厚的雪覆蓋著。

「這座大學裡，先後培養出七位諾貝爾獎獲得者，可見他的學術水準之高。」邵峰向我介紹道。

「那我們國家的科研人才缺少的是什麼呢？」我反問道。

「應該是對科學的獻身精神吧，搞學術不能太急功近利，堅韌不拔還要有創新的精神。」

「你知道如今中國的大學校長，個個都忙著經營盈利，教授們又都忙著爭行政的職稱，選科研是為了拿經費，從院士到學生，抄襲成風，無論是學術上還是人格上，都是令人堪憂。」

「說到大學校長，不得不說北大的第一任校長蔡元培，他的辦學方針是『思想自由』和『相容並包』。那時張國燾也在北大讀書，而毛澤東只是該校的一個圖書管理員。當然後來，他們都成了中國共產黨的領導人。」

出了市區向北，大約行駛了一個多小時，就可以到達白求恩故居。一路上四周好像都是農田，還有遠處隱隱可見的山巒，這和在澳州的景象很相似，只是這裡被一片白雪所覆蓋。聽朋友說，這裡的人並不知道白求恩這個名字，這個在中國，尤其是上了一些歲數的人，都會因為《紀念白求恩》這篇文章對他深懷敬意。可見，孩童時期的教育，影響著人的一生情感。

故居是一幢普通的兩層獨立屋，周圍的環境很好，到了春光明媚的季節，這裡一定非常迷人。眼前這裡一片冰天雪地，門前有一幅板畫似的肖像畫。屋內的陳列很普通，只是白求恩的肖像令人感到眼熟。屋內還有幾個中國人，他們和我一樣，是來敬仰這位被毛澤東譽為「毫不利己，專門利人」的國際主義戰士。

從白求恩故居驅車近兩個小時，我們終於來到了一個滑雪場。我換上了厚厚的防風衣，冒著風雪，坐上了雪橇車。拉雪橇的共有六隻狗，外形似狼非狼，看起來蠻奇特的。只是在風雪裡整天來回不停地跑，也真是難為它們了，聽說它們來自北極的愛斯基摩人手裡，叫哈士奇。在澳洲的狗狗，生活得可悠閒了，主人上班時，它們住在大房子裡，不用為還房貸操心。等主人下了班，就帶它們就去溜公園。坐了一次還不過癮，就又玩了一次，雖然身上有保暖的防風衣，可還是凍得夠嗆。在休息的時候，我們趕緊到一個營業廳裡去，進去後才發現，裡面的吧台和吧牆全都有冰塊壘成，真是省了不少的建材。就連喝啤酒的杯子，也是用冰做成的。

我要了一份加熱的午餐，除了熱果汁，還有雞蛋、麵包和火腿腸。這些在澳洲最低廉的食物，在這裡能吃到真算是彌足珍貴了。比起狗拉雪橇的體驗，到隨後在冰天雪地裡泡溫泉的感覺真是更為神奇。那裡四周是一片冰的世界，好像人會被活埋的感覺，可就在山腳下的地方，有一處熱氣騰騰的溫泉。這是一種夢幻般的的體驗，那是大自然的奢侈饋贈。我感覺自己是一條雪地裡的魚，只有一撒網，自己就會像中國黑龍江那裡的冬捕，一定是無處可逃。

傍晚時分，我們就回到了多倫多市區。在多倫多觀光了一兩天后，邵峰打算週末帶我去北部愛斯基摩人居住的地方。其實他自己也沒有去過那裡，由於路途遙遠，加之氣溫太過嚴寒，交通又非常不便，所以很少有人去那裡。不過，我好像帶著一種好奇和探險的心理，去看一看那裡不一樣的世界。

在一片茫茫的雪地中行駛了很久，一路上沒有任何的供給，只是偶爾會路過一個小鎮，說是小鎮其實也只是有個簡陋的加油站和一個類是酒館的旅店，其他的就除了一片冰天雪地，什麼也沒有了。這種荒涼帶著一種戲劇性，因為人們完全可以去多倫多周邊過上熱鬧而又簡便的生活。又行駛了一段路程後，忽然可以看到遠處蒙古包似的冰屋，它的體積要比蒙古包小的多，一個個晶瑩剔透，是一幅神奇景象。這裡就居住者愛斯基摩人，等我們趕到海邊的時候，由於冬季的白天時間很短，這裡已是一片黃昏的景致了。面對大海，我希望能看到海裡的鯨魚。據說上午的時候，人們宰殺過一條巨鯨，當我們趕到那裡時，宰殺的人們已經離開了，只有岸邊的雪地上，留下了一大片凌亂的血跡，還有令人觸目驚心的巨鯨的殘骸。在血色黃昏的映照下，有一種淒迷的感覺。

在離開多倫多的前一天，我們去了張國燾墓地的陵園。因為墓碑沒有什麼特別的標誌，墓碑並不好找。在陵區的一個公路旁，有一塊並不醒目的墓碑，那是一碑兩墓，上面清晰可見張公國燾和張楊子烈的字樣。墓碑的平凡和常人無異，只是墓碑旁緊緊依偎著兩株小青松。據說下葬的費用還是蔣經國先生為他資助的，他們早年在前蘇聯留學期間有過交往。我鞠著躬上了一炷香，此時的心情複雜，思緒萬千。

「張公的名字取得不好，國燾、國燾，最後成了『國討』。」邵峰說道。

「不過比起那兩個以往毛澤東既定的接班人劉少奇和林彪，一個被整死，另一個摔死在外蒙古，他還算是善終吧，這也是他的當年認識過程所致吧。」

「但願將來歷史會給他一個公正的評價。」

「蔣經國沒有蔣介石那麼豐功偉績，更沒有毛澤東那麼雄才大略，可他解除了『黨禁』、『報禁』，使臺灣最終走上了民主、憲政的道路，因而使他成了華盛頓式的歷史偉人。」

「毛澤東一生通研《資治通鑒》，直到如今，中國的社會基本上處在迷信和人治的狀況。」

「《資治通鑒》是小聰明，民主憲政才是大智慧啊。」

第二天清早，告別了朋友的家人，邵峰就開車送我進入了機場。路上，還是一片白茫茫的林海雪原。其實，身處冰雪世界，我早已有些渴望回到在悉尼有點酷熱的夏天了。我經常去海邊游泳，那海天一線的世界裡，靜靜地仰望天空，感覺自己和宇宙溶為一體，渺小而又空闊。車很快就到了機場，告別了朋友，我一個人早早的進入了候機大廳。這次加拿大的旅行，雖然愉快，卻也感知道了一份歷史的厚重。

死之歌

每次去舅媽的家，我的心情都是沉重的。舅媽今年七十多歲了，她一個人獨居在六層樓上的一個單元房裡，門外是道鐵門，在我看來，這不僅是一道防盜門，更是她的內心與外界隔離的象徵。有時看見舅媽一個人，披著長長的有點稀疏的白髮，讓人覺得她精神有點問題。自從舅舅去世之後，她就一直這樣孤獨地生活著，她也不願與外界的任何人接觸。除了我每次去看她，別人都把她當做個怪人而已。不知道舅媽一個人怎麼孤獨地生活，陪伴她的是一架舊鋼琴，還有五斗櫥上的三隻骨灰盒。左邊的是舅舅的，他十幾年前就去世了，生前他是一個退役軍人，中間是表哥的，他二十歲那年就意外身亡了。右邊是表姐的，死的那年也才三十歲，是被處決的。每一次親人的痛失，對舅媽造成的創傷是無與倫比的。不過，她能像現在這樣堅強地生活著，已令人感到在她冷漠的外表裡，有一顆多麼堅韌的內心。

在表哥和表姐死後多年，他們的命運卻還在繼續改變。表哥是為了一次搶救國家財產而意外身亡，死後被表彰為英雄。表姐是為了良心與尊嚴，她講了當時不該講的話，在監獄裡又拒絕悔改，最後以「反革命」罪遭槍決。可在他們死後三十年的日子，也就是在舅舅去世後十年，輿論的傾向來個大轉頭。一直被人頌揚的表哥此時有人提出他死得不值，很傻，而表姐因為當年大義凜然，如今卻被視為知識份子的良知，是「民族魂」。任何一種肯定與否定，對於舅舅舅媽來說，都是一種傷痛。在表哥與表姐死的年月，我還小，還搞不清楚到底發生了什麼事。如今，我面對他們的遺像，兩張在骨灰盒上年輕的頭像，我默默地追憶起他們的往事。如果表哥還活著，現在正好是五十五歲，他出生於一九四九年，和共和國同歲。表哥中學畢業那年，就相應黨的號召，那時他們充滿了革命的熱枕，他們用紅色的宣紙，寫下了去農村和邊疆的決心，表示到農村去，接受貧下中農再教育，並堅信，在農村這片廣闊的土地上，可大有作為。我想當年他們這種革命的熱情，絲毫不比我那時想出國的熱情差。當然，他們為的是革命的理想，是集體主義一種表現。而我出國是為了個人，實現自我價值。那年，表哥離開了上海，那時我才剛剛記事。記得他當年身穿軍裝，胸前還戴著一朵大紅花，在很多人的擁簇下，敲鑼打鼓地為他們送行。在上海火車站，擠滿了送行的人群，那場景令人無比興奮。最後，表哥和別人一起上了火車，待火車啟動時，他不斷地向窗外的人群揮手示意，他的表情很自豪，好像宇航員出征那般。火車慢慢消失在月臺上，望著長長的鐵軌，只有外婆，一個人很傷心，也許她知道，北方的冬天異常寒冷。表哥是外婆的長孫，而我，從此少了一個每次去外婆家可以帶我去外面玩得人。那個年代通訊很不發達，接個電話要走出離家好幾百米的公用電話，而北方的農村就連公用電話也沒有。所以通訊只能通過書信來往，一封信的來去，通常需要一個月的時間，我不知道當年表哥給家裡寫過多少封信，不過，似乎每封信中，他都會提到「寒冷」與「飢餓」。可是家裡的人總是弄不明白，冬天，北方人不是可以在家裡的炕上取暖嗎?還有，春天播種，秋季也該有收穫呀。後來我才明白，那時他們搞的是集體農莊，無論收成好壞，要向政府交公糧。收到的糧食，完成了收購指標，那些官員才能保住官位。集體農莊本來就沒有什麼效益，遇到災年，等待他們的只有挨餓和寒冷。可是，誰也不甘落後，幹活總是爭先恐後，哪怕是面對災害，也要積極面對。就這樣，在一場大暴雨來襲時，堆在岸邊的許多原木被沖下了水，表哥見狀就去搶救，還沒有等他人站穩，他就和木材一起被沖入水中。

後來，我知道表哥出事了，他光榮地犧牲了。全家人都很悲痛，時常有上邊的領導來慰問舅舅、舅媽，還頒發了許多獎狀，並追認表哥為烈士。從此，我還真的從心底裡為表哥自豪了一陣子。也許是因為失去了表哥的緣故，舅舅和舅媽把全部的愛與希望都集中到了表姐身上。表姐比表哥小幾歲，說實話，在我的記憶中，表哥只是一個調皮的男孩子，胖乎乎的，頭腦也很簡單的那種，比起表姐，或者說他根本不能與表姐相比。表姐從小就口齒伶俐，讀書成績優異，而且一直是學生幹部。可在大人們的眼裡，表姐雖然優秀卻有點「不聽話」，因為她不只是服從，她有自己的想法。在小學時代，雖然她是學生幹部，可她和女班主任的關係有點緊張，這在一般的情況下是很難想像的，因為學生幹部總是最聽老師的話，她甚至敢在同學面前批評老師的某些做法，例如希望老師不要鼓勵學生為做好事而做好事，而是應該要有一顆自覺的心。雖然老師很生氣，可又拿她沒辦法。

因為聰明加上好學，她的學習成績不僅在學校裡，就是在區裡、市里也是名列前茅。雖然是個女生，表姐從小性格倔強愛打抱不平。如果班上有女生遭男生欺負，她就會挺身出來阻止，甚至不惜和男生發生衝突。在不允許有個性的年代，太有個性往往會招致不幸，表姐便是這樣。中學畢業那年，表姐理所常然地考上了上海最好的一所大學，而且是新聞系。加之表哥帶給她的光環，她很快在大學裡入了黨，並成為學生組織的活躍分子。表姐在讀大學的年代，正是社會上極左思潮氾濫的年代。可是，她總感到有什麼地方不對勁，她甚至覺得人不應該活在迷信權威的盲從中，人應該有自己的選擇和思想，有自身的自由。正是這種在當時「大逆不道」的想法，她招來了非議甚至被群體排斥。她開始彷徨、痛苦，甚至自殺。不過，當她再次站起來以後，她似乎意識到，自己的問題絕不是個人的問題，它關係到整個社會的價值觀乃至國家的前途。她開始了勇士一般的抗爭。外界越是殘酷，她越是鼓勵自己要堅定。因為向世俗的屈服，就是對自由的褻瀆，而自由是人類社會的核心價值。可是，表姐的思考與見解，引起了當局的恐慌。不久，她就被學校開除並送去勞動改教。

由於表姐不悔改的表現，最終她被判刑入獄。據說那時在上海市監獄關押了不少「反革命」分子，不過，在接受了幾年的改造生活以後，大部分都被釋放了，又回到了社會，成了沉默的羔羊。可表姐在她服刑期間，在被剝奪了筆與紙的情況下，她用竹簽、髮卡等物，千百次地戳破皮肉，在牆壁、襯衫和床單上，用血寫下了無數的文章與詩歌，反對奴役人的狀況，控訴不自由的生活，批判讓人流血的制度。由於她一貫拒不接受教育，書寫大量的反動血書，使她罪加一等。管教人員想盡對她進行折磨的辦法，把她雙手反銬，讓她無法書寫。他們罵她是「瘋子」，又擔心她的言語傳到外面，再給她戴上帶面具的頭盔，給她吃發黴的食物，有人還居然利用男犯人對她進行暴力與強暴，讓她精神崩潰。施暴者本是因強暴入獄，而此時卻可以因為對表姐強暴而立功減刑。我是不願意相信這是真實發生的事，後來聽當事人這樣描述，我痛苦地想著，還是讓表姐快快地死去吧。讓她靠寫血書來支撐自己的意志已令我感到窒息，犯人對她實施強暴更叫我痛不欲生。為了防範，表姐不得不在戴著手拷的情況下梳頭、換衣，還要在上完廁所後把衣服和褲子用針線死死地縫住，據說那針線還是來自一名有良知的女獄警。

後來，表姐變得時而瘋狂時而平靜。由於長期的精神和肉體折磨，她的身體顯得非常地虛弱，而且長期失眠。那年，她的一個大學時的戀人在他服刑後去監獄看望表姐，條件是說服她悔悟並接受改造。當他見到表姐時，他著實暗自吃驚，她穿著一件髒兮兮的白襯衣，外面披著一件夾套，很是破舊，手裡抱著一個破布包。她頭髮很長，最明顯的是，大約三分之一的頭髮全白了。她頭上頂著一塊手絹，上面是血寫的字——冤！當她一進門，她站住了，看見他，嫣然一笑。此刻整個屋子裡的人都愣住了，因為從來沒見她這麼笑過。她對他說，萬一有一天自己死了，請他多多關照她的父母，他們沒有了依靠。說完，她就哭了。離別時，她搜遍她的破布包，取出一件東西要送給他。當他定睛一看，原來是一只用玻璃紙疊成的小船，白色的帆，鮮黃色的船身和桅杆，在陽光下熠熠生輝。他頓時想到了李白的詩句：長風破浪會有時，直掛雲帆濟滄海。

最後，表姐被改判死刑。據那位獄醫口中得知，她是在病床上被拖走的。來人喊道：「死不悔改的反革命，你的末日到了。」她被拖上一輛軍用小吉普，來到機場的一個跑道上。她被雙手反銬，口中塞著東西，他們向她腰後踢了一腳，她就跪倒了。此時又走出另外兩個武裝人員，對著她開了一槍。當她倒下後又慢慢地強行爬了起來，於是，他們又向她開了兩槍。看到她躺下不再動彈時，又將她拖入另一輛吉普車，飛馳而去。第二天，又有一名員警來到舅媽的家，說他是公安局的，表姐已被槍決，讓她交付五分錢的子彈費。舅媽聽後，當場昏倒在地上。從此，舅媽的精神就有點失常。幸虧舅舅堅強地挺著，精心照顧舅媽。雖然他們的女兒被槍決了，可在他們心裡，他們還是很敬佩自己女兒的。

三十多年過去了，一切似乎煙消雲散。表哥的純真和熱情奉獻，他是一個為集體利益捐軀的好男兒，那個時代需要他這樣的人。而表姐經受了種種非人的磨難，寧死不屈。她是上帝的選民，她像基督那樣，以自己的蒙難，救贖世人。同樣，舅媽應該是欣慰的，作為表哥表姐的母親。在我心目中的表姐，她是思想的騎士，文字的皇后、自由的戰士、民族的靈魂。男人為之汗顏，專制者為之顫抖！

哀鴻

中秋時節，北京的故宮裡還沉侵在節日的氣氛之中，大戲樓暢音閣更是夜夜燈火通明，鑼鼓聲音樂聲此起彼伏。慈禧太后帶著宮女嬪妃還有侍候的太監們此時正熱熱鬧鬧觀賞著有京劇名家李昱的戲班子演出的《戰太平》。由於慈禧忌諱多，唱戲的要格外小心。慈禧屬「羊」，看戲時最忌諱提到「羊」字，到宮裡給她唱戲的演員，不能唱《變羊記》、《牧羊圈》這一類名字的戲，如果戲詞裡有「羊」字就得改。比如玉堂春原詞：「蘇三此去好有一比，好比那羊入虎口有去無還。」為了避開「羊」字，只得改唱：「好比那魚兒落網有去無還。」有個著名武生在外邊跟人合夥開了個「羊肉鋪」，便犯忌了，慈禧從此再不賞他銀子。她吩咐下邊：「不許給賞錢，他天天剮我，我還賞他？」

《戰太平》的唱詞裡，其中有一句「大將難免陣頭亡」，祝壽戲若唱出「死」、「亡」等不吉利字眼難免闖禍，李昱靈機一動改唱為「大將臨陣也風光「，慈禧對這齣戲很熟，聽完當場打賞白銀一百兩。李昱的如意戲班至各地演出，從而積累了豐富的戲曲創作、演出經驗。他一生曾懷兩個願望，一是早生兒子，二是創辦家班。四十得子使他滿足了前一個願望，而後一願望仍然沒有影子。到了他四十六歲那年，他應朋友之邀，由北京前往陝西、甘肅遊歷，先後在臨汾、蘭州得到頗具藝術天賦的喬、王二姬。獨具藝韻的二姬的到來，再配以其他諸姬，一個初具規模的李氏家班就組建起來了。對戲曲一直情有獨鍾的李昱，他自任家班的教習和導演，上演自己創作和改變的劇本。他以芥子園為根據地，帶著他的如意戲班四出遊歷，演劇。由於喬、王二姬的出色演員以及李昱這樣的好編劇，好導演，如意戲班紅遍了大江南北，也不由得慈禧太后也時常惦念著這個戲班子。此時，慈禧正看得入迷，當晚八時許，皇親載瀾飛馳入宮，說聯軍已攻到東華門了，慈禧聽了心裡一震，然後就有太監扶她出去。戲臺上也不知道發生了什麼事，還繼續演唱著，直到有人大聲叫停，李昱才帶著他的戲班人馬趕快撤離。此刻，慈禧早已被人擁著出宮，她神色慌張，哭鬧著要跳水自殺，而載瀾拉著她的衣服，說道：「不如且避之，徐為後計。」此時眾人在少數軍人的保護下，形成了一支千餘人的隊伍，由景山西街出了地安門西行。

慈禧一行離開西直門時，天上突然飄下細雨，因為沒有雨具，千余人全被淋濕，其狀蕭索淒苦。到了第二天，慈禧饑寒交迫，有百姓獻上紅薯，慈禧和光緒邊哭邊吃。一直煎熬到了晚上，氣溫很低，有村婦獻上洗完還沒幹透的被子，眾人更是就著豆大的油燈，相依而眠。一路風餐露宿，慈禧一行來到懷來縣，驚魂略定的慈禧，對前來迎接的知縣哭訴禍亂經過：「連日曆行數百里，不得飲食，既冷且餓，昨夜我與皇帝，僅得一板凳相與貼背而坐，仰望達旦。」當時皇上蓬頭垢面，衣著不整，憔悴已極。在懷來縣停了三日後，慈禧一行續向西北逃亡，經宣化、大同，再抵太原，沿途不斷勒索供應。

李昱帶著他的戲班子，也慌忙地離開了紫禁城，他不知道到底出了什麼事，不過在他這次進京演出的路上，他就看到了許多不尋常的景象。北京城城內外到處聚集著外鄉人，他們的裝扮也很怪異，頭上都裹著紅頭巾，有的還穿著紅褲子，他們到處搞破壞，卻沒有人來管他們，他們還殺人，見到洋人就殺，看到鐵軌就破壞，就連路上的電線杆也不放過。有時也打殺平民，說那些人跟洋人走得近，是「賣國賊」。可是現在洋人包圍了北京城，也不知道自己能不能逃出去，據說慈禧已經逃離北京城，皇宮裡已經沒有了皇上和太后，現在洋人掌管著一切。由於出不了城，如意戲班子的一群藝人只能在驛站附近借了一個旅店住宿，只有等洋人撤離，他們才可以出城。戲班子的人住下後，因為離城中心較遠，周圍沒有什麼軍人和成群結幫的號稱是「義和團」的匪徒。李昱知道這些匪徒的殘暴和洋人的野蠻，不許戲班子裡的女人出去亂跑，只能待在旅店裡練功吊嗓子。

這天清晨，李昱帶著馬夫和幾個隨從出去購物，只留著幾個女家眷和臺柱子喬、王二人在店，他們均年方十三四歲，生的出水芙蓉，而且唱功了得，是李昱最得意最喜歡的兩個女優。外國聯軍破城以後，指揮官特許軍隊公開搶劫，他們在城中為所欲為，想拿就拿，愛殺就殺，洋兵以捕拿義和團為名，三五成群，身跨洋槍，手持利刃，在各街巷挨戶踹門而入。臥室密室，無處不至，翻箱倒櫃，無處不搜。上午幾個洋兵突然從後院就闖入，見到女人立馬就強行抱住不肯鬆手，她們哪裡見過這種架勢，只是驚恐地亂跑，有的被洋兵一把拽住，女人掩面而泣，士兵像瘋了似的撕開女人的衣服強行凌辱。身材小巧玲瓏的喬氏也一把被一個洋兵拖拽到一邊，由於洋兵體型壯大，他就坐在一個石板凳上，抱弄著一個站著還比他矮一截的喬氏，玩弄了一會兒，喬氏也被那個士兵強暴了。只有機靈的王氏，一開始就藏匿在一個水缸裡，到了洋兵離去後，她也不敢出來。中午時分李昱匆匆趕回，見到其妻已和幾個女藝人全部服毒自殺，喬氏也投井自殺。李昱當時就昏厥過去，隨後馬夫在一個水缸裡找出了王氏。

戰後清政府和八國聯軍簽訂了《辛丑合約》，中國要付戰爭賠款四萬萬五千萬兩白銀，這是對目無上帝的異教徒四萬萬五千萬中國人的懲罰，每人罰銀一兩，這個數字相當於中國當時五年的收入。當只賠款不割地的消息傳到西安時，慈禧鳳顏大悅，她竟這樣說道：「量中華之物力，結與國之歡心。」僅僅是十年以後，到了一九一〇年末，風雨飄渺的清政府終於被推翻了，因而結束了幾千年的所謂封建統治。不過民國政府的成立，沒有給老百姓帶來任何好處，那些本來擁護革命的人開始懷念起以前的時代，由於地方的軍閥割據和連年的戰爭，百姓的賦稅更加重了，到處是流民和饑民，李昱的戲班子也因戰亂四處奔波，現在李昱體弱多病，戲班子也有本來的一個臺柱子王氏在掌管，如今，年歲二十四五的她在舞臺上更是風韻無比，她曾為李昱生過一個女兒，由於戰亂貧困，很小時就夭折了，現在除了王氏，還有戲班子裡的幾個年輕一點的男女藝人，雖然偶爾也有演出，不過已經不能靠演出維持戲班子裡七八個人的生計了。帝制被推翻以後，國家產生軍閥割據的局面，戲班子的藝人時不時要到他們的府邸去演出，不過李昱那時已經演不動了，只是硬撐著。戲班子四處漂泊，到處是戰火紛飛，軍閥之間的混戰足足持續了二十多年。

三〇年代日本人來了，為了防止共軍的不斷壯大，蔣介石堅持「攘外必先安內」的策略，他們很快就佔據了東北，並在那裡建立了滿洲國，由被廢黜的皇帝重新登基做傀儡皇帝。日本人在東北掠奪資源，並開了許多的工廠。聽說那裡需要許多的勞工，有人勸他們到那裡去謀生，李昱開始不願意戲班子裡的人去替日本人做事，而且又是女孩子居多，不過聽說滿洲國還是過去清王朝的人，以前去宮裡演出，有演出費又有賞錢，動不動就是上百兩白銀的賞錢，於是他們決定去看看。不久，戲班子裡的人就到了新的帝都長春。到了長春落腳後，李昱基本上在家裡排排戲從不出門，倒是王氏時常出去聯繫演出的地方，她雖已四十多歲，不過她稍稍裝扮後，容貌佼好似年輕女子，打扮得體，又有幾分少婦的風韻，十分引人注目。不過自從日本人來了以後，許多商家都跑了，也沒有人再有性子看戲，新的皇宮裡的皇上也不怎麼愛看戲，戲班子裡很快就覺得走投無路了。不久就有人上門來，說是有一家日本人的紡織廠招女工，每月有固定的收入，戲班子的人都是農家的孩子，也不知道工廠到底是什麼樣子，不過戲班子裡幾乎所有的女藝人都報了名。第二天她們被帶到一個寺廟，這個廟已經做了日軍的安慰所，看到站崗的日軍兇惡的樣子，女藝人也猜到了什麼，她們想離開，日本軍人端著帶有刺刀的長槍，把她們趕了進去，這一進去，她們全成了日軍的「安慰婦」。

她們被命令脫光衣服檢查身體，又分別給她們取了日本名字。那天一大早，日本兵就在門外排起了長隊，她們就被迫接了一個又一個日本士兵，每人分別要接幾十個，一天下來下體疼痛難忍。以後，他們每天的生活就是接客提供性服務，日本兵每天要排隊買票進入，但她們的伙食很差，而且數量少，就是一桶水都要輪流洗，有幾十個「安慰婦」輪流使用，到了最後已經髒的不行了。由於戲班子裡象王氏和尤氏這樣的女人容顏出眾，到了晚上她們也不得安寧，常常有軍官要求陪夜，就是來了月經，也不准休息。才十五六歲的尤氏即美又嫩，她是王氏收養的一個孩子，日本士兵知道她還年少，不會有性病，就不肯用避孕套，後來她就懷孕了。懷孕後，日子就更苦了，就想到了逃跑，結果被抓回來，本來她是要被破腹處死的，還是王氏求一個將軍救了她。風姿綽綽的王氏一開始就被一個叫藤野的將軍看上了，從此他就獨佔了王氏。過了一陣子，王氏回到戲班子原來的住所去看班主李昱，可一個演丑角的管家告訴她，就在她們被關進安慰婦所之後沒幾天，李昱就服毒自殺了，他們就一起去了他的墳地，王氏傷心不已，李昱不僅是戲班班主，他們還曾經有過一個夭折的孩子。

兩年以後，日本人佔據了大片中國的土地，隨著「太平洋戰爭」的爆發，藤野離開了原來的駐地，他就把王氏送給了一個下級軍官西山，西山是個文官，對王氏和她們戲班子的遭遇很同情，就這樣他們生活在了一起。不過局勢好像對日本人越來越不利，號稱「戰無不勝」的皇軍也開始節節敗退，尤其是到了一九四五年期間，美國在日本丟下了原子彈，蘇聯紅軍也大批進入東北和日本人開戰，日本人紛紛繳械，俄國人終於可以復仇了，四十年前，也就是一九〇五年，俄國人和日本人在中國東北因各自為了擴大自己的勢力範圍而爆發了「日俄戰爭」，在這場戰役中，這個曾戰勝過拿破崙帝國的老牌沙皇軍隊被新興的日本帝國打敗，而當時的清政府則保持「中立」。不久，蘇聯紅軍以解放者的名義全面進駐東北，並搶運滿洲國財產和接受日本北方島嶼。滿洲國也不復存在了，俄國人曾經為了自身的利益，第一個承認了「滿洲國」，此後俄軍已經瓜分波蘭並出兵芬蘭，還併吞了愛沙尼亞、拉脫維亞、立陶宛波羅的海三個小國。二戰前為了應對西面的德國，防止東面的日本一起對它形成東西夾攻的局面，俄國人和日本人簽訂了《蘇日互不侵犯條約》和承認「滿洲國」，以此來討好日本，作為回報，日本人也很快承認了由俄國人操縱下的「蒙古國」脫離中國。當下，日本人撤離了，俄國人來了，士兵們到處姦淫婦女，百姓們都不敢出門紛紛躲避，王氏還有戲班子裡的女人和其他幾個安慰婦做事的女人一起住到了一個日本人丟棄的地堡裡，她們平時很少出門，出門時就化妝成男人。

有一天，地堡的大門突然被打開了，蘇軍士兵闖了進來，他們手持衝鋒槍，頭頂上戴著蘇式軍帽，帽子上沒有帽簷，和日本軍帽上的一顆金星不同，上面有一顆印有鐮刀和錘子相交叉的紅星。俄國人比日本人高大得多，眼前那些被烈酒燒紅了面孔的士兵，燃燒著欲火的目光在驚恐萬分的女人的臉上掃來掃去，然後他們沖入人群，將藏匿在地堡裡的女人往外拖，女人們驚恐地叫著，當尤氏被一個士兵強行拉出去時，此時她只是淚流滿面地對著王氏叫著「媽媽，媽媽……」王氏也哭著祈求那個士兵，意思是自己願意跟他走，請求他放過尤氏。蘇軍聽不懂她的話，但從她的表情和手勢明白了她的意思，不過一切無濟於事。有五六個年輕女子被幾名士兵帶到僻靜處姦污後，就被送到軍營，她們被扣留在那些軍官身邊專供自己淫樂。有國軍代表和他們干涉，指責士兵的強暴行為，一個蘇軍長官這樣回答道：「士兵們在柏林就是這樣幹的。」一直到軍隊撤離東北，她們才被放出來。

王氏帶著戲班子殘留下來的人，如意戲班子如今已經成了一個到處流浪的乞討藝人，想當年在京城的時候，他們有自己的專門的演出劇場，只有皇宮裡和達貴顯人們才能請他們外出演出，後來清王朝倒臺了，戲班子就開始了到處借劇場演出，再到後來，日本人來了，先是成了流浪劇團，再到女藝人被騙到安慰所，以後就沒有真正意義上的戲班子了。如今王氏也已年近六旬，尤氏也二十七八歲了，也有人跟著戲班子討口飯吃，他們大多數都是些孤兒，為了有一個穩定的生活，王氏打算聯合幾個藝人，包括琴師、會唱戲的民間藝人，再加上自己的班底，她想利用李昱的名聲，重組一個戲班子，如今日本人投降了，俄國人也撤了，雖然到處是凋敝的國土、處處是流民和乞丐，不過她期望著日子會慢慢地變得好起來，如意戲班子還可以靠演出生存下去。

天真的美國人調停失敗了，他們本以為隨著「二戰」的結束，在他們的主持下，中國可以建立一個民主的聯合政府。很快國共就開始打內戰，為了佔領東北的大城市長春，共軍圍困城市，為了消耗城內的糧食供應，共軍實行「久困長圍」方針，以拖垮國軍。軍方嚴禁城內百姓出城，只有帶武器的人才能放出。城裡的幾十萬平民的存糧只能勉強維持一個月左右，國民黨守軍希望平民離城，但饑民遭到共軍封鎖圍困。戲班子裡的人和其他一些平民，他們集中在一座被廢棄的房子裡，裡面的人吃的是草和樹葉，喝的是雨水，到了最後就連老鼠也被吃的光了。他們的身體開始變得浮腫，房子裡每天都有人被餓死，已是奄奄一息的尤氏躺在一個角落裡，依偎在她的養母王氏身上，斷斷續續地說道：

「媽媽，我們到底上輩子做了什麼孽，這輩子會活得這樣悲慘，自從我進了戲班子，先是被日本人，後來被俄國人凌辱，許多次想過自殺，卻還是忍辱活了下來，現在他們都跑了，以為可以過上太平的日子，沒想到自己人又打仗，還要把大傢伙活活餓死……」

「我的女兒，媽媽這輩子最對不起的就是你，本來以為跟著我，就有口飯吃，還能風風光光地做人，媽媽小時候的同齡人也是因為受了洋人的凌辱而自盡的，沒想到活下來的人命運更加悲慘，看來我們都活不成了，我不明白他們為什麼要對老百姓這樣狠，連一條生路也不給……」

幾天以後如意戲班子的人全部餓死，最後，國軍放下了武器，全城餓死了幾十萬人。

國家圖書館出版品預行編目

就義：盛約翰短篇小說集 / 盛約翰著. -- 臺北市：獵海人, 2017.05
面； 公分
ISBN 978-986-94766-1-4(平裝)

857.63 106006620

就義
——盛約翰短篇小說集

作 者 盛約翰
出 版 獵海人
印 製 秀威資訊
114 台北市內湖區瑞光路76巷69號2樓
電話：+886-2-2518-0207
傳真：+886-2-2518-0778
網路訂購 作家生活誌：http://www.showwe.com.tw
博客來網路書店：http://www.books.com.tw
三民網路書店：http://www.m.sanmin.com.tw
金石堂網路書店：http://www.kingstone.com.tw
讀冊生活：http://www.taaze.tw

出版日期：2017年5月
定 價：300元